ঝরা পাতার শব্দ

ভারতী বন্দ্যোপাধ্যায়

বিষয়বস্তু

বিষয়বস্তু

বিষয়বস্তু

বিষয়বস্তু

অনুক্রমণী

দীর্ঘদিন ব্যবধান এর পর ঝরা পাতার শব্দ উপন্যাসটি প্রকাশিত হলো। বইটি প্রকাশ করতে প্রধান কার্যকর ভূমিকা নিয়েছে সাহিত্য কাল পুরুষ এবং নোসন প্রেস।

সাহিত্য কাল পুরুষ

রমেশ কর্মকার, কাঁজিয়াল পাড়া পূর্ব, রাজারহাট,কলকাতা ৭০০১৩৫, পশ্চিমবঙ্গ, ভারত, ফোন +91 9007740046

ভূমিকা

সমাজে আমাদের চতুষ্পার্শ্বে অনবরত ঘটে চলে বহু কাঙ্খিত বা অনাকাঙ্খিত ঘটনার প্রবাহ। সেই প্রবাহে শরীর মন ভেজাতে গিয়ে বহুকিছু যায় ভেসে সময়ের স্রোতে। আবার বহু কিছুই উজানের থেকে ভেসে এসে আমাদেরকে জড়িয়ে ধরে। তাই যা গেছে তা যাক বলে আমরা সব সময় দায় এড়িয়ে যেতে যেমন পারিনা তেমনি আজ যা ভাবতে বাধ্য থাকি তা যে আমাদের সঙ্গী থেকে ন্যায়-নীতির পঞ্চশিখরে বিচরণ করায় এমনও নয়। প্রকৃতার্থে ন্যায়-নীতি প্রতিনিয়ত স্থান-কাল-পাত্র বিশেষে ভিন্ন ভিন্ন রূপ পরিগ্রহ করে। অনিবার্যতার হাত ধরে চলতে চলতে জীবনের ঘাত-প্রতিঘাত পুড়তে পুড়তে নুড়ি কাঁকর কুড়িয়ে চলা এই জীবন কখনো কখনো তথাকথিত নৈতিকতার বিরুদ্ধে বিদ্রোহী হয়ে ওঠে । কখনো কখনো আবার সেই বিদ্রোহের আগুনে নিজের হারিয়ে যাওয়া উত্তাপকে নতুন করে তাতিয়ে নিতে চাই। প্রতিনিয়ত সমাজের বৃক্ষ থেকে ঝরে পড়ে কিছু বৃদ্ধ অসার নৈতিকতার হলুদ পাতা , সেই শুকনো পাতা পাড়িয়ে পাড়িয়ে শব্দ তুলে এগিয়ে যেতে যেতে জীবনের গাছে গাছে আবার আসে নতুন কিশলয় আর পুষ্পদাম এর হিল্লোল। নিজের ভেতরের জীর্ণ সত্তাটাকে কখনো নিজেই টেনে-হিঁচড়ে এনে দাঁড় করিয়ে দেই আয়নার সামনে। তার মুখোমুখি দাঁড়িয়ে নিজেকে আসামির কাঠগড়ায় দাঁড় করাতে তখন বিন্দুমাত্র দ্বিধা বোধ হয় না, তবুও তুল্যমূল্য বিচারের গণ্ডি পেরিয়ে বিবেকবোধকে জাগিয়ে রেখে কর্তব্যবোধের পরাকাষ্ঠায় স্বর্গীয় মেলবন্ধনের এক দ্যার্থমূলক পরিসংখ্যান এই উপন্যাস।

1

প্রথম পর্ব

দেবলীনা শ্বশুরমশাইয়ের সাথে গল্প করতে করতে আড়চোখে দেখে নিল শাশুড়িমা ঘরের কোণ থেকে ঝাঁটাটা নিয়ে গেলেন, প্রায় সঙ্গে সঙ্গে দেবলীনা চায়ের কেটলি চড়াবার জন্যে উঠি উঠি করতে লাগল । শ্বশুরমশাই একটু বিরক্তির ভাব এনে স্ত্রীকে লক্ষ্য করে বললেন,

- ঘর তো বেশ পরিস্কারই আছে , সুলেখা আবার ঝাঁটা ধরলে কেন ?

- সুলেখা সঙ্গে সঙ্গে কিছু না বলে বিড়বিড় করতে করতে চলে গেল।

একে শীতের বেলা চোখটা লেগে এসেছিল । এমনিতেই যেদিন থেকে স্বামী রনজয় অবসর নিয়েছেন সেদিন থেকেই দুপুরের খাওয়া-দাওয়া সারতে সারতে কখন যে বেলা গড়িয়ে যায় টের পাওয়া যায় না। একটু ঘোরাঘুরি করতে করতেই বিকেল যেন সন্ধ্যার কোল খোঁজে। মন দিয়ে ঝাড় না দিলেও হয় , একে শরীরটা ম্যাজম্যাজ করছে একটু চা না খাওয়া পর্যন্ত বাক্কি খসতে চায় না সুলেখার। দেবলীনা দেখল শাশুড়ি মা মুখে রা কাড়লেন না । কিন্তু শশুর মশাই চুপ থাকার পাত্র নন আবার মুখ খুললেন,

- আসলে জানো তো বৌমা তোমার শাশুড়ি মা এটাই জানান দেন যে দেবী তোমার চা করার সময় হয়েছে

- সুলেখা এবার আর চুপ করে থাকতে পারলো না

সারা জীবন তো ম্লেচ্ছ হয়েই রয়ে গেলে, ঘরে আলো জ্বালাবো সন্ধ্যাবাতি দেবো অথচ ঘরে ঝাঁট পড়বে না- এ কেমন কথা !

- আমাকে তো ম্লেচ্ছ বলবেই, কিন্তু কচি পাঁঠা খেতে কে বেশি ভালোবাসে ! নেহাত ডাক্তার এখন সকলকেই মুরগি খেতে বলছে তাই মুখে তুলছো , আর তাও কি তোমার পোষা মুরগী ? তবুও তো খাচ্ছ, আবার চিরকাল শুনে এলাম, মুরগির মাংস আবার মাংস নাকি ওতো কাঁটা ছাড়া পাকা মাছের টুকরো।

দেবলীনা বেশ উপভোগ করছে শ্বশুর-শাশুড়ির মিষ্টি মিষ্টি ঝগড়া । মুচকি হেসে শশুর মশাই কে ইশারায় চালিয়ে যেতে বলে উঠে চা চাপাতে রান্নাঘরে চলে যায় দেবলীনা ।

সকালে পাঙ্গালি কাজ করতে আসে, প্রথম প্রথম সুলেখার হাত থেকে ঝাঁটা নিতে গিয়েছিল এখন আর হাত বাড়ায় না , সেও বুঝে গেছে ও কাজটা তার জন্য নয়। একদিন আড়াল থেকে শুনেছে, দেবী বৌদিকে কাকিমা বলছে,

- পাঙ্গালি ঘর ঝাঁট দেয় না তুলি বোলায় বোঝা যায় না । দুদিন মুখ ভার করে ছিল পাঙ্গালি , তারপর নিজেকে প্রবোধ দিয়েছে "যাক গে মরুক গে আমার পয়সা পেলেই হল, কাজ যত কমবে ততই মঙ্গল"

এভাবেই ঝাঁটার সঙ্গে সখ্যতায় কখনোই ব্যাঘাত ঘটে না সুলেখার । বিকেলটা আজ কুয়াশার চাদরে মোরা ঘ্যানঘ্যানে , ঝাঁটাটাও ইচ্ছের বিরুদ্ধে ভারী মনে হচ্ছে ।সুলেখা মনে মনে ভাবলো সত্যিই এই ম্যাজম্যাজে শরীরটা টেনে টেনে ঝাঁটটা না দিলেই হতো , দুয়ারে জল ছিটিয়ে সন্ধ্যা বাতি দিলেই হয় কিন্তু রণজয়ের পক্ষে কখনোই থাকা সম্ভব নয় , তাই গোমড়া মুখেই ঝাঁটা চালালো ।

হেমন্তের শুষ্কতা মাখা বিকেলে মস্তিষ্ক সামনের কুয়াশা ভেদ করে হাজারো প্রশ্নের মুখোমুখি দাঁড়িয়েছে । দেবলীনা বুঝেও এ সময় এরকম কিছুকে আমল দিতে চায়না । সারা দুপুর সে গল্প লেখায় নিজেকে ডুবিয়ে দেয়,ছাইপাঁশ যাই লিখুক না কেন কখনো নিজের সঙ্গে কখনো কলমের সাথে কথা বলতে থাকে। দুপুর কাটলেই সকলের ভাত-ঘুম কেটে যায় আর এই সময়টা দেবলীনা শ্বশুর মশাই কে দিয়ে রেখেছে । সাহিত্য নিয়ে কিছু গুরুগম্ভীর না হলেও মৃদু সমালোচনা পর্যালোচনা চলতে থাকে সেখানে বিদ্যাপতি, জয়দেব, কাশীরাম দাস ,পদ্মপুরাণ ,মঙ্গলকাব্য কিছুই বাদ যায় না। আজকাল আবার শব্দের আদ্য অক্ষর নিয়ে রেষারেষি চলে। রনজয় তার জন্য বেশ পড়াশোনা শুরু করেছেন দেবলীনা বেশ লক্ষ্য করেছে। প্রিয় বৌমাটির সঙ্গে সাহিত্য নিয়ে বচসা যাই হোক না কেন, দেবলীনা শ্বশুর মশাই রণজয়কে সামনে রাখতে পারলেই খুশি হয়। রাজনীতি, দুর্নীতি, সমাজ ,করাপশন, অর্থনীতি যা কিছু বিষয় নিয়ে পাঞ্জা লড়তে গিয়ে দেবলীনা শ্বশুর মশাইকে জিতিয়ে দিতে পারলে খুশি থাকে।

শাশুড়ি সুলেখা সব বোঝেন , তাও মাঝে মাঝে এসে ফোড়ন কেটে স্বামীকে উত্যক্ত না করলে যেন বিকেলের চা টা জমে না। কোন বিষয়ে কারণ ক্ষেত্র কিছুই বিচার না করেই বলে বসেন,

- মুরোদ নেই তো খেলায় নামা কেন? বৌমার সঙ্গে জিতে গেলেই তো মেডেলটা তোমায় কেউ দিয়ে দেবে না ? রণে ভঙ্গ দিয়ে হার মানতে লজ্জা কিসের ?জোর করে কি নাম কেনা যায় !

-রনজয়ও দমবার পাত্র নয় ,

-দেখো সুলেখা ঝাঁট দিচ্ছ ঝাঁট দাও , যা বোঝনা তা নিয়ে কথা বলতে এসোনা।

সারাজীবন তো ডাটা চচ্চড়ি আর মাছের ঝোল খাইয়ে গেলে আর কবে বর্ণপরিচয় পড়েছিলে তারপর তো আর সহজ পাঠে উত্তোরন হলো না। তুমি সাহিত্য বা রাজনীতির কি বুঝবে?

- শাশুড়ি মা যেই ঝাঁটা ধরেছেন দেবলীনাও চায়ের কেটলিতে চা বসিয়েছে বেশ আদা দিয়ে জম্পেশ করে। শাশুড়ি মার মেজাজটা যাতে একটু ঠান্ডা হয়। তবে শ্বশুর-শাশুড়ির খুনসুটি যতই ভালো লাগুক না কেন বাড়াবাড়ি পর্যায়ে যেন না পৌঁছায় সেদিকে দেবলীনাকে লক্ষ্য রাখতে হয়, না হলে চায়ের পরিবেশটা থমথমে আর মজলিস টাই বেকার হয়ে যাবে। আর রনিত এসে বলবে "চোরের হাতে গৃহস্থের দায়িত্ব দিয়েছি আর কি হবে।"

বাধ্য হয়ে দেবলীনা টেবিলে চা রাখতে রাখতে বলে,

- এরকম করলে কিন্তু বাবা আমি আর আপনার সঙ্গে খেলবো না।

রণজয়ও প্রত্যয়ের সঙ্গে বলেন,

- দেবী তুমি ই বলো সত্যজিৎ রায় বুদ্ধদেব গুহ কে নিয়ে ও কি বলবে, জীবনে কখনো শুকতারা পেরিয়ে উল্টোরথ , প্রসাদ ,দেশ পত্রিকা কোন কিছুর পাতা উল্টেছে ,"থোড় বরি খাড়া খাড়া বরি থোড় " রেঁধেই তো জীবন কাটিয়ে দিল।"

রনিত এসে সামনে দাঁড়িয়েছে, এতক্ষণ মুচকি মুচকি হাসছিল এবার মায়ের ভাবগতিক দেখে মায়ের পক্ষ নিল,

সারা জীবন তো ট্রেনের ড্রাইভার থেকে সামনে তাকিয়ে দেখেছ, পিছনে তাকাবার তো কখনো সময় পাওনি আর তোমার তালে তাল মিলিয়ে মা দৌড়ে বেরিয়েছে। তোমাকে কোন দিকটা দেখতে হয়েছে? যদি মা সবদিক সামলে সময় পেত তো আগে নিজেকে দেখতো, মাকে দেখেছো কখনো পাড়ায় গিয়ে আড্ডা দিতে কিংবা সাজগোজ করতে ,বই পড়া তো দূরের কথা। আর থোড়-বড়ি-খাড়া কি বলছ , তোমার মত পেট রোগা মানুষ আর কি খাবে ,বাথরুমে বসে থাকলে তোমার ট্রেনের ড্রাইভারের চাকরিটা থাকতো?

- রনি বলে কিছু লাভ হবে না, সারা জীবন এই ভাবেই বলে গেল," যার জন্য চুরি করি সেই বলে চোর"

চা ঠান্ডা হচ্ছে যা হাত মুখ ধুয়ে আয়।

এরইমধ্যে দেবলীনা কাঁচাকলার মুচমুচে বড়া ভেজে রাখলো সামনের টেবিলে।

- আচ্ছা বাবা ,এসব জিনিস কি রোজ রোজ খেতে আছে ?আমি কি কিছু জানতাম, সবই তো মায়ের কাছ থেকেই শিখেছি। আপনাকে খাওয়াইনি সেটা কি আমাকে বিশ্বাস করতে হবে !

2
দ্বিতীয় পর্ব

চাকরি জীবনের ব্যস্ততায় বাবাকে সেরকম ভাবে কাছে পাইনি রনিত তখন বোধহয় বাবাকে একটু রাশভারীও মনে হতো । কিসের চিন্তা ভাবনায় কে জানে ভীষণ গুরুগম্ভীর ছিল কম কথা বলতো। রনিত বিশেষ কাছ ঘেঁষত না, বাবাও সময় দিতে পারতো না। মায়ের পাশাপাশি ছাত্র জীবনটা কেটে গেছে রনিতের তখন ভাবতো বাবারা এইরকমই হয় বা হতে হয় কিন্তু আজ মায়ের পাশে দাঁড়িয়ে মনে হয়েছে বাবাকে বোধহয় কিছু কথা বলার প্রয়োজন তাই একটু মুখ খুলেছে। এতদিন বাবার স্বপক্ষে বিপক্ষে বলার কোন সুযোগ বা ইচ্ছেয় কোনদিন হয়নি । রনিত ওর আঠাশ বছরের জীবনে মাকেও দেখেছে এক নির্বিবাদী চরিত্র যেখানে না আছে কোন দাবি না আছে কোন অভাব অভিযোগের নালিশ

"মা মানেই চেয়ে থাকা এক মূর্তিমান ভালো লাগা।
মা মানেই একরাশ চাওয়া পাওয়ার হিসেব।
মা মানেই পাশে শোয়া নিশ্চিন্ত ঘুম।
মা মানেই আতর মাখা সুখের রাঙা আঁচল ।
আপন ভোলা জগৎ আমার সব পেয়েছির ঘর।"

আজ এই মুহূর্তে মনে হয়েছে মাকে একটু খুশি করতেই হোক বা মায়ের ভেতরে থাকা কিছু কথা বেশি বেরিয়ে আসার প্রয়োজনেই হোক যা হয়তো সময় বা সুযোগের অভাবে মায়ের কোনোকালেই বলা হয়ে ওঠেনি ।

ছেলে রনিতের কথাতে রনজয় আর দ্বিরুক্তি করার সাহস করেনি সঙ্গে সঙ্গে ছেলের ছোট বেলা গুলো যেন সামনে ভেসে উঠছে উঠলো।

স্টেশনের পাশেই কোয়ার্টারে রণজয়ের ছোট্ট সংসার। আর রনির স্কুল ছিল দশ মিনিটের রাস্তা। স্কুলের ঘন্টা বাড়ি থেকেই শোনা যেত কারণ স্কুলের রাস্তা দশ মিনিট হলেও রাস্তার এপার ওপার ছিল কোয়ার্টার আর ঘর । রণজয়ের অফিস টাইমের কোন

ঠিক ঠিকানা ছিলনা আসা-যাওয়ার কোন সময় ছিলনা । বাড়িতে আসলে ও নাওয়া-খাওয়ার সময়টুকু ছাড়া অন্য কিছুতে মন দেওয়ার সময় নেই । সুলেখাকে এই কারণে যন্ত্রের মতো কাজ করে যেতে হতো, তার সঙ্গে রনিকে স্কুলে পৌঁছানো,স্কুল থেকে নিয়ে আসা, তাকে পড়ানো, সাঁতার কাটতে নিয়ে যাওয়া, আঁকার ক্লাসে নিয়ে যাওয়া উপরন্তু তার সমস্ত সখ আহ্লাদ পূরণ করার সঙ্গে সঙ্গে রনজয় এর জন্য সময়ে সবকিছু হাতের কাছে গুছিয়ে দেওয়া এতো কিছু কম কথা নয় ! আজ নিজের দিকে তাকিয়ে অবাক হয়, লজ্জাও পায় কত ঝড় ই না বয়ে গেছে সুলেখার উপর দিয়ে , কি ছিল সেই ব্যস্ততার দিন গুলো, কেমন ছিল সেদিনের রণজয় ! সত্যিই আজকের দিকে তাকিয়ে নিজেকে চিনতে পারে না । সময় সময় অস্থির লাগে, আজ ভাবতে বসলে রনজয় তিরিশ টা বছর যেন মুহূর্তে সামনে এসে দাঁড়ায়, ড্রাইভার এর ট্রেনিং পিরিওড বাবার স্ট্রোক হয়ে শয্যাশায়ী হলে মা উঠেপড়ে লাগে বিয়ে দেবার জন্য সুলেখার মা না থাকায় আর বাবার বদলির চাকরিতে মামারবাড়ীতে মানুষ । নির্ঝঞ্ঝাট পরিবার দেখে মামারা রনজয় এর সঙ্গে বিয়ে দেন।

রনজয়ের তেমন কিছু ইচ্ছে না থাকলেও মায়ের পীড়াপীড়িতে বিয়েটা হয়েই যায় কিন্তু এভাবে কি সব সমস্যার সমাধান হয় না মানুষ যা চায় তা পলে অনুপলে ঘটে তাই না ? না কখনই তা হয় না , তাহলে আর বিয়ের মাস যেতে না যেতেই বাবা দ্বিতীয় স্ট্রোকে চলে যাবে কেন আর বাবার কাজ করতে করতে মা ও চলে যাবে কেন? এ প্রশ্নের উত্তর আজো পাইনি রণজয় । এক মরুভূমির ধূধূ প্রান্তরে দাঁড়িয়ে নির্দয় প্রতিকূলতায় বেঁচে থাকা এক ক্যাকটাস যেন রনজয় । বিশাল শূন্যতার মাঝে সুলেখাও যেন নিজেকে অপরাধীর আসনে বসিয়ে নেয় সংকীর্ণতায় হীনমন্যতায় ভোগে । সারাক্ষণ নিজের মধ্যে গুটিয়ে থাকে , প্রয়োজন ছাড়া কথা বলে না ,

"- কখনো বলে আমার কপালে কোন ভালো কিছু নেই , আমার সঙ্গে তোমার কপালও জুড়ে গেছে ।

কখনো বলে আমি তোমার জীবনে না এলেই ভালো হতো , আমারই জন্য এতকিছু ঘটে গেল ।

কখনো বলে তোমার যা ক্ষতি হয়েছে তা পূরণ করা সম্ভব নয় , আর যেন নতুন কিছু না ঘটে সেটা দেখা দরকার আর তা আমাকেই করতে হবে , আমি চলে যাবো । পারলে তুমি নতুন করে নিজেকে গুছিয়ে নিও ।"

এরকমই সব অসম্ভব অমূলক সব কথা বলতো যা রণজয়ের মানসিক অবস্থা আরও সঙ্গিন হয়ে পরতো ।

সারাক্ষণ রনজয়ের মধ্যে চলতো আলোড়ন এই বিপর্যয়ের ঢেউ সামলানো এক দুস্কর ব্যাপার হয়ে দাঁড়িয়েছিল। দিনের আলোয় নেমেছে অমানিশার ঘোর । ঘরে বাইরে তখন অবাক জিজ্ঞাসু দৃষ্টি হাজার প্রশ্নের জবাব চাউনিতে । মাথায় হাত রাখার কেউ নেই , পাশে হাত ধরার কেউ নেই , সামনে এগিয়ে চলায় অনিশ্চয়তা । সান্ত্বনা দেবার জন্য এই

পৃথিবীতে আর কেউ নেই। সারা পৃথিবীটা যেন এক নিমেষে খালি হয়ে গেছে। সুলেখাকে কাছে টানার আগেই সে যেন নিজেকে বন্দী করে ফেলেছে , সে এখন অনেক দূরের যাত্রী ,এ ঘোর কাটতে বহু দিন সময় লেগে যায় । তবে রণজয়ের কখনোই ধৈর্যচ্যুতি ঘটে নি , যা গেছে তা গেছে আর এটাই হওয়ার ছিল তা মেনে নিয়েই অসীম মনোবল নিয়ে খড়কুটোই আঁকড়ে ধরার চেষ্টা করেছে । সুলেখাকে ওর গন্ডি থেকে বের করে এনে একটা সুস্থ ভাবনা ভাবতে শিখিয়েছে , একটা সফল সুস্থ সংসার দিয়েছে যা সকলের কাম্য ।

আরে চা বড়া সব ঠান্ডা হয়ে গেল যে ,আচ্ছা তোমরা কি করছ বলতো ? যে যার মতো চুপ করে বসে আছো ! বাবা নিন খান তাড়াতাড়ি, কাঁচা কলার বড়া খেলে আপনার চিন্তা নেই পেটে ঠিক সয়ে যাবে । দেবলীনার কথায় ঘোর কাটলো রণজয়ের সত্যিই অনেকটা পিছনে চলে গিয়েছিল -------- একটা বড়া মুখে দিয়ে বললো আরেকটু ঝাল হলে বোধহয় ভালো হতো ।

সুলেখা ভেবেই রেখেছে আজ ছাড়াছাড়ি নেই

- চিরটাকাল ঝাল ঝাল করেই গেল , পান খেয়ে খেয়ে তো মুখে চড়া পরে গেছে , জিভে স্বাদ আর কি থাকবে !

এবার রণজয় হাসতে হাসতে দেবীকে ইশারায় দেখালেন সুলেখা বাঁ পা টা সামনে বাড়িয়ে দিয়ে আয়েশ করে পান সাজছে। চাকরি জীবনে যখন খড়গপুর রেল কোয়ার্টারে থাকতাম জানো দেবী তোমার শ্বাশুড়ীমায়ের হাতের মোচার চপ কে খায়নি , আর মসুর ডাল আর পোস্তর বড়া ওঃ ভোলার নয় ! দেবলীনা ফুট কাটল

-তাহলে বাবা স্বীকার করছেন বলে শাশুড়ির দিকে তাকিয়ে খিলখিলিয়ে হেসে উঠলো ।

মা এসো তাড়াতাড়ি ।

- সুলেখা এই সময় মন দিয়ে পান সাজে একেবারে রাতের জন্য এক খিলি সাজিয়ে রাখে । মাঝে মাঝে আয়েশ করে সুলেখার থেকে পান চেয়ে খায় রণজয়। এই বয়সে এসে পান চেয়ে খাওয়া ,ছেলে বউয়ের সামনে ইচ্ছে করে গুণগুলোকে চেপে রেখে অক্ষমতা তুলে ধরার পেছনে প্রচ্ছন্ন ভালোবাসা লুকিয়ে রয়েছে তা বুঝতে ভুল হয়না সুলেখার। আর সুলেখার কাছে পান না চাইতেই যখন পান পেয়ে যায় রনজয়ও বোঝে তার প্রেম বিফলে যায়নি ।

সুলেখা টেবিলে চায়ের ট্রে তে দুটো পান রেখে একবার রণজয়ের দিকে তাকালো , সে দৃষ্টির ভাষা রণজয়ের চোখ এড়ালো না ।

দেবলীনা যেন দেখতে পায়নি , আলগোছে মুখ ঘুরিয়ে নিল , দেবলীনাও বেশ উপভোগ করে শশুর - শাশুড়ির এরকম টক ঝাল মিষ্টির সম্পর্কটাকে ।

সুলেখা ছেলেকে বকুনি দিল ,

রনি এখনো খাসনি ,বড়াগুলো সত্যিই ঠান্ডা করে ফেললি , এরপরে খেলে আর মজা

পাবি?

-তুমি আসছো না বলে তো খাইনি,

-ও তাই বুঝি আমার আসা নিয়ে কি ঠান্ডা হওয়া বাকি থাকবে !

দেবলীনাও কম যায় না বলে, এসে থেকে তো তুমি মুখে পেপার গুঁজে বসে আছো , এরপরে বাবার মত তুমিও বলবে, "বড়া তো খাওয়াওনি কতগুলো আটার দলা খাইয়েছিল "

একঝলক তাকালো রনিত দেবীর দিকে সে দৃষ্টি এমনই যে উত্তরটা তোলা রইলো দেখা যাক কিভাবে দেওয়া যায় ------------?

3
তৃতীয় পর্ব

নতুন ফ্ল্যাটে এসে রনিতের অফিস অনেকটাই দূর হয়ে গেছে , এখানে আসার পরই গাড়িটা কেনা হয়েছে । ভাড়া বাড়িতে গাড়ি রাখবার জায়গা কোথায় ?
মা বাবার একই কথা ,
-আগে বিয়ে কর বউয়ের পছন্দ দেখে বাড়ি গাড়ি কেনা হবে ।
দেবলীনা বিয়ের পর তাই ভাড়া বাড়িতে এসে উঠেছিল। এ সংসারে তার ইচ্ছে তার চাওয়া পাওয়া, তার কথার দাম যে এতটা গুরুত্বপূর্ণ দেবলীনার কল্পনার অতীত ছিল, তার এই মর্যাদা সকলের ভালবাসাকে কখনো অধিকার বলে ভাবেনা , সে একটাই কথা ভাবে এদের সরল বিশ্বাসে কখনো আঘাত পরবে নাতো ? দেবলীনার বুকটা ভার মনে হয়, দ্বিধা-দ্বন্দ্বের দোলায় অন্তরটা কেঁপে কেঁপে ওঠে, আশঙ্কার চোরা স্রোত বয়ে চলে শিরা-উপশিরায় । অতীতের প্রেক্ষাপট ছন্দহীন ভাবে ঘটে যাওয়া টুকরো টুকরো ঘটনাগুলো আজ যেন অবচেতনে হাতড়ে বেড়ানো স্মৃতির পাতায় শুধুই জলছবি ।দেবলীনার ইচ্ছে হয় ছবিগুলোকে কুড়িয়ে নিয়ে আগামী দিনের ছন্দে রাঙিয়ে তুলতে । কবে সেই লক্ষ্যে পৌঁছবে !

দেবলীনার নিজেকে বড্ড দিশেহারা অসহায় মনে হয়, নিজের অক্ষমতা ওকে ভাবিয়ে তোলে। শ্বশুর-শাশুড়ির দিক থেকে কোন তারা না থাকলেও সকলেই মনে মনে তো ইচ্ছে পোষণ করে। এর পরে তো রনিও অস্থির হয়ে উঠবে, শরীরে তো এখনো কোনো পরিবর্তন আসেনি মাতৃত্বের কোন আভাস কেউ পায়নি। দেবলীনা তো জানে তার তো নতুন করে কিছু জানার নেই , যেদিন থেকে সে সম্পূর্ন নারী হয়ে উঠেছে সেই বয়ঃসন্ধি থেকেই সে জানে তার ভাগ্যের লিখন। আজ যেন সেই দিনটার কথাই ফিরে ফিরে আসে, চোখের জলে ভেসে যায় বালিশ বিছানা । বেশ কয়েকটা বছর পেরিয়ে এসেছে স্মৃতি এখনো ঝাপসা হয়ে যায়নি, ক্লাস এইট থেকে নাইনে উঠেছে দেবলীনা। স্কুলে যেতে ইচ্ছে করছিল না সেদিন সকাল থেকেই শরীরটা ম্যাজম্যাজ করছিল। দুপুরে

শুয়েছিল চোখ বুঝে মা ডেকে সাড়া না পেয়ে ভেবেছিল ঘুমিয়ে পড়েছে। বাবা সেদিন বাড়িতেই ছিল, সামনের বারান্দায় মা-বাবা গল্প করছিল। দেবলীনার ঘরের জানালাটা খোলা ছিল, ওদের কথা দেবলীনার কানে স্পষ্ট ভেসে আসছিল।

-মা বাবাকে বলল মেয়েটা তো বড় হয়ে গেলো, দেখতে দেখতে পড়াশোনাটাও শেষ করে আরো বড় হয়ে যাবে। বিয়ের বয়স হলে ওর বয়েসী সকলের বিয়ে হচ্ছে দেখলেই সকলেই প্রশ্ন করবে ওর বিয়ে দিচ্ছি না কেন ? তখন সবাইকে আমি কি জবাব দেব বা আমরাই বা ওকে কি করে জানাবো।

- বাবার গলা শুনতে পেলাম খেলতে খেলতে পড়ে গেল বলেই তো অঘটনটা ঘটল।

-মা বলল জেনেশুনে কি কোন ছেলে বিয়ে করবে ? সন্তানের মা হতে পারবে না জেনেও কোন শশুর শাশুড়ি ছেলের বউকে বরণ করে ঘরে নেবে।

বাবা বেশ উত্তেজিত হয়ে পড়েছিল,

- তাই বলে না জানিয়ে বিয়ে দিয়ে মেয়েটার ভবিষ্যৎ কি আরও দুর্বিষহ করে তুলবো নাকি ? ও পড়াশোনা করুক চাকরি করে নিজের পায়ে দাঁড়িয়ে স্বাবলম্বী হোক যেমন ভাবে থাকতে চায় থাকবে।

মায়ের কান্নাভেজা গলা শুনতে পেলাম,

ঈশ্বর আমাদের সন্তান দিলেন তাও দুর্ভাগ্যের লেখনি লিখে, বলে দু'হাতে মুখ ঢেকে কাঁদতে লাগলো। সেদিনের পরেই দেবলীনা লেখা পড়ার প্রতি ভীষণ সজাগ হয়ে উঠেছিল। মনের মধ্যে একটা জেদ চেপে গিয়েছিলো নিজের দুর্ভাগ্য কে সম্বল করে নিজেকে গুটিয়ে নিলে মূর্খতাই হবে। দিনগুলো সহজ-সরল ভাবে কেটে যাচ্ছিল মা-বাবা জানতেও পারেনি তাদের না বলা কথা দেবলীনার কাছে আর অজানা নেই।

সেদিনের পরেই একটু একটু করে মনটা যেন কঠিন হয়ে উঠছে, পুরুষ জাতির প্রতি দেবলীনার নিস্পৃহ ভাব ছিল সে নিজেই টের পাচ্ছিল, নিজের ব্যবহারে যে অবজ্ঞা বা তাচ্ছিল্যের মনোভাব প্রকাশ পাচ্ছে, কারো সঙ্গে বেশি অন্তরঙ্গ হবার চেষ্টা করেনা, বলতে গেলে দেবলীনা একটু একটু করে নিজেকে আড়ালে রাখতে থাকে সকলের থেকে। ঘড়িতে ঢং ঢং করে চারটের ঘন্টা পরল, দেবলীনার স্মৃতির পাতায় ডুবে যাওয়া মনটাকে নাড়া দিয়ে গেল। সেদিনের দেবলীনা আর আজকে দেবীর মধ্যে অনেক পার্থক্য ঘটে গেছে।

চাকুরী জীবন চার বছর বাকি থাকতেই অবসর নিয়েছে রনজয় চৌধুরী। অষ্টমঙ্গলায় বাপের বাড়ি থেকে ঘুরে আসার পরই দেবলীনা বলেছিল

- রনিত আমি আর চাকরি করব না রনিত।

একটু অবাক হলেও স্বাভাবিক ভাবেই বলেছিল

-একা একা সারা দিন বোর হবে না ?

নিলিপ্ত ভাবেই উত্তর দিয়েছিল

- মা বাবার সাথে থাকতে আমার ভালো লাগবে।

কথাটা সুলেখা রনজয় শুনে খুব খুশি হয়েছিল, রনিতও খুব শান্তি পেয়েছিল ।অনেকক্ষণ কিছু কথা বলতে পারিনি তারপর আনমনা ভাবে ধরা গলায় বলেছিল ,

-জানো দেবী যতদিন আমার ছাত্র জীবন কেটেছে ততদিন কত ব্যস্ততা কত সময়ের অভাব চোখে পড়তো আর এখন সময়ই সময় ।সেই অস্থিরতা ও নেই সেই উদ্দামতাও নেই , ছন্দময় জীবনের গতি যেন শ্লথ হয়ে গেছে। মা বাবা আজ বড় একা, আমিও সময় দিতে পারিনা । নিজের অজান্তেই চোখ দুটো ঝাপসা হয়ে এসেছিল রনিতের ।পরদিনই সকলের সঙ্গে চা খেতে খেতে রনিত বলেছিল বাবাকে

- তোমাকে আর কষ্ট করে চাকরি করতে হবে না, তুমি বাবা এবার বসে যাও। বইপত্তর পড়ো, দেবীর সাথে সাহিত্য নিয়ে আলোচনা করো। ও লেখালেখি করতে ভালোবাসে ওর সুবিধে হবে সময় কাটবে ।

তখন থেকে দেবলীনার বাধা রুটিন হয়ে গেছে, খাওয়ার পর একটু পিঠটান করা হলেই চারটে বাজার আগেই শ্বশুর মশাইয়ের সাথে গল্প করতে বসে । আলোচনার কোন সীমাবদ্ধতা নেই শালীনতা বজায় রেখে সমস্ত রকমের আলোচনা চলতে থাকে। সুলেখা মাঝেমধ্যে ফোড়ন কাটে কিন্তু কখনো পাশে এসে বসে যোগ দেয় না । এসময় মাঝে মধ্যে একটু আধটু সুলেখা সঙ্গীত চর্চা করে থাকে। অবশ্য সুলেখার সঙ্গীতচর্চা এখন ভজন পূজন সাধন আরাধনাতেই সীমাবদ্ধ । এই চর্চার মধ্য দিয়ে তার যেন ঈশ্বরের অর্ধেক সেবা হয়ে যায় । সব সময় যে ঈশ্বর সাধনা করে তা নয় ।

যখন মনের নিভৃত কোণে মেঘের আনাগোনা চলে চেতনার আড়ালে আলোছায়া লুকোচুরি খেলে যায়, সুলেখার মনও তখন সাদা মেঘের ভেলায় চড়ে দূর বহুদূর ভেসে যায় । মন কেমনের দোলায় ভেসে উদাস হয়ে পড়ে ।ভাবাবেগে ভেসে যায় নেম নিঃসীম শূন্যতার মাঝে ।নিজের অজান্তেই গেয়ে ওঠে

"তব দয়া তব দয়া দিয়ে হবে গো মোর জীবন ধুতে" রবীন্দ্র সৃষ্টির মাঝে হারিয়ে ফেলে নিজেকে সুলেখা ।

4
চতুর্থ পর্ব

শশুর মশাই সাবেকি কায়দায় দেবলীনাকে বৌমা বলতে পছন্দ করেন। সুলেখা অবশ্য আপত্তি করে বলে "রাখো তোমার বুড়োমি । আহা আজকালকার মেয়েরা কি তোমার ওই সেকেলে ঢঙের বৌমা বলা পছন্দ করে বরং শ্বশুর বাড়িতে এসে আলাদা করে নামের প্রচলন হয়েছে, ওকে বরং আমরা দেবী বলে ডাকবো । "

রণজয় একটু নিমরাজি হয়ে বলল সে আমার যখন যা মুখে আসবে তাই বলে ডাকবো । আসলে আমি তো আর টিভি সিরিয়াল দেখি না যে পরগৃহের আভ্যন্তরীণ আপডেট আমার কাছে থাকবে। অর্থাৎ বুঝিয়ে দিলেন বৌমা ডাকটা তার বেশি পছন্দ । সুলেখাও সপক্ষেই বললো যার যেমন ইচ্ছে সেরকম নামে ডাকো। সুলেখাকে অবশ্য নাম ধরে ডাকলেই বেশি খুশি হয়, ওগো হ্যাঁগো শুনছো ওসব সেকেলে আদব-কায়দা তার পছন্দ নয় আর পছন্দ হবেই বা কেন, সবে তিন বছর হলো চাকরি করছে রনিত। সুলেখার বয়স তো পঞ্চাশ ছুতে এখনো বছর চারেক দেরি আছে। ছেলে বউয়ের হাতে সংসারের দায়িত্ব চাপিয়ে নিজে ঝাড়া হাত-পা হয়ে যাবে, এমন বুড়োমী আসতে এখনো অনেক দেরি আছে। আর তার বউমাটিও তো চাকরি করতো, যথেষ্ট স্মার্ট , আমরা যা চাইবো সে সবকিছু মেনে নেবে কেন ? সেকেলে ব্যাপার গুলো তার ওপর চাপিয়ে দেওয়া বা সেরকম কিছু আশা না করাই ভালো ।

আজকালকার মেয়েরা শখে একটু আধটু রান্নাবান্না করে, পুরুষের সঙ্গে তালে তাল মিলিয়ে এগিয়ে চলে ।দেবলীনা যেমনটি ঠিক তেমনটি সুলেখার পছন্দ । সামাল দেবার জন্য একটু-আধটু ঘরকন্নার কাজ জানা থাকলেই হল। সবার সঙ্গে গল্পগুজব করবে, সেজেগুজে ঘরের মধ্যে ঘুরঘুর করবে। শাশুড়ির সঙ্গে খুনসুটি করবে, যুক্তিতর্কে বুদ্ধিমত্তার পরিচয় দেবে সুলেখার এই টুকুই চাহিদা । দেবলীনাও বোঝে তাই সব দিকে তার সজাগ দৃষ্টি।

ঘুম থেকে উঠে চা খেতে খেতে রনিত আগে খবরে কাগজ টা পড়ে, নটা বাজলেই অফিসে বেরোবার তারা লেগে যাবে। তাড়াহুড়ো করে ভাত খাওয়ার অভ্যেসটা একদম নেই রনিতের, তাই সুলেখা দেবলীনা সকালবেলাটা জলখাবার তৈরিতে ব্যস্ত থাকে দেবলীনা এরই মধ্যে রপ্ত করে নিয়েছে নিজেকে শ্বশুর- শাশুড়ির মন সে বোঝে, কে কি চায়, কার কখন কি লাগবে সবকিছুই তার নখদর্পণে। শ্বশুরমশাই ছেলে কাজে বেরোবার পরই খবরের কাগজের দখলদারি পায়। প্রথমে খবর কাগজে ভালো করে চোখ বুলিয়ে তারপর টেলিভিশনের পর্দায় চোখ রাখেন , সেখানে খবরের চ্যানেল গুলো ঘুরিয়ে-ফিরিয়ে দেখতে দেখতে কখনো সুলেখার উদ্দেশ্যে তো কখনো প্রিয় বৌমাটির উদ্দেশ্যে খবরের কাগজ থেকে অথবা টিভির নিউজ চ্যানেল থেকে খবর ছুঁড়ে দেন।

- এই শোনো, শুনছো সুলেখা , পেঁয়াজের দাম আরও বাড়বে বলে পাঁচ কেজি পেঁয়াজ কিনে রেখেছিল এক ভদ্রলোক, বস্তার উপর পেঁয়াজ গুলো রাখাছিল , একে বৃষ্টি , বাড়ির বেড়াল বাইরে না গিয়ে বস্তায় হিসি করেছে , পেঁয়াজ সব পচে গেছে আর বাজারে পেঁয়াজের দাম না বেড়ে উল্টে কমে গেছে। কে শুনলো না শুনলো খেয়াল করলেন না রণজয় নিজে একচোট হেসে নিলেন। ভাগ্যিস আমি পেঁয়াজ কিনিনি।

সুলেখা আলু চচ্চড়ি নাড়তে নাড়তে বললো ,

পেঁয়াজ কিনতে তো তুমিও জেদ ধরেছিলে, আমি তো বলেছিলাম পেঁয়াজের দাম বাড়বে না আর যদি নেহাত বাড়ে তাহলে নিরামিষ খাব।

রণজয় বৌমাকে লক্ষ্য করে বললেন , হ্যাঁ দেবী এটা অস্বীকার করা যাবে না , সুলেখা বলেছিল বটে

" নিরামিষ খাবো সেও ভালো , পেঁয়াজ এনে জমা করবে না। এই খবরের কাগজ ওয়ালারা কোথা থেকে খবরগুলো তৈরি করে কে জানে ভাবছি সব খবরের কাগজ ওয়ালাদের ধরে এনে তোমার শাশুড়ির কাছে ওদের ট্রেনিং দেওয়াব "

- " কি বললে তুমি"

-" আহা রাগ করছো কেন আমি তো তোমার স্বপক্ষেই বললাম"

আবার পরক্ষণেই দেবলীনাকে ডাকেন

-সঙ্গে সঙ্গে শাশুড়ির গলা

ওই যে সকাল থেকে শুরু হয়েছে কারো নিস্তার নেই , আরে বাবা নিজে শুনে মন ভরছে না , সবাইকে গিলিয়ে ছাড়বে।

- রণজয় উত্তেজনায় চেঁচিয়ে উঠলেন দেখো বৌমা দেখো চলে যাচ্ছে ছবিটা, তাড়াতাড়ি এসো। দেখো দেখো এই সামান্য বর্ষায় কলেজ স্ট্রিটের হাল দেখো ! আহারে জল জমে লক্ষ লক্ষ টাকার বই নষ্ট হয়ে গেছে ইস ভাবতে পারছ কি ক্ষতি কি ক্ষতি ! এই যে প্রকাশকেরা বই ছাপালো , কিংবা উঠতি লেখক লেখিকারা গায়ের রক্ত জল করা পয়সা পেটে না দিয়ে সারা জীবনের সাধ দুই একটা বই ছাপানো, সব জলের সঙ্গেই জলে গেল। এ ক্ষতি কি মেনে নেওয়া যায় ? তবু আবারও হবে , বারে বারে হবে আর সকলেকেই

মেনে নিতেও হবে ।বলতে পারো কার দোষ ? কর্পোরেশনের না উপরওয়ালার নাকি যারা ড্রেনে পলিথিন ফেলে ভরাট করছে তাদের, অপরাধ কাদের প্রকাশকের কিংবা যারা ফুটপাত দখল করে স্টল দিয়েছে তাদের ? দোষ খুঁজে তো কোন লাভ নেই , ক্ষতি যার হলো তো হলো মাঝখান থেকে যারা ওই মহামূল্যবান বই গুলো পড়ে সমৃদ্ধ হতে পারতো কিংবা যারা বই গুলো বেঁচে ঘর-সংসার চালাত কিংবা সেই লেখক-লেখিকা যারা গাটের পয়সা খরচা করে বইগুলো ছাপিয়েছিল তাদেরও কপাল পুড়লো । আমি তো ভেবেছিলাম তোমার গল্পগুলো কে নিয়ে সামনের মাসেই একটা বই ছাপাবো। কিন্তু এরকম পরিস্থিতি দেখলে কষ্ট তো হবেই।
অবশ্য এসব খবর তোমার শাশুড়িকে বলে কোন লাভ নেই ? ওনার তো দেশকালের খবরে কিছুই আসে যায়না। পড়ে আছেন আলু পেঁয়াজ নিয়ে।
- সুলেখার শেষের কথা গুলো কানে যেতেই বলে উঠলো
কি , কি বললে?
রণজয় নিজেকে সামলে নিয়ে
- না না বলছিলাম ওই পেঁয়াজের খবরটা। তুমি ঠিকই ধরেছিলে সেটাইতো বলছিলাম।
- হ্যাঁ হ্যাঁ তুমি কি বলছিলে সে আর আমার জানতে বাকি নেই।

এই ভাবে নরমে গরমে সকালটা জমে ওঠে । কিছুক্ষণ পর শশুরমশাই ঢিমিয়ে পড়েন , দেবলীনা বোঝে ক্লান্ত বোধ করছেন তখন এক কাপ চা নিয়ে দেবলীনা সামনে এসে বসে পড়ে । সকালের জলখাবার টা কি হচ্ছে দুপুরের খাবারে কি কি রান্নার হচ্ছে যে কথা শাশুড়ির সঙ্গে আলোচনা হয়েছে তা জেনে নেন ।বাড়তি পছন্দের যদি কিছু থাকে শ্বশুর মশাইয়ের থেকে চটপট জেনে নেয় দেবলীনা। হালকা কিছু আলোচনায় করে বাবার মুডটা ঠিক করে দেয়। তারপরে শাশুড়ির হাতে হাতে একটু আধটু সাহায্য করার জন্য ঘুরঘুর করতে থাকে। সবসময় যে গল্প করতে করতে খুন্তি নাড়েন তা নয়, অনেক সময় দেবলীনা কথা বলে গেলেও সুলেখা চুপ করেই থাকে। দেবী বোঝে কোন কারণে শাশুড়ির মনটা ভারী হয়ে আছে । উপায়ন্তর না দেখে ছেলের ব্যাপারে এ কথা সে কথা জানার আগ্রহ দেখায়, ব্যাস শাশুড়ি তাতেই বেশ উত্তেজিত হয়ে অতীতের ঝাঁপিটি ধরে উপুর করে দেয়, দেবলীনা বেশ মজা পায় ।

মাঝে মাঝে তাও ইচ্ছে করেনা ঝাঁজিয়ে ওঠেন, রেগে গেলে তুমি থেকে তুই সম্বোধন করে ফেলেন,
- এই তুই এখন যা আমার এখন কথা বলতে ইচ্ছে করছে না, ঘরে গিয়ে দেখ রনি বেরিয়ে গেছে সব বোধহয় ওলট-পালট করে গেছে ,ওগুলো গুছিয়ে নে তাড়াতাড়ি, পাঙ্গালি এখনই ঘর মুছতে ঢুকবে ।তারপর এসে জলখাবার টেবিলে নিয়ে যা ।তারপর আমি আসছি কত বেলা হল খেয়াল আছে । পিত্তি পরবে, বাবাকে ডেকে খেয়ে নে । বেগতিক দেখে কিছু বলেনা দেবলীনা মুচকি হাসতে থাকে তারপর একসময় বলে ওঠে তুমি যখন আমাকে মেয়ের মত বকাঝকা করলে তখন আমার যা ইচ্ছে আমি তাই করবো বলে

পেছন থেকে সুলেখাকে জড়িয়ে ধরে ।

সুলেখা আর চুপ করে থাকতে পারে না , গ্যাস টা কমিয়ে হাতের খুন্তি রেখে দেবী কে কাছে টেনে নেয়, "ওরে আমার সোনারে "

অনেকদিন পর মন ছুয়ে গেল কোমল স্পর্শে। অলক্ষ্যে বোধহয় চোখে জল এসে গিয়েছিলো । এরকমই তো একটা আকাঙ্খার বীজ মনের চোরা কুঠুরিতে কবে শুকিয়ে মরে গিয়েছিল , ভেসে গিয়েছিল অবচেতনের চোরাস্রোতে অন্তরের এই ভালবাসার আবেগ টুকু ।এই মেয়েটা যেন একটু একটু করে সব ওলট-পালট করে দিচ্ছে ।

রনি হওয়ার পর ডাক্তারের নির্দেশ ছিল সুলেখা আর দ্বিতীয়বার সন্তান চাইলে অনেক বড় ক্ষতির সম্ভাবনা আছে ।সন্তানতো সুস্থ হবেই না উপরন্তু সুলেখার নিম্নাঙ্গ পঙ্গু হয়ে যাবার সম্ভাবনা রয়েছে। দেবীর মত একটা মেয়ে বোধহয় চেয়েছিল সুলেখা, তাই আজ অনেকটাই হালকা লাগছে । প্রাণভরে স্বস্তির শ্বাস নিল। শাশুড়ির মন ঠিক করতে পেরে স্বস্তি পেল দেবলীনা।

- বৌদি আমি কি ঘরটা মুছে ফেলব ?

পাঙ্কালির ডাকে দুজনই সজাগ হল।

- সুলেখা বলে উঠলো

যা মা যা ,কাজটা সেরে ফেল ।

একেবারে আদর্শ শাশুড়ির আদর্শ বউ।

সোনার সংসারে সুখী গৃহকোণ।

5

পঞ্চম পর্ব

এখানে শ্বশুরবাড়ির পরিবেশ দেবলীনা ভীষণ ভাবে উপভোগ করে । মা-বাবার কথা ভাবলে বাড়ির নেতিয়ে পরা চেহারাটা চোখের সামনে ভেসে ওঠে, মনটা ভারী হয়ে যায় কারণ বাড়ির পরিবেশ তো সবসময়ই দেখেছে গুরুগম্ভীর থমথমে। এখন মা বোধহয় আরও শান্ত হয়ে গেছে , বাবাকে দেবলীনা বরাবরই গম্ভীর প্রকৃতির দেখে এসেছে তবুও যতটুকু ছটফটে আনন্দ খুশি মেজাজে থাকার চেষ্টা করেছে সেটা মনে হয় বাবা নিজের চরিত্রের বিরুদ্ধে গিয়েই করেছে, দেবলীনার সেরকমই মনে হয়েছে।
মাকে দেখে যা মনে হয় মা নিজেকে পাল্টে ফেলেছে, মা এরকম কখনোই শান্ত গম্ভীর হতে পারে না , মায়ের শরীরের কাঠামো তা বলেনা অন্তত দেবলীনার তাই মনে হয়েছে, নিজেকে অনেকবারই প্রশ্ন করেছে যে , দুজনেই কি করে একই রকম হতে পারে !
দেবলীনা শ্বশুর বাড়িতে আসার পর মা কি সত্যিই একা হয়ে গেছে ? সেটাই বা হবে কি করে ? মা তো কখনই দেবলীনার সঙ্গে বসে সময় সেরকমভাবে কাটায়নি, সব সময় নিজেকে কিছুটা আড়াল করে রেখেছে এবং সেটা মেয়ের সামনা সামনি মুখোমুখি হতে হবে , কথায় কথায় উঠে আসবে কিছু কথা , ইচ্ছের বিরুদ্ধে হয়তো অকারণ কিছু আলোচনা পরিস্থিতি কে বিপরীত করে তুলবে । অপ্রীতিকর কিছু অবস্থার মুখোমুখি হতে হবে। এরকমই কিছু ভাবনা হয়তো মাকে কষ্ট দেয় তাই বোধহয় নিজেকে সবকিছু থেকে সরিয়ে রাখে অথচ মাকে দেখে দেবলীনার অন্যরকমই কিছু মনে হয়, যা মনে হয় তাতে করে মা ভীষণই মিশুকে কথা বলার মানুষ ।সকলকে নিয়ে আনন্দে মেতে থাকার মানুষ । নিজে থেকেই সকলকে কাছে টানার মানুষ ।সকলের সঙ্গে হেসেখেলে কাটাতে ভালোবাসে এমনি একটা মানুষ। অথচ এখন মায়ের ভাবসাব একদমই শান্ত, এতসব ভালোলাগা নিয়ে মাকে দেখতেই ভালো লাগে দেবলীনার, কিন্তু দেবলীনা যেভাবে মাকে দেখে একদমই বিপরীত চরিত্রের , দেবলীনাকে ভীষণভাবে কষ্ট দেয় ।

মাকে আলাদা করে সে ভাবছে কেন বাবাও তো সেরকমই নিজেকে করে তুলেছে, অন্যমনস্ক শান্ত ধীর যেন এক অন্য জগতের মানুষের মতো । দেবলীনার বোঝার বয়স হওয়ার থেকেই দেখে এসেছে বাড়ির পরিবেশ চিরকালই যেন শান্তির জলে নিম জল মেশানো অথচ তার আগেই বাবাকে দেখে এসেছে দেবলীনা কত হাসিখুশি সকলকে মাতিয়ে রাখতো গল্পগুজব করে। ছুটির দিনে সবাইকে নিয়ে খেলাধুলা করত আশেপাশের ছেলেমেয়েরা বাবার তত্বাবধানে খেলাধুলা করতো । কত উৎসাহ পেতাম কত খুশিতে থাকতো ছেলেমেয়েগুলো। দেবলীনাও মিশে যেত ওদের সঙ্গে খেলাধুলায় । সেদিনের বাবাকে আজও মনে পড়ে আর আজকের বাবাকে দেখলে ভীষণ অবাক লাগে কিভাবে একটা মানুষ নিজেকে এতটা বদলে ফেলতে পারে আর কিভাবেই বা তাতে খুশি থাকতে পারে !

জ্ঞান হওয়ার পর থেকে দেবলীনা এইরকম বাড়ির পরিবেশ দেখেই অভ্যস্ত হয়ে এসেছে। মায়ের ভাবসাব এখন সবসময়ই শান্ত ভারী বাসি রুটির মত। মা বাবা একে অপরের সাথে তালে তাল মেলাতে মেলাতে ধীর গতিতেএগিয়ে চলেছে। কপালের ফেরে যে পরিস্থিতির শিকার হয়েছে দেবলীনা তাতে মা বাবারই বা কি করার ছিল? তাকে ভালো রাখতে গিয়েই তো নিজেদের স্বভাবের বিরুদ্ধে গিয়ে কিছু আচরনের সঙ্গে সহবাস করে চলেছে। যেদিন বুঝেছিল বাবা-মা তাদের না বলা কথা, মেয়ের শারীরিক অক্ষমতার কথা মর্মান্তিক পীড়াদায়ক চরম সত্যটা যা এতদিন নিজেদের মধ্যে জিইয়ে রেখেছিল তা আর গোপন নেই, মেয়ের ব্যবহারেই স্পষ্ট জানান দিচ্ছে তখন মা-বাবার একটা অসহায় রূপ দেখেছে, দেবলীনা তবুও বলতে বাধ্য হয়েছে ,

- তোমরা বৃথাই নাটক করছো, অভিনয় করো আর মিথ্যে বোঝানোর চেষ্টা করো তাতে সত্য টা তো পাল্টে যাবে না তারপরে দেবলীনা নিজেকে আমূল পরিবর্তন করার চেষ্টায় মনপ্রাণ ঢেলে দেয় মা বাবাকে বুঝিয়ে দেয় এসব নিয়ে সে ভাবিত নয় তার জন্য অকারণ চিন্তা করে নিজেদের ক্ষতি না করে দৃঢ়তার সঙ্গে যেকোনো পরিস্থিতির মোকাবিলা করতে সে নিজেই যথেষ্ট । হয়তো মা-বাবা সেই দিন কষ্ট পেয়েছিল এই ভেবে যে ভাগ্যের পরিহাসে এই বিড়াম্বনা তার জন্য তাদের কি কোন হাত ছিল! কিংবা তাদের কোনো গাফিলতিতে মেয়েটাকে এত বড় ক্ষতি স্বীকার করতে হয়েছে তাতো নয় তবুও দেবলীনা সমস্ত কিছু উপলব্ধি করা সত্বেও এক নির্দিষ্ট বিন্দুতে এসে নিজের কাছে অসহায় হয়ে বিদ্রোহী হয়ে উঠেছে ।

এখানে কোন ব্যক্তি বিশেষের প্রতি নয় নিজের সঙ্গে নিজের বোঝাপড়া, এ যেন নিজের অস্তিত্বের বিরুদ্ধে নিজের অস্তিত্বের সংঘাত অথচ নিজেকে নিজের অস্তিত্বকে অস্বীকার করার মত স্পর্ধা ওর নেই তাই দিনান্তে নিজের অস্তিত্বকে ঢেকে নিতে হয় সমঝোতার আবরণে ।

ভাবনায় ছেদ পড়ল দেবোপম দা এসে হাজির হলো , স্মৃতিলেখা মাসির ছোট ছেলে দেবোপম । শাশুড়ি সুলেখা ও স্মৃতিলেখা মাসি দুই বোন। শাশুড়ির থেকে স্মৃতিলেখা

মাসি বড়ো। দেবোপম দার আসার কোনো কারণ নেই, তিথি নক্ষত্র পাঁজিপঞ্জিকা অশ্লেষা হিসেব ছাড়াই উপস্থিত হয়। রনিতের থেকে বছর তিনেকের বড় হলেও দেবলীনা আপনি আজ্ঞের মধ্যে যায়নি কখনো, সবাই দেবু বলে ডাকলেও দেবলীনার দাদাভাই বলে ডাকতে ভালো লাগে দেবোপমকে। ভীষণ সোজা সরল আপন ভোলা গোছের দেবুদাকে দেবলীনার খুব ভালো লাগে। সুলেখা বেশ চনমনে হয়ে ওঠে দেবুদা আসলেই যেন আসলের থেকে সুদের আনন্দের মতো। সুলেখা সন্ধ্যাবাতি দিতে দিতে দেবোপমের গলা পেয়ে হাতের ধূপকাঠিটা দরজার পাশে গুঁজে দিয়ে ব্যস্ত হয়ে গিয়ে শাঁখ বাজাতে ভুলেই গেল।

- কিরে মনে পড়ল মাসিকে, কোথায় ডুব মেরেছিল , আমিতো ভাবলাম তুইও বিদেশ-বিভুঁই হলি নাকি ?

- সেটা হলে কি আর তুমি জানতেনা, যদি যাই তোমাকে নিয়েই যাব , তোমাকে ছাড়া কি আমি ভালো থাকবো !

রনজয় আড়চোখে দেখে নিয়ে মুচকি হাসলো মনে মনে বললো সে মুরোদ কি তোমার আছে ! আপনি বাচেনা শংকরারে ডাকে। তবু ভাবনাতে যে এটা এসেছে এটাই ঢের , এটাই বা ক-জন ভাবে !

দেবলীনা শাঁখ বাজাতেই সুলেখা কপালে হাত ঠেকিয়ে প্রণাম করে বললো
দেখলি দেবু দেখলি কত বড়ো ভুল করলাম !

রনজয় ফুট কাটলো "এই তো সব শাঁখ বাজানো ভুলেছ , দাঁড়াও আরও কত কি ভুলবে তার ঠিক আছে, হয়তো দেখবে দেবু কে খেতে দিতে গিয়ে তোমার ঠাকুর কেই খেতে দিতে ভুলে গেলে।"

এ কথার জবাবে কিছু বলার মতো ইচ্ছে বা সময় কোনোটাই সুলেখার নেই।

মাসি তোমার পায়ের ব্যথাটা কেমন আছে আমাদের ওখানে বামুনগাছি হাটে একটা লোক এই তেলটা বিক্রি করছিল, মায়ের কোমর ব্যথা টা অনেকটা ঠিক আছে দেখো তোমার কিছু কাজে দেয় কিনা বলে দেবোপম একটা ছোট তেলের শিশি রাখলো টেবিলে।

শিশিটার ওপর এঁটে দেওয়া কাগজে লেখা 'ভানুমতির তেল'
দেবলীনা শিশিটা হাতে নিয়ে বললো
মা , তেলটা লাগলেই ভানুমতির খেল শুরু হয়ে যাবে কিন্তু তাই বেশি নড়াচড়া করবে না এক জায়গায় বসে লাগবে কিন্তু। হয়তো দেখা গেল তেল টা লাগিয়েই মা কত্থক নাচতে লেগে গেল। কথাটা বলে শ্বশুরমশায়ের দিকে কৌতুকপূর্ণ দৃষ্টিতে তাকালো।

রণজয় বুঝেও কিছু দ্বিরুক্তি করলেন না , যেমনি হোক শ্যালিকার এই অবোধ ছেলেটিকে রণজয় স্নেহের চোখেই দেখেন।

হ্যাঁ এটা রনজয় অস্বীকার করতে পারে না, আর যাই হোক লোকের সুবিধা না ভাবলেও অসুবিধা গুলো নিয়ে কখনওই উদাসীন নয় দেবোপম। শালী ভায়রাভাই বেশ ভালই

আছেন।

বড় দুটো ছেলেই তো দেশ ছেড়ে বিদেশবাসী হয়ে গেল। এটা একদিক দিয়ে দেবোপমের জন্য শাপে বর হয়েছে। ছেলেটার তো সেরকম কিছুই হলো না । বিদ্যে গুলো ঝোলাতে পুরে কাঁধে করে ঘুরে বেড়াচ্ছে ।

দেবলীনার খুব ভালো লাগে দেবুদার এই কবি কবি চেহারাটা , মাথায় ঝাঁকড়া এলোমেলো চুল, মোটা কালো ফ্রেমের চশমা, ঢিলেঢালা পায়জামা-পাঞ্জাবি কাঁধে ঝোলা ব্যাগ , ছন্দের অভাব নেই । দেবলীনার সঙ্গে কথা বলতে বলতে মাঝে মাঝে কত যে কবিত্ব করে।

সুলেখা দিদির কথা বলে মাঝে মাঝে দুঃখ করে বলে,

- দেবতোষ, দেবদূত সেই যে গেল আর দেশে ফিরল না------ রনজয় ভবিষ্যদ্বাণী করে বলে বিদেশ বাসী হলে ক্ষতি কি ওদেরকে ওদের মত থাকতে দাও না । ঘরে বসে লাঠালাঠি করে সবার বিরাগভাজন হয়ে কাজ কি ! এক একজনের চেহারা তো সব জানা হয়ে গেছে , বরং এদিকে টান না থাকলে ছোটটার বরং হিল্লে হয়ে যাবে না হলে বাবা মায়ের বয়স হচ্ছে তাদের খরচা নিজের খরচা চালিয়ে নেওয়া কি কম কথা----- - দেবোপমের এর দ্বারা নতুন কিছু তো আর হওয়ার নেই। এখনো বিকাশদা দোকান টা চালিয়ে নিচ্ছে ।এমন ভবঘুরে স্বভাবের ছেলে যে সেটাও দেখা ওর। পক্ষে সম্ভব নয় । ওটাও ভবিষ্যতে ভাড়াই খাটবে । ফ্লাটের বাকি অংশটা যেটা দেবতোষ আর দেবদূতের সেটা ভাড়া দিয়ে সব ব্যবস্থাই পাকা করে নিতে পারে ।

ভাবতে শেখো একটু গিন্নী সবসময় সেন্টিমেন্ট নিয়ে বসে থাকলে হয়না ।

সুলেখা দিদি স্মৃতিলেখা কথা ভাবলে রণজয়ের বলা কথাগুলো যে মনে আসে না, তা নয় । মেয়ের আশা করতে করতে তিনটে ছেলে হলো ।

- এখনো দুঃখ করে বলে তিনটে ছেলে তিন রকম করে ভাববে সে ভাবনায় আমরা কতটুকু থাকবো কে জানে! তোর বিকাশদা একটা কথা সব সময় বলে ,

" স্মৃতি কারো ওপর কোনো আশা রেখো না ,শুধু কর্ম করে যাও "

আচ্ছা লেখা তুই-ই বল , এরকম দার্শনিকের মত কথা বললে কি আমার মন সব ভুলে কীর্তনে নেত্য করবে । আর তোষু- (দেবতোষ), দ্যুতি -(দেবদূত) তো সব স্বত্ব ছেড়ে দিয়ে গেছে যাতে কোন অসুবিধায় না পড়ে দেবু (দেবোপম) । কথাগুলো বলে সুলেখা দেখল দিদি কেমন বিহ্বল চোখে উদাস হয়েছিল।

সম্পত্তির অধিকার ছাড়তে গিয়ে মা-বাবার অধিকারও ছেড়ে দিয়ে গেছে এটাই হয়তো ভাবছিল দিদি , বুকটা মোচড় দিয়ে উঠেছিল সুলেখার ।

6
ষষ্ঠ পর্ব

দেবতোষ জার্মানি দেবদূত নিউইয়র্কের পাকাপাকি বাসিন্দা । ছেলেরা পৃথিবীর যে প্রান্তেরই বাসিন্দা হোক তাতে স্মৃতিলেখার কাছে আলাদা করে কিচ্ছু মনে হবার নেই,
- "সব স্বত্বাধিকার ছেড়ে যেন সব ঋণশোধ করে মা-বাবাকে কৃতার্থ করেছে। সব ঋণ কি এভাবেই শোধ করা যায় ? কত সহজে কথাগুলো উচ্চারণ করা যায় তাই না । ওরা যা ছেড়ে গেছে তা ওদের কাছে খুদকুড়ো , কিন্তু তার সঙ্গে সম্পর্ক গুলোকেও কুলোয় করে খুদকুড়োর মতো ঝেড়ে ফেলে দিয়ে গেল ! " বিকাশের কাছে থেকে এসব অভিমান ভাবাবেগের কোন কিছুরই কোন অভিব্যক্তি স্মৃতিলেখা আশা করে না । এক অদ্ভূত ধরনের মানুষ , নিজের মধ্যে সব বন্দি করে রেখে খুব বাস্তবমুখী কিছু কথা বলে সমস্ত ব্যাপারটার ইতি টানবে । এভাবে কি নিষ্পত্তি ঘটানো যায় , নাকি স্মৃতিলেখা বোঝেনা এই মৃদুভাষী মানুষটা চিরটাকাল সবাইকে বাঁচিয়ে শুধু নিজেকে পোড়াতে ভালোবাসে, স্মৃতিলেখা তাই কখনো কখনো নিজেকে সামলাতে না পেরে বলে বসে ,
- "ভেবোনা এভাবে সব সময় সবাইকে বাঁচানো যায় , উল্টো দিকের মানুষটার ইন্দ্রিয় গুলোও সজাগ থাকে সেখানেও কিছু কথা থাকে "

সুলেখার দিদির কথা ভাবলে যেমন কষ্ট হয় তেমনি দেবোপমের কথা ভেবে কিছুটা স্বস্তি পায় । সোজা সরল গোবেচারা ছেলেটা যেমন মায়ের কোলের ছেলে তেমনি মা বাবার ন্যাওটা আর সঙ্গে মাসিরও আদরের । ওর ওপর কোন দিনই জোর করে কিছু চাপিয়ে দেয়নি দিদি জামাইবাবু । কিছুটা নিজের মতো বেড়ে উঠেছে । তাই অতিরিক্ত বিদ্যেধর হয়ে মাথা কিনে নেওয়ার সুযোগও পায়নি অথচ আদরে বাঁদরও হয়ে যায় নি । কিন্তু কোলের ছেলে আদরের ছেলে হলেও দিদি জামাইবাবু দেবোপমের উপর আশা ভরসা ততোটাও করে না । বড়ো দুই ছেলে দেবতোষ ও দেবদূত যাদের জন্য প্রাণপাত করেছে তাদের উপরই যত বিশ্বাস, যত বল ভরসা , যত দাবি । তার প্রত্যুত্তরে তাদের একটাই বক্তব্য , " তাহলে নিজেদের স্বার্থেই আমাদের পেছনে কষ্ট করেছ, সব বাবা

মায়ের ওই এক কথা , আমরা যদি নিজেদের ইচ্ছেমতো থাকতে না পারি তাহলে এই ইচ্ছেটা বোঝার জন্য তৈরি না করলেই পারতে ! "
এর ওপর তো আর কোন কথা থাকতে নেই ---------

দিদি তাই একটা কথা মাঝে মাঝে বলে একটা মেয়ে থাকলে তবু মাকে একটু বুঝতো। শুধু বিকাশ জামাইবাবু নয় মেয়ের জন্য চাহিদা বা ইচ্ছে দিদিরও কিছু কম ছিলনা। মেয়ের প্রতি একটু বেশি টান রয়েছে সেটা বোঝাই যায় যখন দুটো ছেলের পরেও দেবোপম হল । সুলেখার সেরকম বোঝার বয়স না হলেও প্রয়োজন যে ছিলনা সেটা বুঝেছিল । দিদি সে সময় খুবই অসুস্থ হয়ে গেছিল সুলেখার বিয়ে পরীক্ষা হয়ে গেছিল তাই অসুবিধা হলো না টানা তিন মাস দিদির কাছে দিদি সুস্থ না হওয়া পর্যন্ত ছিল, তারপরও মাঝে মাঝেই যাওয়া-আসা লেগেই থাকত বিয়ে না হওয়া পর্যন্ত, তাই মাসিকে দেবোপম না দেবোপমকে মাসি ভালোবাসে কোনটা যে বেশি রনজয় বুঝতে পারেনা। অনেক সময় ঠাট্টা করতেও ছাড়ে না,
- দিদির ছোটটাকে তুমি রেখে দাও সুলেখা, তাহলে দিদিরা তোমার দুজনেরই হিসেব সমান থাকবে। সুলেখা কে খুশি করতে গিয়ে উলটে অভিমানী করে ফেলে রণজয়।
- রাগত স্বরে বলে আমার আর একটা হলে কি মহাভারত অশুদ্ধ হয়ে যেত ?
সুলেখার হয়তো খেয়াল নেই কিংবা মনে করতেও চায়না যে সত্যিই ডাক্তারের নির্দেশ ছিল সেরকমই, মহাভারত সত্যিই অশুদ্ধ হত। থাক সে কথা বলে আর এখন শুধু শুধু পরিবেশটাকে গম্ভীর করা কেন, তাই রনজয় কোন প্রত্যুত্তর'' করল না।

দেবীর সঙ্গে গল্প জমে উঠেছে দেবোপমের । আজ রনিতের আসতে দেরি হচ্ছে, অফিসে কার ফেয়ারওয়েল ফাংশান আছে ।
- নতুন কিছু লিখলে দেবী
-হ্যাঁ দাদাভাই ছোটখাটো গল্প তো চলছে তবে তার পাশাপাশি একটা বড় গল্প ধরেছি, জানিনা এটা উপন্যাসও হয়ে যেতে পারে ।
- বাহ খুব ভালো কথা , যেসব পত্রিকাগুলোর চাহিদা আছে অর্থাৎ চালু পত্রিকা সেগুলোতে গল্প গুলো পাঠাতে থাকো ।আমাকেও দুটো পান্ডুলিপি দিও , দু একজনের সঙ্গে পরিচয় হয়েছে। নগরকেন্দ্রিক সাহিত্যে সম্মেলনে ডেকেছিল আমাদের মন্থন ক্লাবকে। বেশ কয়েকটা জেলায় সেমিনার ছিল ।
- তাহলে দাদাভাইয়ের এই জন্যই দেখা মেলেনি।
- পাশ থেকে রনজয় ফুট কাটলো
- ওরে বাবা তুমি যে একেবারে কেউকেটা হয়ে গেলে ।
- না মেসোমশাই সেটা যদি হতে পারতাম তাহলে কি আর কবিতার ঝোলা কাঁধে ঘুরে বেড়াতাম ? তবে দেবী হাল ছাড়লে হবে না ।
- দাদাভাই তুমি সব সময় বলো কিন্তু আমি সামনে কিছুই পথ দেখিনা, পরিবেশটাকে

হালকা করার জন্য দেবলীনা বলল তোমার লেখা একটা কবিতা শোনাও দাদাভাই। কবিতা শুরু হল না , রনিত কবিতা বলতে বলতে ঘরে ঢুকলো," বহুরূপে সম্মুখে তোমার ছাড়ি কোথা খুঁজিছ ঈশ্বর , জীবে প্রেম করে যেই জন সেই জন সেবিছে ঈশ্বর।" -ছোড়দা ভাই কোথায় ছিলে এতদিন, আমাদের ওপরেও একটু প্রেম ট্রেম দেখাও।

রনির মুখে কবিতার লাইন দেবলীনার ঠোঁটে হাসি খেলে গেল। যেন চোরকে বিচারকের রাস্তা দিয়ে হাঁটতে বলা হয়েছে। হাসির মধ্যে বুকটা মোচড় দিয়ে উঠলো শিউলির কথা ভেবে।

মেয়েটা সারাদিন গান আর কবিতা দিয়ে দাপিয়ে বেড়াতো, ভারী সুন্দর গানের গলা তেমনি কবিতা বলতো আর কথায় কথায় সুধাংশু দাস কথা বলতো। বলতো সুধাংশু দাস আমাকে আবৃত্তি করা শিখিয়েছে কি দরাজ গলায় চমৎকার আবৃত্তি করে। জিজ্ঞেস করতে বলল পিসির ভাসুরের ছেলে পুরুলিয়ায় থাকে। পিসির সঙ্গে মাঝে মাঝে যাই।

শিউলির সঙ্গে হোস্টেলে একরুমে থাকতে থাকতে দেবলীনা অনেক কথাই জেনেছে, নিঃসন্তান বিধবা পিসিই মানুষ করেছে। একটু বড় হওয়ার পর থেকে বাবাকে প্রায় হারিয়ে ফেলেছে। শিউলিকে জন্ম দেওয়ার পর মা মারা যাওয়ায় বাবার ঘরের প্রতি ছাড়া ছাড়া ভাব ছিল, কখনো বাড়ি ফিরে আসে আবার উধাও হয়ে যায়। পিসিই একমাত্র ভরসা দশ বছর হয়ে গেছে বাবা আর একবারও আসেনি। মায়ের কোন অস্তিত্ব নেই,ধীরে ধীরে বাবাও অস্পষ্ট হয়ে যাচ্ছে। শিউলি বাস্তবটা বুঝতে বুঝতে অনেকটাই সাবলীল ভাবে এগিয়ে চলেছে।এখন শিউলি অনেকটাই বড়ো পিসির একটা ভরসার জায়গা। কলেজ হোস্টেলে রুম নিয়ে সমস্যা হচ্ছিল। রুম পেলেও দুজনের রুমে আর একজন না পেলে মুশকিল , একা কাউকে হোস্টেলের রুম দেওয়া হয় না এটাই নিয়ম , শিউলি ভেবে পাচ্ছিল না কি করবে।

দেবলীনা কমার্সে একাউন্টেন্সিতে অনার্স নিয়ে ভর্তি হয়েছে, কিন্তু সমস্যা একই রুমে পাটনার চাই। অফিস রুমে একজন মহিলা ছিলেন তিনি বললেন," তোমার আগেই যে মেয়েটি বেরিয়ে গেল দেখো তাকে পাও কিনা" দেবলীনা নামটা জেনে নিল 'শিউলি' এবং এও জানলো শিউলির সঙ্গে একজন মাঝ বয়সী মহিলা আছেন। অসুবিধা হলো না , দেবলীনা বাবার সঙ্গে কিছুটা এগোতেই দেখতে পেল গাছের তলায় বেদির উপর এক ভদ্রমহিলার সঙ্গে একটি মেয়ে , আলাপ করল দেবলীনাকে কিছুই বলতে হলো না, খুবই মিশুকে রুমের কথা বলতেই নিজেই সব কিছু বলে গেল, কিছু অভিযোগও উঠে এলো ওর কথায় ,

- আচ্ছা দেখো রুমগুলো রেখেছে দেবার জন্যই তো , সেখানে কন্ডিশন রাখার কি প্রয়োজন আছে ? আর যদি রাখেও তো আমরা কোথা থেকে কিভাবে জোগাড় করবো , নিজেরা লিস্ট রাখুক না তারপর ডিস্ট্রিবিউট করুক ঝামেলা চুকে যায়। শিউলির সঙ্গে ভদ্রমহিলা বললেন "তুই এবার থাম না, ওনারা দাঁড়িয়ে আছেন কথা বলে নে।"

কথা কিছু বলার নেই দেবলীনা বললো, তোমার নাম শিউলি নিশ্চই, অফিস থেকে বলে

দিল আর আমি দেবলীনা তোমার রুম পার্টনার , তুমি কি রাজি ?

ওরে বাবারে আর কোথাও খুঁজতে যেতে বোলো না , আমি তো ভাবলাম আজ আর হলো না । এর আগেও আমি দুদিন ফিরে গেছি । তোমাকে থ্যাঙ্কস যে তুমি আমাকে খুঁজে নিয়েছ ।

কলেজে দেবলীনা আর শিউলি একই ক্লাসের ছিল আর রুম পার্টনার ছিল । শিউলির মতো এত সপ্রতিভ উচ্ছল প্রাণবন্ত মেয়ে খুব কমই দেখা যায় ।

7

সপ্তম পর্ব

শিউলি দেবলীনা স্বভাবে একেবারেই বিপরীত । শিউলি ভীষণ প্রাণোচ্ছল ফুরফুরে সারাদিন কলকল করে অনর্গল কথা বলে যায় , খিলখিল করে হেসে গড়িয়ে পড়ে , যেখানে একটা দুটো কথায় সারা যায় সেখানে দশটা কথা বলে যায় তার সঙ্গে এতোটাই সুন্দর মনের যে যে সঙ্গে থাকে সেই বোঝে যতটা খোলামেলা ততোটাই সোজা সরল । সময়টা যে কোথা থেকে বেরিয়ে যায় বোঝাই যায়না। প্রথম দিন রুমে এসেই বললো,- এই দেবী দুই কোনায় দুটো খাট, কেমন পর পর লাগছে আমরা খাট দুটোকে এক সঙ্গে জুড়িয়ে দিই । আচমকা এরকম কথা শুনে দেবলীনা প্রথমে অবাক হয়ে গেল , কারণ দেবলীনার পক্ষে এরকম কিছু ভাবা খুবই অসম্ভব, শিউলির পক্ষে যেন সেটা ততোটাই স্বাভাবিক । একটু ধাতস্থ হয়েই দেবলীনা বললো - রুমের বাইরে যে বোর্ড টা টাঙানো আছে সেটা ভালো করে পড়ে দেখে এসো , সেখানে স্পষ্ট কিছু নিয়মকানুন দেওয়া আছে।

শিউলি বোর্ডের সামনে দাঁড়িয়ে গরগর করে পড়ে যাচ্ছে

কোন রকম আওয়াজ করে অন্যকে বিরক্ত করা যাবে না ।

কোন ধরনের মাদক দ্রব্য সেবন নিষেধ ।

নিজের জিনিসের দায়িত্ব সম্পূর্ণ নিজের ।

এক খাটে দুজন কিংবা দুটো খাট একসঙ্গে করে ব্যবহার করা যাবেনা ।

রুমে আবর্জনা জমিয়ে রাখা নিষেধ ।

সপ্তাহে একদিন ঘর পরিষ্কার করতে লোক আসবে বাকি দিন গুলো নিজেদের দায়িত্ব নিতে হবে ।

এরকমই সব লেখা । বিরক্তির সঙ্গে বললো ধুর জেলখানা তেও তো এতো নিয়ম থাকে না। তারপর সন্দেহজনক চোখ করে

- কি ব্যাপার বলতো দেবী শালারা কি ক্যামেরা বসিয়ে রেখেছে নাকি ?

- ক্যামেরা আছে কিনা জানিনা তবে ভয়েস রেকর্ডার থাকলেও থাকতে পারে। তখন গালাগালি দেওয়া বেরিয়ে যাবে ।

- ওহ সরি

-সরি বলে কি হবে চাঁদু , বন্দুক কা গোলি নিকাল গিয়া - এই দেবী ছাড়ো তো , ফালতু টেনশন নিতে পারি না ।

এই দেবী ফালতু ফালতু খাট নিয়ে আমাদের ডাউট করবে কেন ? আমরা আমাদের বন্ধুদের একটু আদর করে চুমু খেতেও পারবো না ,আমাদের বৈরাগী ভেবেছে ইস কি আমার নদের নিমাই এলো রে ।

দেবলীনা কিছু ভেবে উঠতে পারছে না শিউলিকে ঠিক কোন ধারায় ফেলবে । আলাপ হওয়ার সঙ্গে সঙ্গে ও যেভাবে কথা বলে যাচ্ছে , সামলানো মুশকিল । শুধু বললো আর রাগ দেখাস না , শান্ত হ , আস্তে আস্তে সব সয়ে যাবে । দেবীর খেয়াল নেই কখন তুমি থেকে তুই এ নেমে এসেছে ।

দেবলীনা কলেজ হোস্টেলে শিউলির সঙ্গে থাকা সময়গুলো কোন দিনই ভুলতে পারবেনা । শিউলি যতটা ছটফটে দেবলীনা সেরকম একদমই নয় কিন্তু শিউলির সঙ্গে সে পাল্লাও দিতে কখনোই পারবে না। আর সে ইচ্ছেও নেই। দেবলীনার কিন্তু শিউলির কথাবার্তা চালচলন একদমই ভালো লাগেনা না। হাজার প্রশ্ন করতে থাকে, হাজারো কৌতূহল তার । দেবলীনাকে সবসময়ই বিরক্ত করে মারে সব সময় মুখে লেগেই আছে তুমি এত চুপচাপ কেন? এভাবে কি রামগরুড়ের ছানা হয় থাকা যায় নাকি? আমার তো পেট ফুলে উঠবে। আমি একদম চুপ করে থাকতে পারিনা ।তুমি না কথা বললে আমি কার সঙ্গে কথা বলব? অদ্ভুতভাবে দেবলীনার পেছনে লাগতে থেকে। এত রকম খুনসুটি করে দেবলীনার সঙ্গে, ওর পক্ষে সব সময় এত চনমনে ব্যস্ততা থাকা সম্ভব নয় । নিজের মনে একাচোরা অন্তর্মুখী দেবলীনা নিজের মধ্যে থাকতেই ভালোবাসে। ভাবনা চিন্তা গুলো অনেকটাই অন্যরকম নির্জীব । হয়তো তার কারণ ওর জীবনের বিপর্যয় এবং সেটাকে মেনে নিতেই হবে অথচ তাকে আমল দেওয়াও উচিত না সেটা মনে হয়েছে দেবলীনার। চেষ্টা করেছে ভুলে থাকতে কিন্তু ভোলা কি যায় ! কাঁটা জায়গাটা দেখলেই তো কষ্টটাও মনে পড়ে তেমনি ঋতুমতী হওয়ার সঙ্গে সঙ্গে মনে পড়ে মা-বাবার সেই বলা কথাগুলো ।তখনো বুঝতে শেখেনি দেবলীনা খেলনা গাড়ির উপর কিভাবে যেন পড়ে যায় আর এমন আঘাত পায় যে রক্ত পাত হতে থাকে ঋতুস্রাবের জায়গা থেকে। ছোট্ট বয়স ডাক্তার সেভাবে আমল দেয় না, বলেন বয়সের সঙ্গে সঙ্গে ঠিক হয়ে যাবে। এভাবে কিছুটা বড় হয়ে আবারো একই ঘটনা পুনরাবৃত্তি ঘটে যায়। বেড়াতে গিয়েছিল ঝান্ডি ফেরার পথে শান্তা খোলা নদীতে পাথর নিয়ে খেলছিল কিশোরী দেবলীনা। কিছু নুড়িপাথর কুড়িয়ে নিচ্ছিল এমনই সময় পাথরে পা আটকে পড়ে যায় আর তখনই অঘটন ঘটে । কতই বা বয়স কিশোরী বেলায় জরায়ুতে আঘাত পায় রক্ত ক্ষরণ হয় আর দুর্ঘটনাটা সারা জীবনের জন্য পাকাপাকি হয়ে যায় । চিকিৎসার ফলাফল যা

হয় তাতে জানা যায় ভবিষ্যতে মা হওয়া অনিশ্চিত অর্থাৎ সন্তান ধারণ করলেও তা ক্ষণস্থায়ী হবে । ওর নিজের ব্যাপারে এক সময় কিছুই অজানা থাকেনা । আস্তে আস্তে মিতভাষী অন্তর্মূখী হয়ে ওঠে ।

আজ দেবলীনাকে ভাবনায় পেয়েছে , শিউলির চুমু খাওয়ার কথা মনে পরতেই হাসি পাওয়ার কথা কিন্তু না হাসির কথায়ও সব সময় হাসি পায় না । এখন যে সময়টার মধ্যে দিয়ে এগোচ্ছে সেখানে চারপাশটা ঘিরে রয়েছে অনিশ্চয়তা কিছু মানসিক অস্থিরতা আর রয়েছে এক বুক বালিয়ারির শুষ্কতা । দেবলীনার কেঁপে কেঁপে ওঠে, মরু শুষ্কতা মাখা ঠোঁট দুটো সিক্ত হতে চায় মরুদ্যানের স্পর্শে । পৃথিবীর সব চাওয়া পাওয়া হারিয়ে যায় রনিতের অবসন্নতায় । ভোরের শিশিরে রয়ে যায় শুধুই আকুলতা ।

দেবলীনার মনে পড়ে ওর ছোট্ট বেলার দিনগুলোর কথা । শিশির ঝরা সকালে রৌদ্রোজ্জ্বল দিনের ফুরফুরে মনের কথা। দেবলীনা তখন ছোট্ট কুঁড়ি তখন দেবলীনা এত্তোটুকু তবুও সেই ছোট্টবেলাকার কথা এখনও যথেষ্ট মনে পড়ে, কি সুন্দর ছিল সেই সময়গুলো মা ওকে একটা লাল টুকটুকে ফ্রক পরিয়ে আর প্রজাপতি আঁকা লাল টুপি আর লাল জুতো পরিয়ে ঘরের সামনে ছোট্ট বাগানের মধ্যে ছেড়ে দিত। দেবলীনা একটা প্রজাপতির মতো উড়ে বেড়াতো সেই বাগানে কখনো এপাশ থেকে মা ছুটে এসে ধরত কখনো বাবা, এই ভাবেই ছুটোছুটি ছোঁয়াছুঁয়ি খেলে বিকেলবেলা গুলো কেটে যেত তারপর সন্ধ্যা থেকে মা রান্নাঘরে গেলে বাবা ওকে কোলে বসিয়ে বড় বড় ছবি দেওয়া বই গুলো খুলে দেখা তো কখনো কোথাও রামধনু কিংবা খরগোশের অথবা অন্য কিছু রঙিন ছবি সেই ছবিগুলো দেখতে দেখতে বাবার মুখে কত রকম গল্প শুনি না ওদিকে মা রান্নাঘর থেকে ওর জন্য খাবার তৈরি করে বাটিতে করে নিয়ে এসে বাবার পাশে বসে চামচে করে তুলে দিতো ওর মুখে, ইচ্ছে হলে দেবলীনা ঝাঁপিয়ে পড়তো মায়ের কোলে। মা চুমুতে চুমুতে ভরিয়ে দিল ওর কচি গাল দুটো আর ঘরের মাঝখানে ওকে দেখে দুদিক থেকে বাবা আর মা ওকে ডাকতো , কার কাছে ও আগে যায় তবে কোনো অজ্ঞাত কারণে দেবলীনা সবার আগে বাবাকে ছুঁয়ে দিয়ে ঝুপ করে এসে মায়ের কোলের মধ্যে লুকিয়ে পড়ত বাবা ও পেছনে পেছনে কোথায় গেল কোথায় গেল আমার সোনাটা কোথায় গেল বলে হামাগুড়ি দিতে দিতে এসে ওদের দুজনকে জাপটে ধরতে এখন সেই রং ঝলমলে দিনগুলোর কথা মনে পড়লে যেন দেবলীনার চোখ ফেটে জল আসতে চায় এরপর ধীরে ধীরে বাবার হাত ধরে স্কুলে যাওয়া মায়ের হাত ধরে স্কুল থেকে ফেরা।

এসব করতে করতে দেবলীনার মনে হচ্ছিল যেন মানুষ দুটো নিতান্ত যন্ত্রচালিত কর্তব্যের মত সমস্ত কিছু তে অংশগ্রহণ করছে । কোথায় জানি একটা সাবলীল সম্পর্কে স্রোত যেন ঘোলা জলের নিচে লুকিয়ে থাকা উপল খন্ডে ধাক্কা খেয়ে অনিয়ন্ত্রিতভাবে বয়ে চলেছে। কর্তব্য করতেই কেউ হাসছে কেউ গাইছে একদিন । রাতে হঠাৎ ঘুম ভেঙে দেখল ও মায়ের পাশে শুয়ে থাকলেও বাবা সেখানে নেই মা তখন নিঃসাড়ে ঘুমিয়ে চলেছে। ধীরে ধীরে পা টিপে টিপে শোয়ার ঘরে বাইরে এসে দাঁড়াতে দেখতে

পেল বসার ঘরে সোফা সেটের উপরে বাবা ঘুমিয়ে আছে। সেদিন যেন মনে হলো ওর পৃথিবীটা হয়তো দ্বিখণ্ডিত হয়ে গেছে। এরপর যত দিন যাচ্ছে দেবলীনা স্পষ্ট বুঝতে পারছিল ওদের দুজনের মাঝখানের ভুলটা যেন আরও গভীর থেকে গভীরতর হয়ে উঠছে অথচ কখনোই ওর সামনে বাবা-মা দুজনেই কেউ কোনো রকম বিতর্ক অথবা কথা কাটাকাটি হয় না এমনকি পরস্পরের প্রয়োজনে পরস্পর সমস্তই কথা বলে বাইরের পৃথিবীটা সম্মুখে নিজেদেরকে স্বচ্ছ রূপে সাজিয়ে রাখে দেবলীনার ও মুখের হাসি ধীরে ধীরে ঝরে পড়ছে, শুকিয়ে যাচ্ছে। এখন ও ও যেন কর্তব্যের হাসি হাসে কর্তব্যের খুশি প্রদর্শন করে । স্কুল থেকে ফিরে নিজেই নিজের হাত পা ধুয়ে টিফিন করে কিছুক্ষণ পরে পড়তে বসে যায়। আবার সময় হলে খাবার টেবিলে পৌঁছে যায় ঘুম পেলে ঘুমিয়েও পরে । যত সময় যাচ্ছে দেবলীনা ও যেন যন্ত্রচালিত স্তব্ধ পুত্তলিকার মত আচরন করছে আর তাতেই যেন বাবা-মায়ের শান্তি , তারাও যান্ত্রিক সম্পর্ক রক্ষা করে চলেছে ।

দেবী কোথায় চলে গেছো , ভাবতে ভাবতে হারিয়ে গেলে নাকি !

রনিতের ডাকে দেবলীনার যেন ঘুম ভাঙলো ।

সবাই তো তোমার লেখা একটা গল্প পড়তে বলছে । তুমি কি এখন গল্প ভেবে তারপর বলবে ? আরে তোমার যা লেখা আছে তার থেকেই একটা গল্প পড়ে শোনাও দেবী ।

৪

অষ্টম পর্ব

হ্যাঁ রনিত তুমি অফিস থেকে আসার আগেই দেবোপমদাকে একটা কবিতা শোনাতে বলে ছিলাম , সে দাদাভাই তো তোমার কবিতা শুনেই বোধহয় নিজেরটা পড়তে ভুলে গেল ।

- না দেবী তোমার গল্প পড়ো শুনি , আসলে এতোদিন ধরে ঘুরে ঘুরে আর বক বক করে গলার বারোটা বেজে গেছে । কবিতা কবিতার মতো না পড়লে আবার কবিতা ভালো লাগেনা ।

- আসলে দাদাভাই আমি যে উপন্যাসটা শুরু করেছি ওটা পড়ে লাভ নেই ,তুমি তো চলে যাবে , ওটা বরং শেষ হলে তোমায় দিয়ে দেবো পড়ে নিও , আমি এখন অন্য একটা গল্প পড়ছি ।

- হ্যাঁ দেবী উপন্যাসটা শেষ হলে আমায় দিও , দেখি কিছু করতে পারি নাকি ।

- শাশুড়ি (সুলেখা) ভিতর থেকে বললেন , এই দাঁড়া আমি আসছি তারপর শুরু করবি ।

-শশুরমশাই (রণজয়) ফুট কাটলেন , সিনেমা হলের বই কিন্তু কেউ আসতে দেরি করলে বসে থাকেনা , সময় মতো শুরু হয়ে যায় ।

- সুলেখাও কম যায় না , বললো
সিনেমা হলে অনেক ডিটারজেন্ট , পারফিউম , পাতালরেলের এড দেখায় , ওই সময়টাও তো পাওয়া যায় ।

কাকিমা চলে এসেছে , বৌদি তুমি শুরু করো ।
পাঙ্গালি কখন ঝুপ করে এসে মাটিতে বসে পড়েছে কেউ খেয়াল করে নি ।

হুম শুরু করছি, গল্পের নাম
অন্য কেউ

ফেসবুকে আলাপ রেহার সঙ্গে, বছর তিনেক হয়ে গেল বিপ্লবের সাথে কথা হচ্ছে , কথা হয় ভালো লাগে অদ্ভুত একটা টান অনুভব করে, নাম ছাড়া পরিচয় এর মধ্যে আর কিছুই পরিচিতি নেই, শুধুই শব্দে শব্দে গড়ে উঠছে বন্ধুত্ব আরো এগিয়ে গিয়ে প্রেমে ভেসে গেছে দুজনে বেশ কিছুদিন,কখনো কথায় কথায় গড়ে উঠেছে নীবিড় বন্ধন, গানে গানে সুরে সুরে ভরে দিয়েছে একে অপরকে,একে অপরের খোঁজ নিতে দেরি হলেই শব্দে শব্দে মিশে গেছে অভিমান। আরো কিছু এগিয়ে ভালোবাসায় দুজনে এমন-ই আবদ্ধ হয়েছে আর পিছনে ফিরে তাকাবার কথা ভাবতেও পারে না ।

এখন এই তিন বছরে এখন আর কেউ কাউকে এক মুহূর্তের জন্য কথা না বলে থাকতে পারে না, এ তিন বছরে কেউ কারো কাছে কোনো প্রশ্ন রাখেনি দেখা হওয়ার কিংবা আরও একটু কাছে আসার ব্যাপারে কোন প্রশ্ন রেখে বলেনি কখনো একবার তোমায় দেখি । এরকমই কোনো প্রশ্ন কখনো মনেও আসেনি ,এমন কি কেউ কারো ছবিও দেখেনি, শুধু কথা দেওয়া-নেওয়া তে আজ এতটাই কাছাকাছি দুজনে যে এবার বোধহয় দেখাটা দরকার ।

রেহাই বলে একটু যদি দেখা করতে পারতাম।

বিপ্লব বলে শুধু দেখাই নয় যদি ভবিষ্যতে এগিয়ে যেতে হয় বা একসঙ্গে চলতে হয় কিংবা সংসার গড়তে হয় তাহলে বোধহয় একসাথে মেলামেশা বা কাছাকাছি থাকাটাও প্রয়োজন।

আরো কিছুদিন যেতে না যেতেই সত্যি সত্যি দেখা হওয়ার কথা হলো। দেখা হলো দেখার পরে পছন্দ না হওয়ার মত কিছু ঘটেনি তারপর কিছুদিন কাটলে ছুটি নিয়ে কয়েকদিন একসাথে ঘুরে আসাও হলো, ঘুরে আসার পর ওদের আর ব্যবধান রেখে চলা মুশকিল হয়ে উঠলো। ব্যবধান আর টেনে নিয়ে যাওয়া যখন অসম্ভব হয়ে উঠলো তখন বিয়েটা সেরে ফেলল।

ওরা এক সঙ্গে সংসার করছে বেশ ভালোই, কাটছে দুজনের একসঙ্গে খুশির জোয়ারে । ব্যস্ত জীবন যতটুকু কাছে আসে ততটুকুই যেন জীবনের সবটুকু পাওয়া হয়ে যায়, সত্যিই এত সুন্দর স্বপ্নমাখা জীবনের খোঁজ আরো কেন আগে হলো না , এটাও যেন কিছুটা আফসোস থেকে যায়, দুজনের মধ্যে বড় ভালো লাগার দিনগুলোও যেন খুব ব্যস্তময় , একসাথে প্রেম-ভালোবাসা খুনসুটি কিছু জানো অভাব নেই।

দেখতে দেখতে বছর কেটে গেল, ঘরের মধ্যে যেন কাটছে দুজনের যতটুকু কাজে-কর্মে থাকে তারই মধ্যে ভালোলাগাগুলো ফিরে ফিরে আসে কিছুরই অভাব বোধ করেনা।

আজ দুদিন হল বিপ্লব বাইরে গেছে বিশেষ কাজে , বিয়ের পর এই প্রথম কিছু অল্প সময়ের জন্য ব্যবধান তাও যেন যুগ পেরিয়ে যাচ্ছে বারে বারে নিজের ভাবনা গুলো ফিরে ফিরে আসছে মনের মধ্যে রেহার। অদ্ভুত পরিস্থিতি কিছুতেই মেনে নিতে পারছে না , এভাবে তো বহুদিন একা থাকেনি, পাগল অস্থির অস্থির লাগছে। অস্থিরতায় যেন

কাজের মধ্যে ডুবে থাকলে কাটবে, এই ভেবে কিছু বাড়তি কাজ করার করার জন্য মনস্থির করল, এত ব্যস্ততার মধ্যে ঘরের কোন বাড়তি কাজে মন দেওয়া যায় না তবুও নিজেকে একটু মানিয়ে নিতে হয় সবকিছুর জন্য।

তবু আজ রেহা একটু পেছন ফিরে তাকাবে ভেবে নিয়েছে, আলমারিটা খুলে বসলো কিছু গোছগাছ করবে ভাবলো , বিপ্লব এর আলমারিটা বড্ডো অগোছালো তার উপর বাইরে যাওয়ার জন্য সব যেন টেনে নামিয়েছে, আবার যেমন করে খুশি সব ঢুকিয়ে ভীষণভাবে অগোছালো করে দিয়ে গেছে, ঠিক আছে রেহা মেনে নিল কিছু তো কাজ খুঁজে পাওয়া গেল, সব নামিয়ে গুছাতে বসলো।

নামাতে গিয়ে ভিতরের একটা কোণে ওটা কিসের প্যাকেট? এটাতো একটা শাড়ির প্যাকেট , আরও অবাক হলো ! রেহার কাছে স্পষ্ট হচ্ছেনা ব্যাপারটা, বিপ্লব শাড়ি কিনেছে অবাক কান্ড ! সেরকমভাবে তো আমার শাড়ি পড়াই হয়না ,যা বিয়েতে পাওয়া আছে সে সমস্ত শাড়িতেই তো আলমারি ভর্তি আছে, আর তো আলাদা করে এই বছরের মধ্যে শাড়ি কখনো কেনার কথা মনে হয়নি। তাহলে ?

প্রশ্নটা খচখচ করছে রেহা একটু অবাকই হল, শাড়িটা নিয়ে বসল প্যাকেটটা খুলে খুব অচেনা মনে হলো , এটাতো এখানের কোন দোকানের নয় । এত দক্ষিণ ভারতের কোন শাড়ি মনে হচ্ছে, খুব অস্থিরতার মধ্যেই প্যাকেট টা খুলল , বাহ ভারী সুন্দর শাড়িতো, এটাতো মনে হচ্ছে দক্ষিণ ভারতের ঐতিহ্যবাহী কলমকারী শাড়ি ,খুব পছন্দের শাড়ি একদম রেহার মনের মতো। এক মুহূর্তের জন্য সব প্রশ্ন উধাও হয়ে গেল , শাড়িটা খুলে আয়নার সামনে গিয়ে শাড়ির আঁচল গায়ে ফেলল বাহ খুব সুন্দর, বিপ্লবের প্রতি যেন আরো আরো একটু ভালোবাসা বাড়তি ছুঁড়ে দিল, অজান্তেই কয়েকটা চুমু খেয়ে নিল মুখের কাছে নিয়ে।

শাড়িটা আবার ভাঁজ করে প্যাকেটে রাখতে গিয়ে বিলটা দেখল এটা একটা কোন দক্ষিণ ভারতের শপিং সেন্টারের আরও একটা সাদা ভাঁজ করা কাগজ এটা কি? খুলে দেখল একটা চিঠি , ভীষণভাবে অবাক হচ্ছে রেহা , প্রশ্ন গুলো আবার মাথা চাড়া দিয়ে উঠেছে, আরও একটা পদক্ষেপ যেন এগিয়ে গেছে, চিন্তা এগিয়ে চলেছে ভাবনা কুরে কুরে খাচ্ছে। কার চিঠি কে লিখেছে ? পড়তে শুরু করল ......

প্রিয় বিব ,

তোমাকে আজ জোর করেই অপরিচিত করে তুলতে হচ্ছে, বড় কষ্ট হচ্ছে জানো এভাবে লিখতে, তবুও আমি নিরুপায় ,আর তো কিছু নতুন করে ভাবতে পারছি না, একটু মনটা শক্ত করো , তোমাকে ভীষণ কষ্ট দিয়ে ফেলতে পারি জানো, একটু নিজেকে সামলে নাও তারপর চিঠিটা পড়ো, হয়তো তোমাকে ভীষণ ভাবে আঘাত করব, এই চিঠিটা তোমাকে বিপদেও ফেলতে পারে, কিন্তু আমার অনুরোধ তুমি নিজেকে সামলে নেবে , নতুন করে কিছু ভাববে লক্ষীটি, ভাবনা গুলোকে নিজের খেয়ালে রেখো না, চিঠিটা পড়ে ছিঁড়ে ফেলার সঙ্গে সঙ্গে নিজের মন থেকেও সমস্তটা জলে ভাসিয়ে দেবে , এটাই তোমার

কাছে আমার শেষ অনুরোধ।
চিঠিটা কোথাও একটু বসে তারপর পড়ো লক্ষীটি, ভুল করোনা একটু বোঝার চেষ্টা করো , তোমাকে আমার অনেকটা সময় অন্ধকারে রাখা হয়ে গেছে, আমার এতটা এগোনো উচিত হয়নি কারণ আমিতো নিজেকে জানি , তোমার কাছে আমি অজানা হলেও আমি তো সত্যিই নিজেকে জানি, তাও হয়তো কিভাবে তোমায় ভালোবেসে ফেললাম, তোমার এত কাছাকাছি থেকে মনে মধ্যে নিজের জায়গা করে নিলাম এটাও বোধহয় আমার অন্যায় হয়েছে, তবু একটা লোভ ছিল জানো একটু ভালোবাসা পাওয়ার। জানিনা এর জন্য আমি কত পাপ বা অপরাধ করলাম।
কিন্তু ভালোবাসাকে পাওয়া কি অন্যায় বলো , আমিও তো একটা মানুষ , কাউকে নিজের করে না পেতে পারি কিন্তু ভালবাসতে তো দোষ নেই, ভালোবাসা তো মন মনের মধ্যে গেঁথে থাকে, সে তো নিজের মতো করে এগিয়ে চলে, তাতে আমার কি অপরাধ বলো, যদি সত্যিই অপরাধ করে থাকি আমাকে একটু মাফ করে দিও, পাপতো আমি করেছি কিন্তু সেই পাপের ভাগী আর তোমাকে করতে চাইলাম না, তাই আমি নিজের জায়গা থেকে সরে যাচ্ছি। আবার বলছি ক্ষমা করে দিও একটু মেনে নিও ভুল বুঝোনা, যা বললাম মনে রেখো এবার যা বলব তাতে হয়তো আরো আশ্চর্য হবে, তবু আমায় বলতে হবে তোমাকে, আর কতদিন অন্ধকারে রাখবো, তাই বাধ্য হচ্ছি বলতে।

আমার বাবা একজন কম্পাউন্ডার, কিন্তু কম্পাউন্ডার হয়েও একজন মোটামুটি ডাক্তারের থেকে কিছু কম নয়। এমনকি ছোটখাট অপারেশনও করতে পারে। গ্রামে তাই সবাই সমস্ত ব্যাপারেই বাবার উপরই ভরসা করে এখনও করে। আমি যখন জন্মায়নি একটু একটু করে ঘনিয়ে আসছে সেই শুভক্ষণ , তারপর সময়ের বেশকিছু আগেই আমি জন্মালাম , হাসপাতালে দেওয়ার কথা মনে আসেনি কারণ জন্মের সময় অনুযায়ী অনেক টাই বাকি ছিল। হঠাৎ অসুস্থ হয়ে পড়ে মা , দুপুরবেলা বাবা ঘরেই ছিল আমি জন্মালাম, পৃথিবীর আলো দেখলাম , হয়তো আমার জ্ঞানে নেই তবুও তো দেখলাম , কিন্তু মা তখন প্রায় অচৈতন্য আর বাবা চোখ বন্ধ করে নিলেন আমাকে দেখে, এ আমি কি দেখছি, হায় ভগবান , কারণ আমি তোমাদের ধরা বাঁধা সভ্য সমাজের মধ্যে পরই না , আমি তৃতীয় লিঙ্গের , আমি ব্যতিক্রমী , তোমাদের সমাজে আমাদের তোমাদের মঙ্গল কামনা করে বেঁচে থাকতে হয় ভিক্ষাবৃত্তি করে , তাও বাবা সব ভুলে আমাকে বাঁচাবার চেষ্টা করলো ,মায়ের চৈতন্য অবস্থা দেখে বাবাকে চোখ খুলতেই হলো মাকে বাঁচাতে হবে। আমাকে বাঁচালো বাবা মাকেও সুস্থ করে মানিয়ে নেওয়ার জন্য বোঝানোর চেষ্টা করলো। যেমন ডাক্তারের কাজ সবটাই করল বাবা কিন্তু মা বাবা ভীষণ বিমর্ষ কারণ সামনে কঠিন সময় যার সঙ্গে যুঝতে হবে। এখন বাবা কি করবে হাসপাতলে হলে এতক্ষণ তো জানাজানি হয়ে যেত , আমাকে নিয়ে তোলপাড় শুরু হয়ে যেত সমাজে মা বাবার কাছে থাকা মুশকিল হয়ে যেত।

রণজয় , সুলেখা , দেবোপম, রনিত আর আছে পাঙ্কালি সকলেই নিঃশব্দে গল্প শুনছিল , হঠাতই পাঙ্কালি কে দেখলো ফোঁস ফোঁস করছে ।

দেবলীনা পড়া বন্ধ করে বললো
কি হলো তোর , গল্প কি কিছু বুঝলি ? কাঁদবার কি হলো আশ্চর্য তো !

বুঝবো না কেন বৌদি , বুঝেছি বলেই তো কষ্ট হচ্ছে । তোমার গল্পে যার কথা বললে তার বাবা ডাক্তার তাই ওর জন্মটা বাড়িতে হলো কেউ জানতেও পারলো না । আর বাবা মা কত কষ্ট করে হলেও ওকে কত সুন্দর মানুষ করেছ , সবার ভালোবাসা পেলো । আর আমার বোনটা কেউ জানেনা কোথায় আছে , বাবা চোখে দেখেও নি , এত বড়ো বাচ্চা হয়ে ছিল মায়ের জ্ঞান ছিলনা , সরকারি হাসপাতাল , কোথায় যে নিয়ে গেল , কোথায় যে পাঠিয়ে দিলো কেউ জানেনা । মা এখনও কাঁদে ।একটু ভালোবাসা যত্ন আদর কিচ্ছু পেলো না ।

পরে বাকিটা শোনাবো বলে দেবলীনা পাঙ্কালিকে কাছে টেনে নিল ।

৯

নবম পর্ব

পাঙ্গালিকে সুলেখা দেবলীনা অনেক বোঝালো,
কি করবি বল সবই আমাদের কপাল , সমাজে থাকতে হলে বাড়ির নিয়মের মতো সমাজেরও কিছু নিয়ম থাকে আর সেটা মানতে আমরা বাধ্য , মন খারাপ করিস না , তবে সরকার ওদের স্বীকৃতি দিয়েছে সমাজে ওদের ও জায়গা আছে । শিক্ষা জীবিকা সুস্থ জীবন ওদেরও প্রাপ্য । চাইলেই পেতে পারে তেমনি আইন হয়েছে । মন খারাপ করিস না , অনেক রাত হয়েছে মা চিন্তা করছে , বাড়ি যা ।

পাঙ্গালি চলে যেতে দেবলীনা বললো ,
বেশ ঠান্ডা লাগছে একটু চা করি , বাবা দাদাভাই রনিত সবাই খাবে তো ? মা তোমার মুখে কি পান আছে , চা কি করবো ?

রণজয় ফুট কাটলো, তোমার শাশুড়ির পান নিয়ে কোন সমস্যা নেই , ও যেখানেই থাকুক ব্রিজের তলা দিয়ে কিংবা বাইপাস হয়ে চা ঠিক জায়গায় পৌঁছে যাবে ।
সুলেখা কিছুই বললো না , পাঙ্গালি মনটা নাড়া দিয়ে চলে গেছে । মা হারা সন্তান কিংবা সন্তান হারা মা কে বেশি কষ্ট পায় , আর কষ্টটাই কি সব , একটা জীবনের অস্তিত্বের সংকট যেখানে সহানুভূতিহীন সমাজ যাকে আস্তাকুঁড়ে নিক্ষেপ করে , যার জীবনটাই কলঙ্কিত , বেঁচে থাকাটাই যন্ত্রণা, যে নাড়িছেঁড়া ধনের জন্য দশ মাস দশ দিন প্রতীক্ষার পর অকল্পনীয় প্রসব বেদনার সাক্ষী থাকে সে এক পলকের জন্যও সন্তানকে চোখের দেখা দেখতে পায়না সেই মায়ের কাছে কতটুকু সান্ত্বনা থাকে যা তাকে নাড়িছেঁড়ার যন্ত্রণা বা প্রসব বেদনা ভুলিয়ে দিতে পারে । পারেনা --- পারেনা , কিচ্ছু পারেনা এটাই অসহায় নারীর নিষ্ফল ক্রন্দন মূক ও বধির সমাজের কাছে ।

সুলেখাকে নীরব থাকতে দেখে রণজয় আন্দাজ করল কোন ভাবে চিন্তায় আছে তাই আর দ্বিরুক্তি করলেন না ।
দেবলীনা সকলের জন্য চা দিয়ে বাকি গল্পটা পড়তে শুরু করলো ।

আচ্ছা, নিশ্চই তোমাদের মনে আছে যে গল্পটা পড়ছি তার নাম ‘ অন্য কেউ ’

তারপর আস্তে আস্তে সব ঠিক হয়ে গেল মাকেও বাবা বোঝালো বাবা যেহেতু সারাদিন ব্যস্ত জীবনের মধ্যে জড়িয়ে থাকেন মা বিশেষ করে কারও সঙ্গে মেশার সময় পেত না তাই পাড়া প্রতিবেশীর সঙ্গে মায়ের একটু যাতায়াত যোগাযোগ কমই ছিল। ডাক্তার হিসেবে বাবাকে সবার প্রয়োজন কিন্তু মা বরাবরই একটু আড়ালেই থাকতেন এই অবস্থাতে আমাকে নিয়ে তাদের বিশেষ কিছু অসুবিধা হলো না আস্তে আস্তে আমি বড় হলাম একটু বোঝার বয়স হলো স্কুলে ভর্তি হওয়ার সময় হল বাবা আমাকে গ্রামের কোন স্কুলে দিলেন না। বোর্ডিং স্কুলে পাঠিয়ে দিলেন ওই ছোট্ট বয়সেই হয়তো আমাকে বাঁচাতেই ভালোবাসা এইভাবে ভেঙ্গে দিতে বাধ্য হল , ভীষণ কষ্ট পেলেন বাবা-মা তবু আমাকে ধরে রাখার জন্য তাদের এই ব্যবস্থা মেনে নিতেই হলো

আমি আসতে আসতে নিজেকে জানতে শুরু করলাম , যতই নিজেকে জানছি ততই আরও ভালোবাসা পাওয়ার জন্য মনটা কেঁদে কেঁদে উঠছে। ছুটিতে বাড়ি আসতাম অল্প সময়ের জন্য তাতে কোন অসুবিধা হতো না নিজের পরিবেশেও আমি কারও সঙ্গে বিশেষ পরিচিত হলাম না তাই অসুবিধা হলো না। বেড়ে উঠলাম আমি আমার মত, আমি আজ ডাক্তার রেহা চৌধুরী প্রতিষ্ঠিত জীবন আমার । এতোটুকু ভাবনা চিন্তার অবকাশ রইল না আমার মধ্যে। আমি নিজেকে আলাদাভাবেই তৈরি করলাম কিন্তু তোমার সঙ্গে পরিচয় সেখানে তো আমি নিজেকে বেঁধে রাখতে পারলাম না , সেই একই কারণ ভালোবাসা পাওয়ার আকাঙ্ক্ষা, সে আমাকে বাধ্য করলে তোমার কাছে এগিয়ে যেতে।

তুমি বারবার আসতে চেয়েছো আমার কাছে অনেক ঘনিষ্ঠ হওয়ার চেষ্টা করেছ তখনই আমার গায়ে কাঁটা ফুটে উঠেছে, নিজে শিউরে উঠেছি এ আমি কি করছি , আমি কোথায় নিয়ে নিজেকে পৌছে দিচ্ছি, প্রেমের যজ্ঞে বার বার নিজেকে উৎস্বর্গ করেও কোনদিন পারিনি তোমার ভালোবাসায় সারা দিতে .। তবু মনটা মানতে চায়নি, মা-বাবা বুঝতে পেরেছে তবুও আমায় আঘাত দিতে হবে বলে কিছু বলতো না কিন্তু বোঝাতে চেষ্টা করত। তারপর আমি নিজের মনকে ঠিক করলাম না আর নয় যা পরিস্থিতি সামনে আসতে আসছে তাতে একটা কিছু সিদ্ধান্তে আমাকে আসতেই হবে, তুমি জানো না আমি নিজের মনকে তৈরি করে ফেলেছি তাই তোমাকে বলছি নিজেকে একটু সামলে নিয়ে নতুন করে ভাবার চেষ্টা করো। সব অপরাধ আমার যা পাপ করেছি আমি করেছি । শুধু একটু ভালোবাসা পেতে যা দিয়েছো তুমি তাতে আমার সারা জীবন চলে যাবে । আর ভুল করবো না, তুমি এবার নিজের জীবনকে সাজিয়ে নিও এই আমার ভালোবাসার অনুরোধ , পারলে ভুলে যাওয়ার চেষ্টা করো , ভুলতে তোমাকে হবেই, তুমি ভালো থাকবে এটাই আমার চরম আকাঙ্ক্ষা । আমি চলে যাচ্ছি অনেক দূরে তোমার সবটুকু নিয়ে , আমার মনের গহীনে সারাজীবন বেঁচে থাকবে তুমি। তোমার দেওয়া ভালোবাসা টুকু নিয়ে আমি তোমাতেই থাকবো, তোমাতেই আছি। আমার খোঁজ করো না , মা-বাবা

ও জানে না আমার খোঁজ। শেষ অনুরোধ ভুলে যাও পারলে, চেষ্টা করো প্রিয় বিব
ইতি তোমার শ্রেষ্ঠা।

বিপ্লব চিঠিটা পড়তে পড়তে স্তম্ভিত হয়ে গেল। দক্ষিণ ভারতে যাওয়ার সময় সব বন্ধুদের সঙ্গে কত আনন্দে কাটলো গত সপ্তাহ অথচ আসার পর আর শ্রেষ্ঠার কোনো খোঁজ পেল না, ওদের বাড়িতে গিয়েও না শুধু মা বাবা কাছ থেকে শুধু এই চিঠিটা হাতে পেল।

বিপ্লবের সমস্ত জীবনটাকে ওলট-পালট করে দিল। তবুও রেহার মা বাবার প্রতি শ্রদ্ধা বেড়ে গেল ,রেহার প্রতি আরো ভালোবাসা বেড়ে গেল , কিন্তু কোথাও কি শুধুই সমবেদনা রয়ে গেল, তাতে কি কোন অনুকম্পা ছিল , বিপ্লব নিজেকে প্রশ্নের সামনে দাঁড় করালো। হয়তো এখন তাই হচ্ছে বিপ্লবের মনে, ভালোবাসাও হারিয়ে যায় নি তবুও সব কিছু ভুলে বুকটা কেঁপে উঠলো , একটা মোচড় দিয়ে জানান দিলো শ্রেষ্ঠা ভুলিনি তোমায় , পরম আদরে শাড়িটা গালে বুলিয়ে নিতে নিতে গড়িয়ে পড়া জলটাও মুছে নিলো। ভালোবাসি তোমায় বলে সযত্নে শাড়িটা রেখে দিলো। নিজেকে প্রশ্ন করে বিপ্লব সত্যিই কি সে ভুলতে পেরেছে নাকি আবার যে অনুকম্পার মধ্যে ভালোবাসা জিইয়ে রেখেছিল রেহার মধ্যে একটু হলেও খুঁজে পেয়েছে।

রেহার মধ্যে যতটুকু পেয়েছে তার মধ্যে যেন কোথাও না কোথাও শ্রেষ্ঠা কে খুঁজে পায় বিপ্লব। ওর ধারনা ওর মানুষিকতা ওর পছন্দ-অপছন্দ সব কেন শ্রেষ্ঠার সঙ্গে মিলেমিশে একাকার হয়ে যায় তাই যেন রেহার সঙ্গে বিপ্লবের সম্পর্কটা আরো আরো গভীর থেকে গভীরতর হতে থাকে কিন্তু এই শাড়িটা এই শাড়িটা আর কোনদিন শ্রেষ্ঠা কে দেয়া হবে না শুধুই নিজের কাছে রেখে দিতে হবে, থাকুক না একটু কিছু শ্রেষ্ঠা নাম করে নিজের কাছে , যদি কখনও সময় আসে রেহাকেও সবটাই জানাতে হবে , তবে এখনো সময় আসেনি রেহা নিশ্চই বুঝতে পারবে কারণ ও তো শ্রেষ্ঠার থেকে কিছু আলাদা নয় , সমবেদনা অনুকম্পা ভালোবাসা সব কিছুই ভীষণ ভাবে কাছে টেনে , বিপ্লব এই টুকু ভেবেই ভালো থাকে বিপ্লবকে ভালো রাখতে শ্রেষ্ঠা নিশ্চই ভালো থাকবে।

চিঠিটা শেষ করে রেহা ভাবনায় ডুবে যায় , কিছু পুরোনো দিনের কথা ভাবিয়ে তোলে , সঙ্গে সঙ্গে বিপ্লবের জন্যও কষ্ট হয় , ভাবে কত ঝড় বয়ে গেছে ওর ওপর দিয়ে , আর ব্যথা বেদনা অনুকম্পা সব যেন দলা পাকিয়ে গলার কাছে আটকে গেছে খুব কষ্ট হচ্ছে শ্রেষ্ঠার জন্য , নিজের মনেই বলে উঠলো," হতভাগীকে যদি একবার পেতাম। "

গল্পটা শেষ করে সকলের দিকে তাকাতে হলো না , তার আগেই দাদাভাই আর বাবা একটা প্রশংসনীয় চাউনিতে তাকালেন , বললেন সত্যি দেবী তোমার লেখা নিয়ে কখনো ভাবিনি। সত্যিই মন কেড়ে নেওয়ার মতোই লেখা , দাদাভাই বললো ,

মন দিয়ে লেখো উপন্যাসটা , সম্পূর্ণ হলে আমি নিয়ে যাবো পান্ডুলিপিটা।

সুলেখা এখনও চুপ করেই আছে , রনিত হালকা হাসি দিয়ে উঠে চলে গেল , যেন কিছু বললেই দেবীর আরো কটা হাত পা গজাবে কিংবা পাওনাটা তোলা থাকলো এমনি চাউনি ।

10
দশম পর্ব

নিজের লেখা গল্প পড়তে পড়তে দেবলীনা ভাবে আজ সে যেমনি হোক একটা দুটো ছোটখাটো গল্প লিখে চলেছে আর এই লেখাটা একদিনের নয় কিংবা হঠাতও সে শুরু করেনি । করেছিলে বোধহয় যখন থেকে একটু গুছিয়ে কথা বলতে পারে হয়তো তখনই ,ঠিক করে দিন ক্ষণ মনে নেই তবে আজকের এই লেখার পেছনে বাবার অবদান ও কিছু কম নয় । পড়তে শেখার পর থেকে বাবা একটা দুটো মাঝেমাঝেই বই কিনে দিয়েছে। গল্পের বই পড়তে দিয়ে বাবা বলতো বই পড়লে অনেক জ্ঞান বাড়ে খুব গুছানো ভাব আসে। ব্যবহারই বল লেখাই বল সব কিছুর মধ্যে একটা সুষ্ঠু ভাব তৈরি হয়। বই পড়লে মনটা খুব সুন্দর থাকে যেকোনো ব্যাপার থেকে নিজেকে সরিয়ে রাখা যায়। কিসের ইঙ্গিত দিতে বাবা সে কথা সেদিন বলে ছিল কিছু আর মনে হয়নি ,মনে দাগও কাটে নি । তবে আজ মনে হয় বাবার প্রত্যেকটা বলা কথা পেছনে দেবলীনার নিজস্ব কিছু জীবনের কথা জড়িয়ে আছে ।

বাবার হাত ধরে যেদিন প্রথম সঙ্গম আশ্রম এ গিয়েছিল যেখানের সঙ্গে বাবা বহুকাল ধরে যুক্ত, সেদিনও সেই যাওয়ার পেছনে বোধহয় কিছু কারণ ছিল, কিছু উদ্দেশ্য জড়িয়েছিল যা দেবলীনার চলার পথে সঙ্গে ওতপ্রোত ভাবে জড়িয়ে রয়েছে । খুব ভালো লাগতো আশ্রম এ যেতে বাবার সঙ্গে। এখানের পরিবেশ টা এত মনোরম যেকোনো মানুষকে চুম্বকের মতো কাছে টেনে নেয় । অদ্ভুত স্নিগ্ধতা প্রকৃতি যেন ঢেলে দিয়েছে তার অমরাবতীর ঐশ্বর্য। কি অসম্ভব প্রাণময় সবকিছু যেন কোনায় কোনায় প্রাণের স্পন্দন । নজরকাড়া সব গাছের উপস্থিতি তাদের মধ্যে খেলে বেড়াচ্ছে কত ছোট ছোট ছেলে মেয়ে যেন বাগান ভরে রয়েছে ফুলের সমারোহ ভীষণ প্রাণবন্ত ওরা ঠিক তরতাজা ফুলের মতো। এখানে আসলেই দেবলীনা ওদের সঙ্গে মেতে ওঠে ওরই বয়সী ছেলেমেয়েরা । বেশ কয়েকবার আসাতে ওরাও ওকে চিনে গেছে খুব আপন করে নেয় ওরা দেবলীনাকে । এতোটুকু মনে হয় না দেবলীনা ওদের সঙ্গে থাকে না। যখনই আসে

ওরা ওদের আনন্দ নিয়ে ভেঙে পড়ে দেবলীনা সঙ্গে। যতটুকু সময় থাকে ওরা ওদের সব টুকু খুশি দেবলীনার সঙ্গে ভাগ করে নেয়।
এখানে বাতাসের সঙ্গে পাতার শব্দ যেন তালে তাল মিলিয়ে বয়ে চলেছে। পাখির কুজন কোকিলের কুহুতান, বয়ে চলা জলের কল কল শব্দ আর শিশুদের আনন্দের উচ্ছলতা যেন মিলেমিশে একাকার হয়ে গেছে। এখানে সাগর কথা বলে, নদী বয়ে চলে আপন তরঙ্গে জীবনের বয়ে চলা চলন্তিকার হাত ধরে নেমে আসে সঙ্গমের পথে যেখানে ঈশ্বরের সঙ্গে জীবনের, জীবনের সঙ্গে প্রকৃতির, প্রকৃতির সঙ্গে প্রাণের এক অপূর্ব মেলবন্ধন। মোহনায় যেমন সাগরের সঙ্গে নদীর মিলন, সঙ্গমে তেমনি ঈশ্বরের সঙ্গে জীবনের মিলন আর জীবনের সঙ্গে প্রকৃতির মিলন একই মোহনায় সঙ্গমের উপস্থিতি খুবই আকর্ষণীয় মোহময়।

জ্ঞান হওয়ার পর থেকে বাবার সঙ্গে বার বার ছুটে গেছে সঙ্গমে যেখানে স্বামী সুব্রামানিয়াম (বাপ্পাজি) বাবা নন্দদুলালকে (নন্দু) আর দেবলীনাকে গুড়িয়া বলেন। মনে পড়ে দেবলীনার প্রথম দিনের কথা , বাবার হাত ধরে দাঁড়িয়েছিল , অবাক চোখে চেয়ে চেয়ে দেখছিল , কিছুটা দূরে হাত ধরাধরি করে ছোট ছোট ছেলে মেয়েরা খেলছিল , তাদের দেখিয়ে বাপ্পাজি বললেন , এই গুড়িয়া , "এল্লু এল্লু আর্ক " বুঝতে না পেরে হাঁ করে তাকিয়ে ছিল দেবলীনা , তারপর একটা আন্টি আমায় বলে , ওই যে বাচ্চারা খেলছে তুমিও যাও ওদের সঙ্গে খেলো , বাপ্পাজি তখন বললেন "হ্যাঁ হ্যাঁ ওটাই বলছিলাম , যাও খেলা করো " বলে আমায় মাথায় হাত রেখে আদর করলেন।

দেশ বিদেশের দাক্ষিণ্যে সঙ্গম পরিপুষ্ট সেখানে বাবার দাক্ষিণ্য কিছু কম নয় , বাবাকে দেখেছে দেবলীনা আশ্রমের কাজে জায়গায় জায়গায় ঘুরে বেড়াতে এমনকি নিজের অসুবিধার কথা না ভেবে আশ্রমে দান করেছে।
আশ্রমের পরিবেশে সব আন্টিদের দেখতাম কত আদর করে, আমার ই মতো বাচ্চাদের আন্টিরা খাইয়ে দিচ্ছে। ওদের কাছে কত আদর পেয়েছি সব মনে আছে, একবার বাবার সঙ্গে আশ্রমে গিয়েছিল। সবার সঙ্গে খেলতে খেলতে পড়ে গিয়ে হাঁটু ছোড়ে গেল ,কাঁদতে কাঁদতে বাবাকে কাছে পায়নি আকুল হয়ে কাঁদছিলাম।শ্রাবনী আর শকুন্তলা আন্টি আমায় নিয়ে অস্থির হয়ে পড়লো। কত আদর করে নাড়ু গজা খাওয়ালো ঠিক মায়ের মতো আন্টি গুলো আশ্রমের , অথচ ওরা কত অসহায় , আমার বয়সী বাচ্চা গুলোর মা নেই বাবা নেই তবুও ওরা কত সুন্দর মনের আমায় কত আপন করে নেয় , কত ভালোবাসে। আর নাইডু আঙ্কেল কি মজার , যখন আমরা সবাই খেলতাম তখন কখনো জোকার কখনো ওরাংওটাং আবার কখনো ভাল্লুক সেজে গাছপালার মধ্যে থেকে হঠাতই বেরিয়ে আসতো। আর বাপ্পাজি একদম গডের মতো , নিজেকে বলেই কথাটা দেবলীনা হেসে ফেললো। গড কি কেমন দেবলীনা জানেনা তবু জানে যে পৃথিবীতে একমাত্র ঈশ্বর, যাঁর পাশে আর কাউকে ভাবা যায় না তাই মনে হয় বাপ্পাজির মতো মানুষ যিনি ঈশ্বরের পৃথিবী ধারণের মতো এই আশ্রমের এতগুলো জীবন , ফুলের মতো তরতাজা

প্রাণ গুলোকে বুকে করে আগলে রেখেছে যাদের গায়ে কোনরকম সমাজ বিরুদ্ধ পরিবেশ বিরুদ্ধ জীবন বিরুদ্ধ কোন আঁচ লাগতে দেন না । স্বামী সুব্রামানিয়াম বাপ্পাজির ছত্রচ্ছায়ায় নিশ্চিন্তে সকলে জীবন কাটায় । সবার সুরক্ষার দায়িত্ব যেমন তার তেমনি বিশ্বকর্মার দায়িত্ব নিয়ে প্রতিটা জীবন যেন মন্দির রূপে সার্থক শুদ্ধ হয়ে ওঠে সেই ব্রতেই যেন বাপ্পাজি দীক্ষিত। সর্বমঙ্গলা আন্টি আর সিমন্তিনী আন্টির সামনে দাঁড়ালে দেবলীনার চোখ সরেনা , শ্রদ্ধায় মাথা নত হয়ে আসে । দেবলীনার চোখে ওরা একজন ভগিনী নিবেদিতা তো আর একজন মাদার টেরিজা । কি অসম্ভব ধৈর্য সহনশীলতা , কোনও কিছুতেই ক্লান্তি নেই , বিরক্তি নেই, সবসময় হাসিমুখে কাজ করে চলেছে । দেবলীনা কখনো কাউকে এক মূহুর্তের জন্যও অন্যরকম দেখেনি ।

এখানে এই সঙ্গম তীর্থে যেন সবত্র ঈশ্বরের অধিষ্ঠান । দেবলীনার ইচ্ছে হয় এই তীর্থে সে বার বার আসবে , জীবনটাকে সে এই তীর্থেরই একটা মন্দির করে তুলবে যেখানে সকলে এক গোন্ডুষ হলেও শান্তির জল পাবে । দেবলীনা মাকে দেখেছে এক নির্বিবাদী অথচ একগুঁয়ে স্বভাবের । বাবার বিরুদ্ধাচরণ যেমন করতো না তেমনি নিজের ইচ্ছে না হলে তা করানোও যেতনা । ঠাকুর দেবতা নিয়ে থাকতো অথচ যেখানে ঈশ্বরের অধিষ্ঠান সেখানে মায়ের কোন আগ্রহ কোনও দিনও ছিলনা । মায়ের বিচার বিবেচনা সম্পূর্ণ স্বতন্ত্র , অন্যের ভাবাবেগের সেখানে কোন স্থান নেই , বাবাকে তাই সবসময়ই দেখেছি নিজস্ব মতামত বা উপদেশ , বিচার বিশ্লেষণ, ধ্যানধারণা দেওয়া সবই চলতো দেবলীনার সঙ্গে । অর্ধেক ঈশ্বর দর্শন দেবলীনার বাবার মধ্যেই হয়ে যেতো ।

11
একাদশ পর্ব

নতুন ফ্ল্যাট থেকে রনিতের অফিস অনেকটাই দূর পরে। বিশেষত গাড়িটা এইজন্যেই কেনা হল আর তাছাড়া বাড়িতে একটা গাড়ি থাকলে অনেক সুবিধে।শশুরমশাই রণজয়ের তো রক্তে ঢুকে গেছে গাড়ি চালানো, সে রেলগাড়ি বাসগাড়ি গরুর গাড়ি যাই হোক।এরই মধ্যে রণজয় ভালোই রপ্ত করতে পেরেছে। ফ্ল্যাটটা অফিসের কাছাকাছি আর ব্যবস্থা করা গেল না দেবলীনা বারবার এ কথা বলেছিল যে রনিতের প্রতিদিন অফিসে যেতে আসতে অনেকটা সময় চলে যাবে আরেকটা প্রতিদিনকার সমস্যা হয়ে দাঁড়াবে। বাবা-মায়ের একটাই কথা যেখানেই পছন্দ হোক ঠিকঠাক ফ্ল্যাট কেনো অফিসটা যেমন করে হোক পৌঁছে যাবে, ফ্ল্যাটটা একবার কেনা হয়ে গেলে তারপর আর কিছু করা যাবেনা। ফ্ল্যাট পছন্দ হচ্ছিল না সব রকম ঠিকঠাক করতে গিয়ে বিয়েটা আরও দেরি হচ্ছিল। রণজয় ও সুলেখা রনিতের বিয়েটাকে তাড়াতাড়ি দেওয়ার জন্য ভীষণভাবে চাপ দিচ্ছিল। রণজয় সুলেখা যেন প্রমাদ গুনছে, ছেলের জীবনের সঙ্গে বিপর্যয় যেন গাঁটছড়া বেঁধেছে তাই দেবলীনা রনিতের ঘনিষ্ঠতা দেখে সুলেখার ভালো লাগে। দেবলীনার উজ্জ্বল ঝকঝকে মোমের মতো রং আর গভীর কালো চোখের দৃষ্টি আর ঘরোয়া ব্যবহারে আকৃষ্ট হয়ে সুলেখা মন থেকে সাড়া পায় এই মেয়েটাকে যদি পেটে ধরতে পারতাম তাহলে মেয়েটা আজ আমার হত। সিদ্ধান্ত থেকে পিছপা হয় নি সুলেখা। রনিতকে বোঝালো দেবলীনার সঙ্গে বিয়েটা আর দেরি করিস না বিয়েটা হয়ে গেলেই দেখবি বরং গাড়ি-বাড়ি সব পছন্দ হয়ে যাচ্ছে। বয়স হয়েছে আমরা পারছি না সব কিছুতে ডিসিশন নিতে, বেশি ভাবতে গেলেই গোলমাল হয়ে যায় আমাদের, এই ভাবেই দেরি হয়ে যায় সবকিছু। মা বাবা যখন চায় আগে বিয়েটা হয়ে যাক যেমন করে হোক,তাই সেই ভাবেই বিয়েটা সেরে ফেলা হলো নামমাত্র কয়েকজনকে ডেকে অল্প কিছু নিয়মকানুন সেরে বিয়েটা করা হয়ে গেল।

দেবলীনা বিয়ের পর ভাড়া বাড়িতে এসে উঠলো আর উঠে পড়ে প্রস্তুতি নেওয়া হলো কি করে তাড়াতাড়ি ফ্ল্যাট কেনা যায়। শশুর শাশুড়ির ভীষণ ইচ্ছে বৌমা এসে বাড়ি গাড়ি পছন্দ করে কেনে। সত্যি দেবলীনা এক কথায় ভাগ্যবতী এরকম শশুর শাশুড়ি সে স্বপ্নেও ভাবেনি আর ভাববেই বা কি করে দেবলীনা তো কোনোদিনই ভাবেইনি তার বিয়ে হবে, কি বিয়ে সে করবে এবং শ্বশুরবাড়ি হবে। সবকিছুই তো উল্টে পাল্টে গেল যেখানে শুধুই ভাগ্যের কাছে মাথা নত করা ছাড়া আর কোন উপায় রইল না।

আজ রনিতের অফিস থেকে আস্তে দেরি হচ্ছে কারণ অফিস ফেরত গোলাপ বাগ এপার্টমেন্টে যেতে হবে, ওখানে একটা পার্টি আছে।

অনিমেষ পল্লবী রেজিস্ট্রি ম্যারেজ করে হানিমুনে চলে গিয়েছিল ওদের আর সময় ছিল না, ফিরে এসে পার্টি পার্টি দিচ্ছে। অনেকটা দূর পড়বে তাই প্রণয়, দেবেশ, সরল সকলেই বললো রনিতকে গাড়িটা আনতে একসঙ্গে যাওয়া যাবে। এ রাস্তায় চার চাকা মাটি কামড়ে থাকে এগোতেই চায় না। এত জ্যাম এ পড়তে হয় অপেক্ষা করা ছাড়া উপায় নেই। কে আছে সামনে-পেছনে বুঝতে পারছেনা।লম্বা লাইন পড়ে গেছে। গাড়ির ভেতর থেকেই রনিতের নজরে পড়ল একটু দূরেই বাইকের পেছনে বসা মেয়েটির দিকে, চেহারাটা ছিপছিপে হলেও চটক আছে। গায়ের রংটা কালো, না কালোকে তো আজকাল সুন্দর ভাষায় উজ্জ্বল শ্যামবর্ণ বলা হয় কিন্তু এ মেয়েটি তা নয় বেশ ফর্সার দিকে, মেয়েটির দিকে বেশ কয়েকবার তাকাতেই মেয়েটি খেয়াল করলো আর সঙ্গে সঙ্গেই মুখ ঘুরিয়ে নিল।

রনিতের মনে এরইমধ্যে কিছু আনাগোনা করছিল। কোথায় যেন একটা পরিচিতির বাড়তি ঢেউয়ের প্রান্তে সে দাঁড়িয়ে আছে। হয়তো কিছু খোঁজার চেষ্টা করছে না খোঁজা হলো না, সবুজ সিগন্যাল দেখে গাড়ি স্টার্ট দিল। ট্রাফিক পুলিশ হাত দেখিয়ে দিকনির্দেশ করল, গাড়ি এগিয়ে চলেছে হঠাৎ দেখল বাইকের পেছনে বসা মেয়েটি নেই বাইকও নেই। হাত ঘড়ির দিকে তাকিয়ে দেখলো দশটা বেজে গেছে প্রায় আধঘন্টা ধরে দাঁড়িয়ে আছে বাইপাস হয়ে অফিসে ঢুকতে আরো মিনিট পনেরো লেগে গেল। অফিসে ঢুকে একটু অবাক হলো অনিমেষ পল্লবী দুজনেই অফিসে এসেছে। দেবেশ সরলের সাথে চোখাচোখি হল ওদের নির্বিকার দেখে রনিত নিজের চেয়ারে গিয়ে বসলো অনিমেষ একমনে কাজ করছিল পল্লবী কে দেখলো ম্যানেজার রুমের দিকে যেতে।

- সরল কানে কানে বললো আমরা কি যাচ্ছি,

রণিত ফিসফিস করে বলল

আমিতো গাড়ি এনেছি কিন্তু ব্যাপারটা কিছু বুঝছি না। মনে পড়ল ওরা কয়জন প্রায় জোর করেই অনিমেষের কাছ থেকে পার্টি আদায় করেছে।

ঘন্টাখানেক পরে ওদেরকে আর অফিসে দেখা গেল দেখল না টিফিন আওয়ার্স এর পরেই ওদের চারজনের কাছে একে একে অনিমেষের ফোন এসেছে ওর ফ্ল্যাটে পৌঁছে যাবার জন্য সন্দেহটা ওর ফ্ল্যাটে গিয়ে পরিষ্কার হয়ে গেল।

অনিমেষ পল্লবী ঘরোয়া ভাবেই ছিল , পল্লবী সকলকে পরিবেশন করলো । সব খাবারই অর্ডার করা হয়েছিল । পল্লবী নিজে সাদা ভাত আর ভাপা ইলিশ রেঁধেছিল । ওরা চারজন ছাড়া আর কেউ ছিল না । ওদের কথায় ওদের বিয়ের কথাটা ঘনিষ্ঠ কয়েকজন ছাড়া কাউকে জানাইনি । ফেরার সময় সকলেই চুপচাপ ছিল । সরল আর রনিতের মেজাজটা আজ সকাল থেকেই ঠিক ছিলনা ।

- সরল প্রথম কথা বললো,

- ওরা যদি কাউকে না জানাবে তাহলে আমাদেরকে বা বলতে গেল কেন ?

- প্রনয়ের গলার স্বর বেশ উত্তেজিত সে বলল দুজন অ্যাডাল্ট ছেলেমেয়ে নিজের ইচ্ছামত বিয়ে করবে এতে অসুবিধে কোথায় ?

- রনিত মুখ খুলল ওরা দুজনেই ওদের বাড়ি থেকে অনেক দূরে থাকে । সকলে জানলেও কি কথাটা ওদের বাড়িতে পৌঁছাবে । পল্লবী যে ফ্ল্যাটে আগে থাকত তার টপ ফ্লোরে দেবেশের বোন থাকে । দেবেশের বোন দেবীর সাথে পল্লবী বন্ধুত্ব আছে, সেই সুবাদে পল্লবীর বাড়ির কথা অল্প-স্বল্প জানা ছিল দেবেশের । তাই ওদের চুপ করার জন্য বলল

অনিমেষের একটা বোন আছে বোনের বিয়ে দিয়ে নিজে বিয়ে করত কিন্তু পল্লবীর দিক থেকে তাড়া ছিল । পল্লবীর বাবা টেক্সটাইল ইঞ্জিনিয়ার স্বাধীন ব্যবসা করেন । ছেলের বিয়ে দিয়েছেন শুরু প্রতিষ্ঠিত ব্যবসায়ী একমাত্র সন্তানের সাথে একটি তিন তারা হোটেলে ছাড়াও নিজস্ব মার্কেট আছে । পল্লবীর বাবার ব্যবসায় অনেক সাহায্য হয় । উনি চাইছেন মেয়েকেও এমনই এক ব্যবসায়ী পরিবারে বিয়ে দিতে যাতে ওনার ব্যবসা টাও আরো ফুলে-ফেঁপে ওঠে । তাই উনি একের পর এক মেয়ের জন্য সম্বন্ধ করে চলেছেন ।

পল্লবী অনিমেষকে বিয়ে করার পেছনে পল্লবীর মা আর দাদার সায় রয়েছে। পল্লবীর ফ্ল্যাটে একবার ওনারা এসেছিলেন হয়তো অনিমেষের সাথে আলাপ হয়ে থাকবে আর আমাদের ম্যানেজারের সাথে পল্লবীর মেশো মশায়ের একটা রিলেশন আছে উনি এখন আমেরিকায় থাকেন ওই জন্যই ওরা আরো বেশি সতর্ক । দেবেশের কথায় সকলেই বোধহয় ওদের অবস্থাটা আন্দাজ করতে পেরে চুপ করে গেল, বাইপাসের মুখে একে একে সবাই নেমে গেল ।

রনিতের মনটা সকাল থেকেই কেন যেন বিক্ষিপ্ত হয়ে আছে বুঝতে পারে না কিছুতেই , নিজেকে মানাতেও পারছে না । রনিতের দেরি দেখে রণজয় বাইরে পায়চারি করছিলেন সদর দরজা খোলাই ছিল । দরজা বাবা খুলে দিতেই গাড়ি রাখতে দেরি হল না, প্রায় নিঃশব্দে নিজের ঘরে এসে আলো জ্বাললো না, চোখ বুজে ইজিচেয়ারে শুয়ে রইলো । কিছুক্ষণ পর দেবলীনা ঘরে ঢুকে আলো জ্বালালো, রনিতকে এভাবে শুয়ে থাকতে দেখে একটু অবাক হলো । আজকে পার্টি ছিল হই হই করে ফেরার কথা । এমনই প্রতিদিন বাড়ি ফিরে কিছুক্ষণের মধ্যে দেবলীনা কে দেখতে না পেলে অকারণে দেবী

দেবী করে বাড়ি মাথায় করে। আজকে বাবু এত চুপ কেন ? মনটা বোঝার জন্য কিছু একটা দিয়ে তো শুরু করতে হয় তাই বলল

-কি গো তুমি আলো না জ্বালিয়ে শুয়ে আছো শরীর খারাপ লাগছে ? কিছু উত্তর না পেয়ে বলল পার্টি কেমন হলো ?

এবার সাড়া পেল পার্টি আর কি ওদের তো দুমাস আগে কোট মেরেজ হয়েছে , হানিমুন সেরে গত সপ্তাহে ফিরেছে। পল্লবী নিজেইতো সকলকে খেতে দিল। ইলিশ মাছটা তো নিজেই রান্না করেছে।

- ওমা তাই নাকি, তা পল্লবী সাজগোজ করে নি ?

- দেখিনি দায়সারা উত্তর দিল রনিত।

- ওমা দেখো নি মানে ওখানে একটা ইজি চেয়ার ছিল নাকি, এইভাবে চোখে হাত রেখে শুয়েছিলে!

এবার সত্যি সত্যি মেজাজ ঠিক রাখতে পারল না

- এই তোমাদের মেয়েদের একটা দোষ অনুষ্ঠান একটা পেলেই হল, শাড়ি গয়নার ঝাঁপি খুলে বসবে , আর আমি কি ঐসবই দেখতে গিয়েছিলাম। আগে বলতে পারতে আমি নোট করে আনতাম। কথাগুলো বলে রনিত আবার চোখের ওপর হাত রাখলো।

আলো পড়ছে চোখে তাই না দেবলীনাকে আড়াল করতে ঠিক বুঝে উঠতে পারলো না , তাই কিছুক্ষণ চেয়ে রইলো অবাক হয়ে রনিতের দিকে ....।

12

দ্বাদশ পর্ব

রনিতের সঙ্গে যতদিনের পরিচয় তার মধ্যে এমনকি বিয়ের পরেও কখনো রাগতে দেখেনি দেবলীনা। এর আগেও অনেকবার অফিস পার্টি থেকে এসেছে বরং স্বাভাবিকের থেকে বেশিই হাসিখুশি দেখেছে, হঠাৎ আজ কি এমন হলো যে এভাবে রিএক্ট করলো!
দেবলীনা আর কিছু বললো না, এমনিই অনেকক্ষণ গাড়ি চালিয়ে ফিরেছে তাই এখনকার মতো চুপ করে গেল দেবলীনা।

- দুটো দিন কাটিয়ে দেবো দেবোপম আবার ফিরে গেল নিজের জায়গায়, যাবার সময় দেবলীনা কে বলে গেল উপন্যাসটা শেষ করো আসছি আমি কয়েকদিন লাগবে কিছু কাজ আছে।

- সুলেখা কে বলল মাসি আসছি একটু খেয়াল রেখো শরীরের বড্ডো বেশি পান খাচ্ছ, এরপরে স্বাদ কোরক গুলো আর তোমার সাথ দেবে না।

- সুলেখা কিছুই বলল না শুধু বলল বাবা মায়ের দিকে একটু খেয়াল রাখিস, ঘুরে ঘুরে বেরালেও বেশি দিন বাইরে থাকিস না, বয়স হচ্ছে তো আর এবার নিজের দিকে দ্যাখ একটু, এভাবে ভবঘুরের মতো ঘুরে বেরালে হবে মায়ের পাশেও তো কাউকে একজনকে এনে দিতে হবে রে।

- কিছু উত্তর করলো না কি যেন একটা ভাবনায় পেয়ে বসেছে গতকাল থেকে সুলেখা বোঝে, দেবুকে ঠিক বোঝা যায় না কখন কিভাবে ওর মাথা কাজ করে একমাত্র ওই জানে।

দেবলীনা গল্পটা অনেকটা এগিয়েছে বিকেল হতে না হতে শ্বশুর মশায়ের কাছে এসে বসলো।

- কি বৌমা আজকের নতুন উপন্যাসটার শুরুটা শোনাবে নাকি? নাকি আমাদেরও পুরো শেষ করেই শোনাবে?

- নানা একসঙ্গে অতটা পড়া যাবে না ওই যতটা করে লিখব ততটা করে শোনাবো ঠিক

আছে। যতোটা লিখেছি আজকে শোনাবো।

- সুলেখা পান সাজতে সাজতে বলল,

দাঁড়া আমি আসছি একা ওকে শোনাবি নাকি ও তোর গল্পের সব কিছু বুঝবে ,আমি আসছি দাঁড়া।

- শুনলে দেবী শুনলে , তবেই বোঝো , আমি নাকি বুঝবোনা , হুঁ - হাতি ঘোড়া গেল তল, মশা বলে কত জল।

- হ্যাঁ ঠিকই বলেছি সারা জীবন তো আলু পটলের হিসাব করলে আর ট্রেন চালালে আর রাজনীতি নিয়ে ভেবে গেলে সংসারটা কবে করলে যে সাংসারিক ব্যপারগুলো তুমি বুঝবে ?

- ঠিক আছে আমি আর কিছু বুঝিনা আর বোঝারও লাগবে না নতুন করে , নাও দেবী শুরু করো তো।

একটু হলেও শশুরমশাই রাগ করলেন তা 'দেবী ' সম্মোধনেই বোঝা গেল।

- হ্যাঁ বাবা শুরু করছি।

গল্পের নাম এখনো দিই নি , কোন দিকে মোড় নেবে তাতো জানিনা , পরে ভেবে চিন্তে দেওয়া যাবেক্ষণ

বকুল এখন কলেজে যাবে ভারী আনন্দ কত নতুন নতুন বন্ধু নতুন জায়গা নতুন বই এই দু তিনটে বছর কাটাতে পারলেই একটা চাকরি জোগাড় করে নেবে ব্যাস আর কোন ভাবনা নেই। তারপর আর পড়বে না, ধুর পড়াশোনা আর ভালো লাগেনা, নিজের খরচা চালাতে পারলে আর পড়ে কাজ নেই। কলেজের গেল সে সব বন্দোবস্ত সারা হয়ে গেছে।

বাবার জন্য সে আর ভাবে না। সে যেন নতুন জামা টা ভাঁজ করে আলমারিতে রেখে দেওয়ার মতো, ছাড়াও যায় না, এড়ানোও যায় না।সেই যে বাবা কবে গেছে কত বছর হয়ে গেল আর ফেরেনি! তবু যদি ছেঁড়া জামার মতো বিদায় করতে পারতাম। না তা তো হয় না মাঝে মাঝে ঘুরেফিরে আলমারিটা খুললে তার নতুন জামাটাই উঁকি দেয়, সব মনে পড়ে তেমনই মাথার মধ্যে চলতে থাকে কিছু চিন্তা-ভাবনা, ঘুরেফিরে সেই বাবার কথাই মনে পড়ে, অজান্তে কফোঁটা জল পড়ে যায়, কখনো কখনো পিসিমণি সরযূ লক্ষ্য করে , মাথায় হাত দিয়ে বলে "আমিতো আছি " মাঝে মাঝে পিসিমণি তার ভাসুরের ছেলে অলোকদার কাছে নিয়ে যায়। কি সুন্দর জায়গায় থাকে পুরুলিয়া ছোটখাটো পাহাড়ে ঘেরা এদিকে ওদিকে কুলকুল করে নদী বয়ে যাচ্ছে প্রকৃতির সঙ্গে যেন একাত্ম হয়ে যাওয়া যায়। মাঝে মাঝে হারিয়ে যায় প্রকৃতির সঙ্গে বকুল।

বড় সুন্দর কথা বলে অলোকদা কি সুন্দর কবিতা বলে।বকুল অবশ্য সুন্দর গান গায় আর একটা জিনিস পারে অনর্গল কথা বলে যেতে। কবিতা শিখেছে বেশ কিছু অলোকদার কাছ থেকে। বকুলের ভাবনায় অনেকবার এসেছে , ওর কাছে বাবা মা

কেউ নেই, যদি অলোকদার মতো একটা দাদা থাকতো তবে এতটা অভাবী মনে হতো না। অলোকদাকে অবশ্য যতটা কাছে পায় দাদার থেকে কিছু কম মনে হয়না। বকুলও নিজের দাদা ছাড়া কিছুই ভাবেও না। সরযূ পিসিমণির কোনো পিছুটান নেই শশুর বাড়ির সঙ্গে তবুও ক্ষীণ একটা যোগ সূত্র রয়ে গেছে। আসা-যাওয়া না হলেও মাঝেসাজে কোথাও না কোথাও কারও না কারও সঙ্গে দেখা হয়ে যায় আর এই ভাসুরের ছেলে অলোক সরযূ কাকিমার বড্ড ন্যাওটা।

কাকিমাকে ছোট থেকে নিজের মতো করে পেয়েছে তো তাই কাছে পেলে ছাড়তে চায় না। এখন বড় হয়েছে কত সুন্দর হয়েছে কত গুনের হয়েছে, কত রকম ভাবে নিজেকে মেলে ধরতে পারে সকলের সামনে। পড়াশোনায় যেমন তেমনি সুন্দর ব্যবহার, খুব ভালো বুঝদার ব্যক্তিত্বে বলীয়ান সুপুরুষ চোখে পড়ার মতো।

বকুল কলেজে গেলে হোস্টেলে থাকতে হবে। পিসিমণি ঝাড়া হাত-পা, "বলল তুই যখন আসবি তখন তোর সঙ্গে থাকবো না হলে অলোকের কাছে যাবো আর এদিকে ওদিকে তীর্থ করে বেড়াবো "সেরকমই ঠিক হলে বকুল চলে গেল কলেজে। কলেজ হোস্টেলে খুব ভালো একটা রুম পার্টনার পেয়েছে বকুল।

হিমানী ভারী মিষ্টি মেয়ে, বকুল মনে করে পৃথিবীর সবাই ওর থেকে ভালো ও বলে আমার মতো উচ্চিংড়ে তো কেউ না তাই সবাই আমার কাছে আমার থেকে ভালো। হিমানী বড়ো চুপচাপ কথা কম বলে কিন্তু ভারী মিষ্টি স্বভাবের, ভীষণ ভালবাসতে পারে গভীর কালো চোখ দুটো দিকে তাকালে যেন সাগরে ডুবে যাওয়া যায় আর ওর মনের মুক্তোগুলো কুড়িয়ে আনা যায়। কি সুন্দর করে কথা বলে, বকুলের বড্ড ভালো লাগে কিন্তু বকুল বলেছে,

এভাবে থাকলে আমার সঙ্গে হবে না আমি তোমাকে অনেক জ্বালাবো তোমার সঙ্গে খুনসুটি করবো তোমাকে রাগাবো তোমাকে বিরক্ত করবো। না না তোমাকে কাঁদাবো না কাঁদতে আমার ভালো লাগেনা কাঁদতে নেই এত সুন্দর পৃথিবীতে কাঁদবে কেন!

তিনটে বছর হেসেখেলে আনন্দে হিমানীর সঙ্গে কাটিয়েছে বকুল। বকুলের সান্নিধ্যে হিমানী এখন সপ্রতিভ, নিজেকে তুষার বৃত্ত থেকে অনেকটাই মুক্ত করে এনেছে। বকুলের সঙ্গে অনেক ক্ষেত্রেই তাল মেলাতে বাধ্য হচ্ছে, অনেক আপত্তি করেও বকুল নাছোড়বান্দা, সরযূ পিসি আর বকুলের সঙ্গে পুরুলিয়ায় ওর অলোকদার কাছে যেতে হবে। সবশেষে যাওয়া ঠিক হলো। এখানে এসে বকুল কে ধন্যবাদ জানায়, বকুল বলে, "আমাকে না ওটা অলোকদার প্রাপ্য কেননা এতো সুন্দর জায়গায় থাকে"

ওদের ছেলেমানুষি বেশ উপভোগ করে অলোক। হিমানীকে লক্ষ্য করে শান্ত স্নিগ্ধ বিনয়ী যেন প্রকৃতির সঙ্গে আত্মিক যোগ রয়েছে আর একটা রূপ সার্বিক ভাবে নাগালে ধরা দিয়েছে, তাকিয়ে থাকে অবাক বিস্ময়ে অপলক অলোক দৃষ্টিতে শুধুই উদাসীন আকুলতা। চোখ সরিয়ে নিল হিমানী, চোখ এড়ায়নি বকুলের।

বর্ষার সজল বাতাস, বসন্তের উজ্জ্বল পলাশ বিন্যাস, পূর্ণিমার অমিত মদিরতা একসঙ্গে

ধরা দিয়েছে এই জঙ্গল পাহাড় ঘেরা জনপদে । চারিদিকে যতোটুকু চোখ যায় আকাশ পানে সবুজের হাতছানি আর লালের সমারোহতে মানুষের নিবিড়তায় প্রাকৃতিক বৈভব । পাহাড়ের সঙ্গে ঝরনার নিরিবিলিতে এক অপূর্ব সান্নিধ্য সুবর্ণরেখা কংসাবতী কুমারী নদীর স্রোতের সঙ্গে বয়ে চলেছে জনজীবনের যাপনের ধারাবাহিকতা । ছৌ নাচের মুখোশ তৈরিতে মগ্ন চোড়িদা গ্রাম , অপূর্ব ঝুমুর নাচের সঙ্গে নাচনিদের জীবনের নানা ঘাত-প্রতিঘাত জড়িয়ে আছে। পঞ্চকোট এর পথে জয়চন্ডী পাহাড় এক অপূর্ব দৃশ্য প্রকৃতির সঙ্গে জীবনের এক অপূর্ব মেলবন্ধন । রঘুনাথপুর অলোকদার নিবাস এখান থেকে একদিকে সাঁওতালডিহি অন্যদিকে পঞ্চকোট পাহাড় আর তারই কোলে কাশীপুর রাজবাড়ি আর রাজপরিবারের ধ্বংসাবশেষ জঙ্গল পাহাড় ঝরনার এক অপূর্ব সাদৃশ্য। আনন্দ মজা নিতে নিতে বাড়তি পাওনা ভীষণভাবে নাড়া দিয়ে যায়। বাড়তি পাওনা মানে লাল পলাশ লাল মাটির রাস্তা পাহাড়ি ঝরনা আর ছৌ নাচের মুখোশে ঢাকা নাচনিদের আত্মকথা । বারবার এসেও মন ভরে না তাই বকুলের আবদারে বারবার সাড়া দিয়েছে হিমানী ছুটে গেছে রঘুনাথপুর যেখানে অলোকদার ঠিকানা ।

পাঞ্চালি হুড়মুড়িয়ে ঘরে ঢুকলো ,
আমার একটু দেরি হলো আর কাকিমা সব শুনে নিলে , বৌদি তুমি গল্পটা পড়ে ফেললে ।

দেবলীনা দেখলো পাঞ্চালির বেশ আগ্রহ গল্প শোনায় ওর মন রাখার জন্য বললো আজকের মতো গল্প শেষ হয়ে গেছে , আগামী দিনে তোকে গল্পটা বলে তারপর পরের অংশ শুরু করবো , তা তোর আসতে দেরি হলো কেন শুনি ?

আরে আর বলোনা , আমাদের পাড়ার সান্যাল কাকু উদয়ন ক্লাবের পেছনেই থাকে । ক্লাবে মেম্বার ছিল মেম্বারের যে চাঁদা ছমাসে নমাসে এক আধ বার দিত আর বলতো "তোমরা ক্লাবের টাকা দিয়ে নেশা ভাঙ করবে তার টাকা আমি দেবো না " এখন ক্লাব থেকে বেরিয়ে গেছে , জগদ্ধাত্রী পুজোরয় পাড়ার চাঁদা দেবে না , বলছে হিসেব দেখাও তবে চাঁদা দেবো ।

কি ঝামেলা বাজ , কঞ্জুস মাইরি , সব কিছুতে কিচ্যান করে টাকলা বুড়ো , কথা গুলো বলেই রণজয়ের মাথার দিকে তাকিয়ে জিভ বার করে দুহাতে নিজের মুখ চেপে ধরলো ।
রণজয় মুচকি হাসলো , বৌদির নাম করে ফুচকায়ালা কে ডেকে আনবি তো তোকে খাওয়াবো না ।

সুলেখা বললো , সান্যাল বুড়োর কথা যেমন এখানে বলছে , তোমার কথাও অন্য বাড়িতে বলবে ।

পাঙ্কালি রাগ দেখিয়ে বললো ,
কাকিমা , যাকে খুশি জিজ্ঞেস করে দেখো , কোন বাড়ির কথা কোথাও বলি কিনা , এটাতো বাইরে দাঁড়িয়ে সবাইকে শোনাচ্ছে , আমি কি দোষ করলাম । নুপুর ওই রকম স্বভাবের বলে ওকে যে জানে সে কাজে রাখে না ।
দেবলীনা এটা স্বীকার করে , পাঙ্কালির পেটে একটু হলেও বিদ্যে আছে ।

13
ত্রয়োদশ পর্ব

সুলেখা সকাল থেকে বার কয়েক দেবীর মুখের দিকে তাকিয়ে বোঝে আকাশে মেঘ করেছে, এতদিন ধরে মেয়েকে দেখে আসছে বুঝতে অসুবিধা হয় না, তাই নিজেও আর বেশি কথা বলে না শুধু বললো একবার, রাতে ঘুম হয়নি না কিরে, চোখ গুলো লাল দেখছি ?

হয়েছে তো

সুলেখা আর কিছু বললে না , পাঙ্গোলিকে ঢুকতে দেখে সুলেখা গলায় চড়ালো , মেয়ের এখন আসার সময় হল, কিরে দাদা বেরোবার জন্য তৈরি হয়ে গেল আর তোর আসার সময় হলো না এখনও পর্যন্ত এখন ঢুকছিস !

- কি করব ওই যে সেই বুড়োটা সারা রাস্তায় থুতু ছিটাতে ছিটাতে যায় ।

- সুলেখা বকে উঠলো আবার তুই ওরকম কথা বলছিস তুইনা লেখাপড়া শিখেছিস তোর না অক্ষর জ্ঞান আছে কিন্তু তোর বুদ্ধি নেই , একটা বয়স্ক মানুষ কে কি ওরকম বুড়ো হাবরা কেউ বলে !

- তা বলবো না কেন যে মানুষ যেরকম তাকে সেরকম বলতে হয় , পায়ের চটি পায়ে পড়তে হয় মাথায় কেউ রাখেনা ।

-ও বাবা মেয়ের কথা শোনো, এ যে সবাইকে শিখিয়ে পড়িয়ে মানুষ করবে রে , সকাল সকাল দ্যাখ কেমন রাজনীতিকের মত বুলী ছাড়ছে ।

- তা আর কি বলব, ঘরে কিছু নেই মা বলল একটু বাজার করে নিয়ে আসতে, সেটা শান্তিমতো করারও কি জো আছে ?

কেন রে তোর কি হল আবার ?

আরে দেখো না বাড়ির কাছে বাজার বলে ওই দত্ত (বুড়ো) ঠিক আছে বলবো না দাদু, লুঙ্গি পড়ে বাজারে চলে যায়। আর আমাকে বলে একটু ব্যাগ টা ধর তো লুঙ্গিটা খুলে যাচ্ছে , বলে বাজারের মধ্যে উনি লুঙ্গি খুলে বাঁধছেন । অসভ্য লোক । শায়ার মতো

দড়ি বাঁধতে পারে না তাহলে তো এরকম বারবার খুলে যায় না। কোন দিন পুরোপুরি খুলে যাবে তখন বুঝবে। ষাঁড়ে লুঙ্গিটা নিয়ে পালাবে। দিদা তো কবেই গেছে এখন শুধু এদিক ওদিক ছুঁক ছুঁক করে বেড়ায়, যখনই আমাকে দেখবে হাতে বাজারের ব্যাগ ধরিয়ে দেবে, আর পারছিনা নিয়ে চল। এবার গেটের কাছে দিয়ে আসলেও শান্তি নেই বলে কিনা একটু ফ্রিজে তুলে দিবি বাজারটা। বাজার ফ্রিজে তুলব কি, বুড়ো আমার পেছনে এসে দাঁড়িয়ে থাকবে, আর বললাম না --------শালা হারামি কোথাকার। নুপুর কে ধরেছিল আর যায় না ওখানে।

দেবলীনা এতক্ষণ কিছু বলেনি, এবার বললো,

বাড়িতে সবাই আছে, তোর মুখের লাগাম নেই না? হয় চুপ কর নাহলে বাড়ি যা, দাদা বাবা বেরোলে আসবি।

পাঙ্গালি বুঝলো খুব বেশি হয়ে গেছে, তাড়াতাড়ি কথা ঘোরাতে বললো,

আজ তোমার লেখা গল্প পড়বে বৌদি, বিকেলে কখন আসবো?

না আজ পড়বো না, এখনো লেখা হয়নি।

সুলেখার কাছে পরিষ্কার হয়ে গেল, তার দেখা টা মিথ্যে নয়।

কাল রনি অফিস থেকে এসে অনেক রাত পর্যন্ত একইভাবে বসেছিল চোখের উপর হাত দিয়ে, দেবলীনা খাওয়া-দাওয়া সেরে এসে বসে থাকতে দেখে ছিল কিছু আর বলার নেই বিছানার একপাশে শুয়ে পড়েছিল কিছু না বলেই। আজও অফিস থেকে দেরি করে ফিরেছে। মেজাজটা বোধহয় এখনো রনির ঠিক হয়নি চোখের পুরো হাত দিয়ে যেমন বসে ছিল তেমনই বসে আছে। দেবলীনার ইচ্ছা হয়নি একই কথা নিয়ে নাড়াচাড়া করতে।

কিন্তু কালকে রনি যে ব্যবহারটা করলে যেভাবে রিয়াক্ট করেছিল সেটা কি রনির উচিত হয়েছে! যেভাবে পল্লবীর প্রতি উদাসীনতা দেখালো সেটাও কি রনির জন্য ঠিক ছিল? ওকি সবসময় মেয়েদের প্রতি উদাসীন থাকে সেরকমটা তো নয়। মেয়েদের সাজগোজের দিকে উদাসীন সে প্রমাণও নেই। দেবলীনার স্পষ্ট মনে আছে একদিন সিনেমা দেখতে গিয়ে একটা মেয়ের দিকে তাকিয়ে চোখ ফেরাচ্ছে না। তারপর দেবলীনার সঙ্গে চোখাচোখি হতে লজ্জা পেয়ে বলল,

আসলে মেয়েটা এত যত্ন করে সেজেছে যে ওকে বেশ রাজকীয় দেখাচ্ছে।

দেবলীনারও ভালই লাগছিল, গায়ের রং ফর্সা কালো কোনটাই না। ঘষে মেজে যত্নের মধ্যে নিজেকে রাখে বোঝাই যাচ্ছে। গরন টা বেশ আঁটোসাঁটো একটু পুরুষালি ভাব আছে। নীলচে অ্যাশ কালারের উপর রুপালি জরির কাজ করা শাড়ি পরেছে আর সঙ্গে মুক্তোর গয়না বেশ ভরাট লাগছে। সাজগোজটা যে একটা পূর্ণতা পেয়েছে তা অস্বীকার করা যায়না কিন্তু রনির মুখে রাজকীয় শব্দটার কোন অর্থ খুঁজে পাচ্ছিল না দেবলীনা। মাঝে মাঝে এমন একটা করে শব্দ বলে রনি তার যৌক্তিকতা নির্ণয় করা রীতিমতো উপলব্ধির বিষয় কারণ মেয়েটির লাজুক সলজ্জ ভাব ওর পুরুষালি

গড়নের সঙ্গে এতই বেমানান ছিল যা বারবার ওর দিকে তাকাতে বাধ্য করছিলো। রনি দেবলীনাকে চুপ করে থাকতে দেখে বলে ফেলল তোমার থেকেও চোখ সরানো যাচ্ছে না। সিনেমা দেখব কি, সুন্দরী বউ পাশে থাকলে অন্য কোনো নারীর প্রশংসা যে দণ্ডনীয় অপরাধ তা মনে পড়তেই রনি কথাটা বলল তা বুঝতে পেরেই দেবলীনা হেসে ফেললো।

হাসলে কেন?

তোমার সাপে ছুঁচো গেল অবস্থা দেখে।তুমি লজ্জা পেলে কেন, সুন্দর জিনিস সবসময় প্রশংসার যোগ্য।

সেই রনি কিনা দেবলীনা বললে তবে পল্লবীর সাজগোজ করেছে কিনা লক্ষ্য করতো, এটাকি অবাক হবার মতো কথা নয়?,যাই হোক দেবলিনার আজও সে-কথা নিয়ে নাড়াচাড়া করতে ইচ্ছে হলো না।

যেকোনো কারণেই হোক রনির আজও মুড অফ হয়ে আছে। মেজাজটা কিছুতেই বশে আনতে পারছেনা। রনিত নিজেই বুঝতে পারছে কাল গলার স্বরটা মোটেই স্বাভাবিক ছিল না, দেবলীনার হয়তো খারাপ লেগেছে কিন্তু রনি কখনই ওকে রাগ করতে দেখেনি কিন্তু আজ দেবলীনার কোন সাড়া না পেয়ে ভাবলো সত্যি হয়তো রেগে আছে কিন্তু কি করবে রনিত আজ যে কিছুতেই অনিমেষ আর পল্লবী কে মন থেকে বাদ দিতে পারছে না। ওদের দেখে ভালো লাগছিল দুজনে খুব খুশিতে ছিল ওদের খুব খুশি সুখী সুখী লাগছিল। কাগজে সইসাবুদ করে তো বিয়ে করল না আছে কারও শুভকামনা না আছে গুরুজনদের আশীর্বাদ তার জন্য কি সুখের কোন অভাব হয়েছে, বিন্দাস আছে দুজনে। রনিতের মনটা উদাস হয়ে যায়, আজ যেন ওকে ভাবনায় পেয়ে বসেছে। দেবলীনা সাথে রনিতের বিয়েটাও তো একই ভাবে হয়েছে শুধু রনজয় এর ইচ্ছেতে নতুন ফ্ল্যাট নেওয়ার পর কিছু চেনা পরিচিতদের ডেকে খাওয়ানো হয়েছিল। বিয়ের পর দুজনে দেবলীনার বাবা মাকে প্রণাম করতে গিয়েছিল।

দেবলীনার বাবা বলেছিলেন দুলু আমার বুদ্ধিমতি মেয়ে ওকে আমি সম্পূর্ণ স্বাধীনতা দিয়েই রেখেছি আমাদের শুভকামনা সবসময় তোমাদের সাথে থাকবে। দেবলীনার মা বললেন তোমাদের ভালোবাসা অটুট হোক। একে অপরকে কখনো ভুল বোঝার অবকাশ দেবে না। ভালোবাসার দাড়িপাল্লায় চাওয়া-পাওয়াকে বাটখারায় পরিণত করো না। কথাটা রনিত কিভাবে নিল জানা নেই কিন্তু দেবলীনার কাছে মায়ের এই কথার অর্থ অজানা নয়।

রনিতকে একটা কথাই বারবার নাড়া দেয় দেবলীনার কথা ভেবে। এত শুভেচ্ছা আশীর্বাদ তাদের সঙ্গে আছে তবুও কি ওরা দু'জন সুখী? ভাবনাটা আরও ভাবিয়ে তোলে।

দেবলীনার দিক থেকে তো কোনো ঘাটতি নেই ও তো ঘোরসংসারী যেন জাদুকাঠি ছোঁয়ায় সকলকে কাছে টেনে নিয়েছে, মা বাবার একাকীত্ব ঘুচেছে। রনিতের কাছে এটাই

সবথেকে বড় পাওয়া । নিপুন হাতে এ সংসারের মূলমন্ত্রটাকে ছবির মত ফুটিয়ে তুলছে ।

যতই দেখছে দেবলীনাকে ততই অবাক হচ্ছে রনিত । দেবলীনা সব সময় যেন স্বপ্নলোকে বিচরন করে যেখানে নেই কোন রাগ অভিমান দুঃখ আক্ষেপ অভিপ্রায় । মনুষ্যত্বের সহজাত প্রবৃত্তির গুলো থেকেও যেন নিজেকে অনেক দূরে সরিয়ে রাখে কিন্তু দেবলীনার এমন নির্লিপ্ত উদাসীন আচরণ নিঃস্বার্থ ভালোবাসা রনিকে আরও ভাবিয়ে তোলে। নিজেকে ক্ষমা করতে পারে না এভাবে দেবলীনাকে সে কতদিন ঠকাবে !

প্রতিরাতেই দেবলীনার আকর্ষণকে সে উপেক্ষা করতে পারে না । যখন বাড়ির সব আলো নিভে যায় ওর নজর কারা রুপের স্নিগ্ধতা চরিত্রের মাধুর্য মনের গভীরতা রনিকে এক সুখের সাগরে ভাসিয়ে নিয়ে বেড়ায় ।

ভেসে বেড়ায় আমরণ প্রতিশ্রুতির এক অমোঘ টানে , মন চায় পূর্ণতা শরীর চায় উষ্ণতার আঁচে আকাঙ্ক্ষার নিষ্পত্তি হোক, তবুও কি কামনার বীজ,বপনের সার্থকতায় জ্যোৎস্না মাখে ?জটিলতার আকাশে প্রশ্ন বেড়ে চলে,জ্যোৎস্নায় আঁধার নামে । আছড়ে পড়ে ঢেউয়ের উন্মাদনায় ভাঙন চলে ।বিবশ কারাগারে বন্দি রনিত নির্বাক অচল যান্ত্রিক ।

14
চতুর্দশ পর্ব

ছুটির দিনে রণজয়ের একটু সকাল সকাল বাজারে যাওয়ার তাড়া লেগে যায় । চা জলখাবার খেয়ে বাজারে গেলে গিন্নির বৌমার পছন্দের জিনিস পাওয়া দুষ্কর হবে । সুলেখা বলে শাপলা , মানকচু, কাকরোল তো বৌমা বলে ব্রকোলি,ক্যাপসিকাম,লেটুস এমনি সব খুঁজে খুঁজে আনা এক ঝকমারী ব্যাপার ।

একদিন দেবলীনা রনিতকে বাধ্য করেছিল বাজারে যেতে । সে বাজারে গিয়ে রেশন দোকানের লাইনে দাঁড়াবার মতো দাঁড়িয়ে থাকে । যতক্ষণ পর্যন্ত দোকানি জিজ্ঞেস সেদিনও তাই করে দুঘন্টা পরে রনিত দুকিলো আলু একটা লাউ নিয়ে ঘরে এসেছিল । দেবলীনার সেদিনই রনিতকে বাজারে পাঠানোর শখ মিটে গেছে ।

আজ শশুরমশাই এর ইচ্ছেতে জলখাবারে রয়েছে ফুলকো ফুলকো লুচি আর গুড়ি আলুর নিরামিষ আলুরদম , জলখাবার তৈরি কিন্তু রণজয়ের দেখা নেই।

বাড়ির ভেতর থেকেই শুনতে পেল বাবা কার সঙ্গে কথা বলতে বলতে আসছে ।

- এবার কাকু একটু বেশি আবদার আছে

- সেটা কেন

- এবার বাজেট বেশি আছে মেসোমশাই , প্রতিমার দাম বেশি তারপর দরিদ্র নারায়ণ সেবার ব্যবস্থা আছে দুদিন ।

- দ্যাখ আমি তো কোনদিনই তোদের ধার্য করা চাঁদা মতো আমি দিই না তোরা জানিস ।

- হ্যাঁ কাকু সে তো জানি , তবুও যেটুকু ....

দেবলীনা বেরিয়ে এসে রণজয়ের হাত থেকে বাজারের ব্যাগটা নিতে নিতে বললো ,

- এবার কি তাহলে বাড়িতে ভোগ পাওয়া যাবেনা ?

- সব ব্যবস্থাই আছে কোন পরিবর্তন করা হয়নি ।

-

ঠিক আছে রনিতের কাছে পাঠিয়ে দেবো রণজয় বললো ।

- রনিতের কথা বলা মাত্র

-মলয়, সত্য বললো রনিত তো পাড়ায় থাকে বোঝা যায় না । আগে সন্ধ্যায় একটু ক্যারাম খেলতে আসতো , এখন সেটাও বন্ধ করেছে ।

-ওর খুব কাজের চাপ যাচ্ছে বলে রণজয় বাড়ির ভেতরে চলে গেল ।

-ইঙ্গিতটা দেবলীনার দিকে , যেন বলতে চাইছে এতো সুন্দরী বউ ছেড়ে কি আর ক্যারাম পিটতে ভালো লাগে !

- দেবলীনাকে লক্ষ্য করে সুব্রত অজিত বলল চারদিন ধরে সাংস্কৃতিক অনুষ্ঠান আছে , কাকিমাকে নিয়ে চলে আসবে বৌদি ।

- পাঙ্গালি এসে কাজে ঢুকছিল , ভিতরে না গিয়ে দাঁড়িয়ে পড়েছিল , সবার মাঝে কথা বলে উঠলো ,

বৌদি যা সুন্দর গল্প লেখে না , একবার শুনলে বুঝতে !

- ধৃতিমান কে সকলেই জানে অসম্ভব সুন্দর কবিতা বলে , গভীরভাবে তাকিয়ে দরাজ গলায় বললো , তাহলে তো শুনতেই হচ্ছে ।

- দেবলীনার অস্বস্তি হচ্ছিল ।

-

দেবলীনার দেরি দেখে রনিত বেরিয়ে এলো ,

আরে তোরা- তাই বল , সকালেই কি চাঁদা তুলতে বেরিয়েছিস ? ঠিক আছে তোরা এগো আমি আসছি ।

- বাচ্চুর মুখ থেকে বেরিয়ে এলো , আরে গুরু একটু তো পায়ের ধুলো দিতে পারো ? বাচ্চু ক্লাবে সবার থেকে বয়সে ছোট তাই ওকে সবাই বকে দিলো ।

-পাকামো হচ্ছে

- রনিত বললো খুব কথা শিখেছিস , দেবীর দিকে তাকিয়ে ---- অনেক্ষণ ধরে মা ডাকছে ।

- দেবলীনা বাঁচলো ----- পাঙ্গালি আয় দেরি হয়ে হয়ে যাচ্ছে বলে ভেতরে চলে গেল ।

- ঘরের ভেতর গিয়ে দেবলীনা ধমক দিয়ে বললো পাঙ্গালি তুই কিন্তু খুব বাড়াবাড়ি করছিস ।

- সুলেখা - আবার কি করলো

- দেবী তোর ক্লাবের ছেলেদের সামনে গল্প লেখার কথা বলার কি দরকার ছিল

- তোমরা আমাকে খারাপ কথা বলতে মানা করেছ , এটাতো ভালো কথা , ভালো কথা লুকিয়ে রাখা কি ভালো বলো কাকিমা

- তুই আবার সাক্ষী মানছিস , ঠিক আছে বাবা আজকে ইলিশ মাছ এনেছে , যা সবাই কে বলে দিয়ে আয় আর ইচ্ছে হলে আসতেও বলে আয় ।

- ইস বৌদি খুব রেগে গেছে , পাঙ্কালি কি বলবে ভেবে পেলো না , ফিক করে হেসে দিয়ে বললো ওটা বলবো না , মাছ তো আমি খাবো , আর ওটা ঘরের কথা বাইরে বলতে নেই ।

ছুটির দিনটা কোথা থেকে চলে যায় চোখে দেখা যায় না , তবুও দেবলীনা দুপুরটায় বসেছিল একটু লেখাটা নিয়ে, দুদিন ধরে সময় পেলেও ইচ্ছে হয়নি । মাঝে মাঝে দুপুরে বাড়ি যায় না পাঙ্কালি , সকালে এসেই বলেছে মাকে বিয়ে বাড়িতে রান্নার জন্য ডেকেছে তাই আজ বাড়ি যাবে না । আরও দুই বাড়ি কাজ করে কিন্তু যত কথা আদর আবদার সব ওর এখানে কাকিমার কাছে । অক্ষর জ্ঞান ভালোই আছে , বিকেল হতে না হতেই বাইরের ঘরে বসে পাঙ্কালি খবরের কাগজটা নিয়ে বসে আছে , অপেক্ষায় আছে কখন দেবী বৌদি এসে গল্প পড়বে ।

দেবলীনাকে খাতা নিয়ে আসতে দেখেই পাঙ্কালি নড়েচড়ে বসে বললো বৌদি কাকিমাকে ডাকবো ?
সুলেখা পাঙ্কালিকে বললো আজ তুই সবাইকে চা বানিয়ে খাওয়া তারপর গল্প শুনবি ।
পাঙ্কালি খুব খুশি হ্যাঁ বৌদি তুমি বোসো আমি একেবারে ফাস্টও কেলাস চা বানাবো ।
দেবলীনার মনটা কোথায় ভাসিয়ে নিয়ে যায় পাঙ্কালি, ওকে কাজের মেয়ে ভাবতে খারাপ লাগে , এরকমই ঘরে একটা ননদ থাকলে খারাপ কি হতো , ছোট বোনের মতো ঘুরঘুর করতো । মনে পড়ে শিউলির কথা , একই সঙ্গে পড়াশোনা করলেও শিউলিকে বন্ধু না ভেবে ছোট বোন ভাবতে ভালো লাগে । সারাক্ষণ বকবক করছে শিউলি হাসছে গাইছে নেচে বেড়াচ্ছে। ছন্দের তালেতালে দেবলীনাকে নাচতে বাধ্য করছে । কখনো হাত ধরে টেনে জোর করে বেড়াতে নিয়ে গেছে । সময় নেই বলে পার পেতো না দেবলীনা , শিউলির একটাই কথা , " বেরিয়ে এসে তুই পড়তে বসবি দেখবি দ্বিগুন পড়া হবে " এমনই পাগল মেয়ে ।পাঙ্কালিও যেদিন কাজে আসেনা সেই দিন খুব খালি খালি লাগে বাড়িটা , চোখের সামনে যেন মৃত বাড়িটা জেগে থাকে । পাঙ্কালি যতই ভুল করুক ওর মধ্যের সোজা সরল বিশ্বাসের ভাবই ওকে ভালোবাসার জায়গায় পৌঁছে দেয় । শিউলির সঙ্গে চাকরি পাওয়ার পর ছাড়াছাড়ি হয়ে যায় , দেবলীনা ইচ্ছে করেই আর যোগাযোগ রাখে না কিন্তু তাতে কি , চোখের আড়াল হলেও শিউলিকে কখনো ভোলা সম্ভব নয় । আজ পাঙ্কালি নতুন করে শিউলিকে মনে করিয়ে দিল ।

15
পঞ্চদশ পর্ব

সুলেখার পছন্দমত আদা দিয়ে কড়া করে চা করে নিয়ে সবাইকে দিল পাঙ্গালি। আজ সকাল থেকেই পাঙ্গালি খুব খুশি। হ্যাঁ সকালে একবার বৌদি ওর উপর রেগে গিয়েছিল। কিন্তু দেবী বৌদিকে কখনো রাগতে দেখেনা। ভীষণ ভালো মনের, পাড়ায় এরকম একটা বৌদিকেও পাঙ্গালি দেখেনি। কি সুন্দর কাকিমার সঙ্গে মিলেমিশে থাকে, মাঝে মাঝে মনে হয় কাকিমার মেয়ে বৌমা নয়। পাঙ্গালি নিজেও জানে কাকিমা ওকেও মেয়ের মতোই মনে করে। রনিত দা কে নিয়ে পাঙ্গালির কোন কথা নেই বড়ো চুপচাপ, নিজের মনেই থাকে। দেবী বৌদি বরং মাঝেমধ্যে মজা করে খুনসুটি করে, রনিতদা তাতেও চুপচাপ থাকে। কিছু বোঝা যায় না, খুশি হলো না রাগ করলো না ভালো লাগলো, ধুর কেমন জানি! পাঙ্গালি এও ভাবে রনিদার মতো ছেলেদেরই বোধহয় ভালো ছেলে বলে। অথচ পাড়ার ছেলেদের দেখো, কালকে সকালে দেখা মাত্র অজিত দার যেন পিরিতের বান ডেকে গেল বলে কিনা কিরে "পাঙ্গালি হেব্বি রেলা যে তোর, পাত্তাই দিস না ,যেখানে কাজ করিস ওরা তোকে জাতে তুলছে বুঝি" পাঙ্গালির খুব রাগ হয়েছিল চুপ থাকে নি মুখের উপর বলেছে ততক্ষণে ওখানে সত্য দা এসে গেছে, তবুও পাঙ্গালি বলেছে,

দেখো অজিত দা লোকের বাড়ি কাজ করি বলে ওই যে কি যেন বলে আন্ডার এস্টিমেট হ্যাঁ ওটা করবে না, ওরা ইজ্জত দেয় আমিও ইজ্জত নিয়ে কাজ করি। সন্মান বেঁচে খাই না। তোমাদের দাদার মতো দেখি, পাত্তা আমি সেরকমই দেই। অন্যকিছু ভাববার আমার ইচ্ছে নেই, আর কেউ আমাকে জাতে তুলুক বা না তুলুক তোমরা যে তুলবে না সেটা ভালো করেই জানি। এই রকমই নরম গরম কথাবার্তা পাঙ্গালির সাথে মাঝে মধ্যেই হয়ে থাকে।

আসলে পাঙ্গালিকে দেখতে শুনতে বেশ ভালো, পরিষ্কার ঝকঝকে বেশ চটক আছে, পেটে অল্প বিদ্যেও আছে, বাবা রাজমিস্ত্রির কাজ করত, উঁচু ফ্ল্যাট বাড়িতে কাজ করতে

করতে পড়ে গিয়ে মারা গেছে । বাধ্য হয়ে মা রান্নার কাজ করে , পাঞ্চালি ক্লাস এইটে পড়ে আর পড়ে নি ।

ছুটির দিন রনিদা ছেলেদের সঙ্গে চাঁদা তুলতে বেরিয়ে গেছে বৌদি খাতা খুলে গল্প শোনাবে বলে বসল। কাকিমার বাড়িতে পাঞ্চালি জায়গা করে নিয়েছে, কাকিমাকে ঠেস দিয়ে না বসলে তারা আরাম হয় না ।

দেবলীনা খাতা খুলে বললো বাবা ,মা শুরু করছি ,

পুরুলিয়ায় রঘুনাথপুরে অলোকদার বাড়ি থেকে ঘুরে এসে হিমানী যেন অনেকটা নিজেকে বদলে ফেলেছে । খুব তরতাজা ফুরফুরে লাগছে নিজেকে, হ্যাঁ অবশ্যই বকুলের অবদান সবটাই, ওর মত ভরপুর প্রাণ হিমানীর নেই। বকুল যেভাবে ওর গন্ধ ছড়িয়ে বেড়াচ্ছে তাতেই হিমানী বিভোর হয়ে আছে । বকুল বলে জীবন একটাই তার অনেক রং তার সমস্ত রূপ-রস-গন্ধ সম্পূর্ণভাবে উপভোগ করতে হবে । সব সময় সব কিছু নেওয়া যায় না , প্রত্যেকটা জিনিসের জন্য নির্দিষ্ট সময় থাকে । সব কিছু নিয়ে এত পাকাপাকা কথা বলে শোনবার মতো ।এসব ব্যাপারে বকুলের কোনো জুড়ি নেই । বকুলের কাছে কৃতজ্ঞতার শেষ নেই, হিমানীকে বকুলই বাঁচতে শিখিয়েছে। শামুকের খোল থেকে বের করে প্রকৃতির খোলা হাওয়ায় ডানা মেলে উড়তে শিখিয়েছে ।

বকুল মাঝে মাঝে এমন কিছু কান্ড করতো যার জন্য ওর ছেলেমানুষি হলেও খুবই চিন্তা ধরিয়ে দিত ।

অলোকদার বাড়ি গিয়ে আমরা ঘুরতে বেরিয়েছি ।জঙ্গল পাহাড়ের মজা নিতে নিতে এগিয়ে চলেছি পাহাড়ি পথে , অপূর্ব প্রাকৃতিক শোভা পাহাড়ের সঙ্গে ঝর্ণার উপস্থিতি , আমরা একটা টিলার গায়ে বসেছি, চোরিদা গ্রামের হাটে বাজারে মুখোশের ছড়াছড়ি । বকুলের বায়না মুখোশ নিতে হবে হঠাৎ একটা প্রজাপতি ধরতে এদিকে ওদিকে ছুটে বেড়ায় । দু এক বার অলোকদা ডাকাডাকি করে ,

বলে এখানেই আছি চিন্তা কোরোনা ।

অলোকদাকে হিমানীর সেই মূহুর্তে অন্য রকম মনে হয়েছে ,

-হিমানী আমার কিছু বলার ছিল , একটু কি অন্যভাবে ভাবা যায় , যদি তোমার আপত্তি থাকে তাহলে কিছু বলবো না ।

আপত্তি কিছু নেই আসলে আমি জীবন সম্পর্কে কখনোই কিছু গতানুগতিক ধারাবাহিকতায় আসতে পারবো না । তাই তোমার কথার কিছু উত্তর নেই আমার কাছে , আমার কিছু বাধ্যতা আছে ।

ঠিক আছে এখন আমি কিছু বলছি না , যদি কখনো কিছু কথা থাকে অবশ্য জানিও ।

এরপর খেয়াল হলো ধারে কাছে কোথাও বকুল কে দেখা যাচ্ছে না ।উৎকন্ঠায় এদিক ওদিক খুঁজে বেড়াচ্ছি , অনেক্ষণ পর কয়েকটা মুখোশ হাতে ফিরে এলো ।

গ্রাজুয়েশন হয়ে যেতেই বাড়ি না গিয়ে চাকরীর চেষ্টা করতে থাকলো দুজনেই । হ্যাঁ বকুল মাস ছয়েকের মধ্যেই চাকরি পেয়ে আগেই চলে গিয়েছিল । ছাড়াছাড়ি হতে খুব কষ্ট হয়েছিল দুজনেরই কিন্তু করার তো কিছু নেই যেতেই হবে । দুজন একে অপরকে জড়িয়ে ধরে খুব কেঁদেছিল । যতগুলো দিন একসঙ্গে কেটেছে এখন ভাবলে মনে হয় ওগুলো স্বপ্ন ছিল। সত্যিই হিমানী জানেনা ওই দিন গুলোর বাস্তবের মাটিতে কোন মূল্যায়ন হয় কিনা । চাকরি পেয়ে ছাড়াছাড়ি হওয়ার পরেও বেশ কিছুদিন যোগাযোগ ছিল । বকুল ফোন করতো প্রথম প্রথম দেব হিমানী দুই একবার ফোনে কথা বলেছে তারপর আর ফোন ধরতো না শিউলি এসএমএস করে বলেছিল

- আমি বুঝতে পারিনি যে আমি তোর কাছে অসহ্য হয়ে উঠেছিলাম

-উত্তর দিয়েছিল হিমানী আমি নিরুপায়, তুই আমায় ক্ষমা করিস ।

তারপর বকুল আর বিরক্ত করেনি ।

সত্যিই হিমানী নিজের ইচ্ছের বিরুদ্ধে বকুলের সঙ্গে তাল মেলাতে মেলাতে হাঁপিয়ে উঠেছিল। বকুলের সান্নিধ্যে বাহ্যিক পরিবর্তনটা যা হয়েছিল তা মিলিয়ে যেতে বেশিক্ষণ বেশি দিন লাগলো না। যেটুকু প্রয়োজন হতো সকলের সঙ্গে সময় কাটাতো তার বাইরে নিজেকে এক বিষন্নতার ঘেরাটোপে বন্দি করে রাখত হিমানী, নিজের বয়সী কারো সঙ্গে মিসতো না কিন্তু স্কুলের বাচ্চাদের সাথে অদ্ভুত ভাবে মিশে যেতো ওদের পড়াতে গল্প বলতে ভালোবাসে । টিফিনের সময় ওদের খেলাধুলো করায় নিজেও খেলতে নেমে যায় । বাচ্চারা হিমানীকে পছন্দ করে ভালোবাসে । স্কুলের যারা একটু বড়ো বা বয়স্ক তাদের সঙ্গে কথা বলতে সময় কাটাতে হিমানীর ভালোলাগে ।

- রনিত ঘরে ঢুকতেই দেবলীনা গল্প পড়া বন্ধ করলো ,
আজ থাক এখন আর না, বলে খাতা বন্ধ করলো ।

- সুলেখা রনি ফিরে আসার কারণ বুঝলো না ,
কিরে তোর এরই মধ্যে চাঁদা তোলা হয়ে গেল !
ওরা তো রাত দশটা পর্যন্ত চাঁদা তুলে বেড়ায় ।

- রনি বিরক্তির স্বরে বললো এতো হেঁটেহেঁটে পোষায় না তাই চলে এলাম ।

-তুই হেঁটেচলে বেড়াস কোথায় , সারাদিন তো বাহনের উপর বসেই থাকিস , একটু দোকান বাজার করবি তাও নয় । এবার একটু আধটু অভ্যেস কর , আর কবে শিখবি ?

- রনি কোন উত্তর দিলো না ।

-দেবলীনা -ঘোড়া দেখলে সবাই খোঁড়া হয়, ঠ্যাকায় না পড়লে কেউ কিচ্ছু শেখে না ।

-পাঙ্কালি দেখলো হাওয়া গরম হচ্ছে , ফুট কাটলো ,
রনিদাকে নিয়ে কোন কথা কখনো বলে না

জানোতো রনিদা তুমি না তোমার বাইকটা নিয়ে গেলে পারতে ,সবার বাড়িতে তুমি ওরা পৌঁছানোর আগেই পৌঁছে যেতে আর একটা গাড়িতে হর্ন মারতে দরজা খোলার আগে কেউ ভাবার সময় পেত না চাঁদা টা কতোটা দেবে ,বা না দেওয়ার জন্য কি কারণ দেখাবে । জানতো ছেলেরা গিয়ে কাকু বলে ডাকার সঙ্গে সঙ্গে সবার পকেট খালি হয়ে যায় আর ঘরে গিয়ে দেখো রোজ মোচ্ছব লেগে আছে, খাওয়া দাওয়া হচ্ছে , হাজার হাজার টাকার পুজোর বাজার হচ্ছে, আর যে পুজোর জন্য এতো সব করছে সে পুজোতে টাকা না দেওয়ার হাজার কারণ খুঁজে বেড়ায় । কারো মনচায়না পুজোটা ভালোভাবে হোক ।রনজয় এতোটুকু মেয়েটার মুখে এমন সব কথা শুনবে ভাবতে পারেনি , মেয়েটারও কত জ্ঞান বুদ্ধি অথচ আমরা কত বুদ্ধিজীবী হয়েও কতো পেছনে পড়ে আছি !

16

ষষ্ঠদশ পর্ব

দুটো রাত রনি চিন্তার মধ্যে কাটিয়ে দিল। দেবলীনা বুঝেছে মনের মধ্যে কোন ব্যাপার নিয়ে ঝড় উঠেছে । কিন্তু কি হয়েছে ? দেবলীনা এমন কিছুও বলেনি যার জন্য রনি এতটা মনে কষ্ট পাবে !অথচ লক্ষ্য করেছে যে সেদিন পার্টির থেকে আসার পর থেকেই রনি যেরকম নিজের মধ্যে নিজেকে আড়াল করে রেখেছে। কোনদিন রানিকে দেবলীনা এভাবে অস্থির হতে দেখেনি। গতরাতে বলেছিল দেবলীনা,

রনিত , তুমি কি বলবে সেদিন পার্টিতে কি এমন হলো যার জন্য তুমি নিজেকে এভাবে গুটিয়ে নিলেন। হ্যাঁ আমি স্বীকার করছি সেদিন পল্লবী কে নিয়ে আমার ওরকম করে তোমাকে বলা উচিত হয়নি কিন্তু আমিতো কিছুটা মজাও করেছি সেটা কি তুমি বুঝতে পারোনি ? এভাবে তার জন্য নিজেকে কষ্ট দিচ্ছ ,কষ্ট তো আমিও পাচ্ছি ।
আমার মত তুমি অত কথা বলোনা, সেরকম ঘরে হাসি-ঠাট্টা করে সকলকে মাতিয়েও রাখো না। আরও বুঝে গেছো যে এ দায়িত্বটা আমিই নিয়ে নিয়েছি তাই নিজেকে আরও তুমি শান্তিতে রাখো কিন্তু এতটাও কিন্তু তোমার রিএক্ট করা উচিত হয়নি । যা হয়েছে যেখানে হয়েছে সেখানেই ছেড়ে দাও না ,সেটাকে চার দেয়ালের মধ্যে রাখছো কেন আর যদি কোন প্রবলেম থাকে তাহলে তো বলে দিলে অন্তত একটু হালকা হওয়া যায়। যা ভালো বোঝো তাই করো কিন্তু আমার এভাবে আর ভালো লাগছে না ।

রনি এবার কথা বলল , আসলে দেবী সেদিন ওখানে সে রকম কিছুও হয়নি কিন্তু আমরা যা করেছি তার জন্য আমি খুব অস্বস্তিতে আছি। আমরা চারজনই ছিলাম সেদিন নিমন্ত্রিত , আমাদেরকেই ওরা ডেকেছে মানে ভদ্রতার খাতিরে ডাকতে বাধ্য হয়েছে । অনিমেষ পল্লবী ওদের এই পার্টিটা জোর করেই দেওয়া করিয়েছে, সরল আর প্রণয় জোর করে পার্টিটা আদায় করেছিল, কিন্তু কেন কি প্রয়োজন ছিল ওদের ইচ্ছা হচ্ছে না পার্টি দিচ্ছে না আর তার পেছনে নিশ্চয়ই কোন কারণ আছে সেটা তো বোঝা উচিত ছিল ।

আরও আমার খারাপ লাগছে যে দেবেশ দা যখন জানতো তখন তো আগেই বলা উচিত ছিল না কি ? পরে জানিয়ে লাভ কি । ওরা তো শুনলাম সবার থেকে নিজেদেরকে আড়াল করে রাখছে, বিয়ে করেছে বলে কাউকে জানাচ্ছে না। ভেতরে ভেতরে সবাই জেনে গেলে ওদের অনেক প্রবলেম হবে । অনেক কিছু শুনলাম সেখানে নিজেদেরকে আমার খুব ছোট লাগছে, এত খারাপ লাগছে জানার পরে যে ছেলেমানুষী হয়ে গেল না । ওদের দুজনের পরিবারের পারিবারিক কিছু প্রবলেম আছে , অথচ পল্লবী চাইছিল বিয়েটা হয়ে যাক তা না হলে হয়তো ওদের দুজনের বিয়েটা হতো না । পল্লবীর অন্য কোথাও বিয়ে হয়ে যেত। আর অনিমেষের মনে হচ্ছে বোনের বিয়ে দিয়ে বিয়েটা করলে ওর পক্ষের ভালো হতো সেটা তো হলোনা ওদিকে পল্লবীর যদি বাবা জানতে পারে বিয়েটা এখনই হয়ে গেছে তাহলে ওদের পক্ষে খুবই অসুবিধা হবে সবকিছু ম্যানেজ করা । এতোকিছুর আমিতো কিছুই জানিনা, ওদের ভিতর এত প্রবলেম জানলে তো আমি পার্টিতে যেতামই না আর সবাইকে বারণও করতাম ।

দেবলীনা বলল তাতে তোমার এত এতটা কষ্ট পাওয়ার কি আছে যে, আমার কাছ থেকে বাড়ির কাছ থেকে এভাবে নিজেকে আলাদা করে রাখবে ? এই কদিন ধরে আমার ওপর দিয়ে কি যাচ্ছে একবার ভেবে দেখেছ , শুধু নিজেকে নিয়েই ভাবো আর নিজের ভাবনাতেই ডুবে থাকো ----- দিন দিন নিজেকে অত্যাশ্চর্য করে তুলছ !

তুমি ভেবো না যে আমি কিছু বুঝিনা বা তোমার দিক থেকে কিছুই ভাবি না , সেই সব ভেবেই বলছি এরপরেও কথা আছে কথাটা হচ্ছে ওরা দেখো কিভাবে একটা বিয়ে করল , কারো আশীর্বাদ না, কারো ভালোবাসা না, কারো শুভেচ্ছা না, সব কিছুকে সরিয়ে রেখে যেমন করে হোক বিয়েটা করলো কিন্তু ওদেরকে যা খুশি দেখলাম তাতে আমার আরো নিজেকে খুবই অসহায় লাগছে, নিজের মধ্যে নিজে ভীষণ ছোট হয়ে যাচ্ছি ।

আমাদের দেখো সবদিকের ভালোবাসা আছে মা বাবা তোমার মা বাবা সবার আশীর্বাদ আছে সবই তো আছে, আমাদের কোথাও কোনো ঘাটতি নেই, কোনো কিছুতেই কিছু ভাববার নেই তবুও আমরা কি খুশি থাকতে পারছি ?আমরা কি সুখী হয়েছি? তোমাকে কি আমি সুখী করতে পারছি ? এ প্রশ্নগুলো আমায় দেবী শান্তিতে থাকতে দিচ্ছে না , প্রতি দিন প্রতি রাত আমার কাছে বিভীষিকাময় ,আমাকে অস্থির করে তোলে আমার অসহায়ত্ত আমাকে কুরে কুরে খায়।

হ্যাঁ জানি তো এটাতো অবশ্যই একটা ভাবার মত কথা কিন্তু সেটা কেন হচ্ছে কারণটা ও তো আমাদের জানতে হবে, শুধু শুধু হা হুতাশ করে তো লাভ নেই । ভেবে ভেবে তো কোন কিছুর সমাধান হয় না , সময় চাই আর তার কারণও খুঁজে পেতে হবে । সব কিছুর জন্য একটা সময় আছে, জানো রনি সময়ের আগে কোন কিছুই হয় না, সেটাকে দাম দিতেই হবে আর তার সঙ্গে নিজেকে প্রস্তুত করতে হবে । যদি মনে করো যে আমার কোনো ঘাটতি আছে তাহলে আমায় বলবে আর যদি মনে করো তোমার নিজের

কোন ঘাটতি আছে, তোমার নিজের কোন প্রশ্ন আছে নিজের কাছে, অবশ্যই তার তার উত্তর খুঁজবে , কোন সমস্যা থাকলে তার সমাধান খুঁজবে।

অকারণে ভেবে তো লাভ নেই, ভাববার জন্য সময় অনেক পাবে , এখন সময়টা তোমার কাছে খুবই দামী যেহেতু তুমি এসব নিয়ে ভাবছো । তাহলে সেটাই ভাবো না - যে তোমার ভেতরে অসহায়তা কাজ করছে তার কারণ কি ? আমিও চেষ্টা করছি কিভাবে তোমাকে খুশি রাখা যায় ।

ঠিক আছে এখন আর দুশ্চিন্তা করো না আর ওই অফিসের পার্টির ব্যাপারটা মাথা থেকে বাদ দিয়ে দাও, যা হয়ে গেছে হয়ে গেছে তা নিয়ে ভেবে লাভ নেই বলে দেবলীনা" চা খাবে" জিজ্ঞেস করল ।

হ্যাঁ খাবো , বাবা যদি খায় তাহলে করো না হলে দরকার নেই ।

হ্যাঁ বাবা তো খাবেই আমি তাইতো তোমাকে জিজ্ঞেস করতে এলাম ।

লেখাটা সেরকম ভাবে এগোচ্ছে না , বাবা মা কত আগ্রহ নিয়ে শুনছে কিন্তু সেরকম ভালো কি লাগছে ?

ছুটির দিন তবু আজ দেরি হলো না , পাঞ্চালি অনেকটা সাহায্য করেছে । খাওয়া দাওয়ার পর পাঞ্চালি মায়ের কাছে আছে , দেবলীনার ঘরটা একটু আড়ালে , সরাসরি দেখা যায় না , এমনকি আয়নাটা এমন ভাবে রাখা আছে অনেকটা দূর থেকেই দেখা যায় যদি কেউ আসে । দেবলীনা দেখলো রনি পাশ ফিরে ফোন নিয়ে আছে । নিজের মনেই আহ্লাদে বলে ফেললো ভীষণ বাজে তুমি ..... পচা ।

তারপর থাকতে না পেরে কাছে গিয়ে মাথার চুলে বিলি কেটে দিলো । রনি হাতটা নিয়ে বুকে চেপে ধরলো ।

দাঁড়িয়ে থেকেই রনির ওপর উপর হয়ে জড়িয়ে ধরলো , কানে ফিসফিস করে বললো , কিপটে গোঁসাই ।

কেন , কিপটে কেন ?

কপট রাগ দেখালো , থাক তোমাকে বুঝতে হবেনা , ছাড়ো আমায় লিখতে হবে ।

সে লেখা হবেখোন , এক ঝটকায় বিছানায় তুলে নিলো ।

খুব যে সাহস দেখছি , দরজা হাট করে খোলা ।

তাতে কি আমার বউকে আদর করছি , আর যে আসবে সাড়া দিয়েই আসবে ।

দেবলীনা আরও কি বলতে যাচ্ছিল ,

উঁহু কথা নয় , খুব কিপটে আমি তাই না বলে কপালে গালে চুমু খেয়ে ঠোঁট দুটো মুখে নিয়ে গভীর ভাবে জড়িয়ে নিল ।

দেবলীনার গভীর আশ্লেষে শরীরটা শিথিল হয়ে ভালোবাসায় গলে গলে পড়ছে , চোখ বন্ধ করে ভাবছে এই ভাবে আমায় ভালোবাসতে বাসতে শেষ করে দাও।

17
সপ্তদশ পর্ব

ছাড়ো বাবা আসছে , বলতে রনি ছেড়ে দিল ।
হাসতে হাসতে দেবলীনা আবার কিপটে গোঁসাই বলে খাট থেকে নেমে লিখতে বসলো ।

পাড়ার ধীরেন কাকু মাঝে মধ্যে এসে দুপুর বেলায় বাবার সঙ্গী হয়ে যান । বেশ কিছু বছর বাবার সঙ্গেই চাকরি করেছেন , চোখের অসুবিধের জন্য ড্রাইভারের চাকরি করতে পারলেন না, ফলে সেখান থেকে ট্রান্সফার হয়ে রেলের টি টি তারপর স্টেশনমাস্টার হয়ে রিটায়ার করেন । চাকরি জীবনের অনেকটাই বাকি তখন থেকেই বিপত্নীক , স্ত্রী পুকুর ঘাটে সাপের কামড়ে মারা গিয়েছিল। চাকরি জীবনের ড্রাইভার এর চাকরি থেকে বদলি হওয়ার পর থেকেই ধীরেন কাকু বাইরে বাইরে থেকেছেন কিন্তু গিন্নিকে নিয়ে নয় । গিন্নি তার বাপের বাড়িতে থাকতেই স্বচ্ছন্দ ও পছন্দ করেন বেশি। ছেলে নিয়ে বাপের বাড়িতে মঞ্জু কাকিমা ।ছেলে মামার বাড়িতে মানুষ হচ্ছে । বাইরে বাইরে থাকতে থাকতে ধীরেন কাকু রান্নায় ভীষণ পটু একা থাকতেও কাকু অভ্যস্ত হয়ে গেছে । কাকিমা একা একা কি করবেন আরেক দিকে কাকিমার বাপের বাড়ির প্রতি অগাধ ভালোবাসা । ছোট দুই ভাই মঞ্জু কাকিমার থেকে অনেকটাই ছোট তাই বাপের বাড়িতে তার প্রাধান্য অনেকটাই , বাবা-মায়ের মেয়ে অন্তপ্রাণ, নাতি নিয়ে বাপের বাড়িতে মেয়ের থাকাতে তাদের কোনো অসুবিধা নেই। জামাই বাবাজি বাইরে বাইরে থাকেন কি আর করবেন। মঞ্জু কাকিমা একটু ঢিলেঢালা উদাসীন । স্বামী তার একা পড়ে থাকবে বা হাত পুড়িয়ে খাবে তাতে তার কোন ভাবনা নেই তার নিজেরও বোধহয় স্বামীকে বিশেষ দরকার হয় না, কেমন একটা নিস্পৃহ ভাব সবকিছুতে অথচ বাপের বাড়িতে বেশ দায়িত্ব নিয়ে সংসার করেন ।

অথচ ধীরেন কাকুর নারীর প্রতি নিরাসক্ত এমনটাও নন বরং একটু বেশিই আসক্তি প্রবন। যখন ড্রাইভার এর চাকরিতে বহাল ছিলেন তখন পাড়াতেই থাকতেন, মাঝেমধ্যেই বাবার কাছে আসতেন, ছুটির দিনে জমিয়ে আড্ডা দেওয়ার ফাঁকে ফাঁকে

বাড়ির গিন্নির প্রতিও ভালোই চোখ রাখতেন । বাবা ভালোই বুঝতেন কিন্তু নিজের স্ত্রীর প্রতি এতটাই ভালোবাসা ও বিশ্বাস ছিল যে ওসব কোনো জিনিসে কোন আমলই দিতেন না । শাশুড়ি মা বরং মজা নিতেন আর বাবাকে মাঝে মাঝে রাগাতেন। এখন অবশ্য ধীরেন কাকু এলে দুখিলি পান সামনে রেখে আসা ছাড়া মা বিশেষ সামনে যেতে বা আমল দিতে পছন্দ করেন না। সবই বয়সের সাথে সাথে পরিবর্তন আর কি, সময় গড়িয়ে যায় আর নিজেকে পাল্টানোটাও প্রয়োজন হয়ে পড়ে ।

এখন ধীরেন কাকু আসলেই পাঙ্খালি অল্পস্বল্প পেছনে লাগে, শশুর মশাই কে লক্ষ্য করে বলে কাকু আজকে আমরা চা খাব না কারণ ধীরেন কাকু চা ভালোবাসে না । কিংবা মা পান সাজিয়ে নিয়ে আসলেই বলে কাকিমা তুমি কাকুকে পান সাজিয়ে দিও না, আজ যে পান গুলো কাকু বাজার থেকে এনেছে ওই পান গুলো সব ঝাল খাওয়া যাচ্ছে না । তুমি আর ধীরেন কাকুকেও দিওনা তোমায় গালাগালি করবে কিংবা বলে ধীরেন কাকু এখন অনেক বয়স হয়েছে এখন আর চা চা কোরো না, চা খেতে হলে দুধ ছাড়া চিনি ছাড়া লিকার খাও বুঝলে তাতে শরীর ভালো থাকবে খরচও কমবে।

তুই থাম তোকে আর জ্যাঠামো করতে হবে না ।

বাড়ির কারো চা খাওয়ার সময় হয়নি , সুলেখা পাঙ্খালি কে বললো দুই কাকু কে চা করে দে ।

দেবলীনার কানে গেল তাই উঠি উঠি করেও লেখাটা এগিয়ে নিয়ে গেল ।

ধীরেন কাকু চলে যেতেই দেবলীনা খাতা এনে বসলো । বাবা , আজ কি আর ইচ্ছে আছে গল্প শোনার ।

গল্প শুনলেই তো বরং মাথা টা ছাড়বে , ধীরেন যে কি এতক্ষণ বকে গেল , সব ঢুকে গিয়ে মগজে তালা পড়ে গেছে , ভোঁ ভোঁ করছে কিন্তু বেরোচ্ছে না ।

দেবলীনা খাতা খুললো , মা কোথায় গেলে এসো , তোমার ছেলে উঠলে আবার চা খাওয়ার সময় হয়ে যাবে ।

স্কুলে পরীক্ষা হয়ে গেছে সকলে খুব আনন্দে আছে ভীষণ খুশি, সবাইকে বলা হয়েছে তোমাদের সকলকে পিকনিকে নিয়ে যাওয়া হবে, বাড়ি থেকে অনুমতি নিয়ে নিও সবাই । যারা যাবে তাড়াতাড়ি জানাবে । স্কুলের বাচ্চারা হিমানীকে খুব পছন্দ করে , ওর সঙ্গে খুব ভালো থাকে। মাঝে মাঝেই পিকনিকের আলোচনা চলছে হিমানী শুনেও শোনে না আসলে ওর এসব ভালো লাগেনা যেতেও চায়না। বেশ কয়েকদিন হয়ে গেল পিকনিক নিয়ে আলোচনায় সবাই মত্ত, হিমানী খুব একটা কিছু কথা বলছে না স্কুলের সকলকে বলা হয়েছে প্রত্যেকের মা-বাবাকে বাড়িতে খবর দেওয়া হয়েছে কে কে যাবে সকলকে জানাতে বলা হয়েছে সব রকম প্রস্তুতি চলছে বাচ্চারা বলে উঠলো হিমানী ম্যাডাম না গেলে আমরা যাব না, ওরা কিভাবে বুঝলো হিমানীর যাওয়ার ইচ্ছে নেই, বাচ্চারা

একটু বেশিই বোঝে অগত্যা মত দিলো, বাচ্চাগুলোর জন্য যেতে রাজি হলেও কারো সঙ্গে বিশেষ আলোচনায় গেল না। যেন ও বাচ্চাগুলোর আনন্দের জন্যই যাচ্ছে তাছাড়া আরও আর কোনো আগ্রহ নেই। সবাই আলোচনা করতে বসলেও সেখান থেকে উঠে চলে গেছে। অনেকেই হিমানীর এই এড়িয়ে যাওয়া কিংবা সবার উৎসাহ সঙ্গে ও নিজেকে এক না করার ব্যাপারটা কেউই মনে হয় পছন্দ করে না তাতে হিমানীর কিছু যায় আসে না। সুজাতাদি, গোপাদি, পীযূষ দা, সঞ্জয় দা এরা সবাই ওকে বোঝে তাই ও যেমন থাকে তেমনি থাকতে দেয়, কেউ ওকে বিরক্ত বা উত্ত্যক্ত করে না। পিকনিক যাওয়ার দিন এসে গেল সবাই একসঙ্গে রওনা হল বাস রিজার্ভ করে। ছোট ছোট ছেলেমেয়েরা সঙ্গে যাচ্ছে দায়িত্ব প্রত্যেকের অনেক বেশি। রওনা হয়ে বেশ কিছুটা পথ এগিয়ে গেছে প্রায় ঘন্টাখানেক, হঠাৎ মনে হল জায়গাটা হিমানীর ভালো লাগছে তাই জিজ্ঞেস করল পীযূষ দা কোথায় যাচ্ছি আমরা? সবাই হো হো করে হেসে উঠলো তারমধ্যে পাকামি করে বাবলি বললো "সাত কান্ড রামায়ণ পড়ে সীতা কার বাপ" আবার সবাই হেসে উঠল, আজকে কোন দোষ নেই যে যা খুশি বলতে পারে সাতখুন মাপ। হিমানী বাবলির গাল দুটো টিপে দিয়ে কাছে টেনে নিলো, কানে কানে বলল কোথায় যাচ্ছি রে?

-তাও জানোনা কুরুলিয়ায়।

কি কি বললি তারপরই মনে পড়লো বাবলি প বলতে পারেনা, ওটা পুরুলিয়া হবে। নামটা মনে হতেই ভালো লাগেলো।

চোড়িদা গ্রাম

আরে ওটা ছোড়দা না চোরিদা হবে। যাক একটু হলেও হিমানীর ভালো লাগছে কারণ এই জায়গার সঙ্গে তার অনেক স্মৃতি জড়িয়ে আছে অনেক ভালো লাগা স্মৃতি যা কোনোদিনই ভুলতে পারবে না।

পড়া বন্ধ করে দেবলীনা নিজের মধ্যেই কিছুক্ষণ বসে রইলো।
পাঙ্খালি বুঝে পেলো না বৌদির মুখের দিকে তাকিয়ে বসে রইলো। উসখুস করতে করতে বললো বৌদি গল্পটা তুমি বলে দাও তারপর খাতায় লিখে নেবে।

রণজয় - হুঁ তুই একটা বুদ্ধির ঢেঁকি, ওরকম করে হয় না, ঘটনা কোন দিকে এগোবে, শেষে পর্যন্ত গল্প কি দাঁড়াবে ও নিজেও জানেনা।

সুলেখা - তোর আর বুঝে কাজ নেই, একটু চা করে খাওয়া তো।

দেবলীনা হঠাৎ উঠে দাঁড়ালো, না তুই বোস, আমি চা করছি।

পাঙ্খালি ফিক করে হেসে দেয়, আমার ইচ্ছে করছিল বৌদির হাতের চা খাবো।

18

অষ্টদশ পর্ব

রাতের খাওয়া দাওয়ার পর্ব সারা হলেই দেবলীনার চোখে ঘুম জড়িয়ে আসে। সারাদিন কাজ কর্ম বিশেষ থাকেনা , পাঙ্গালি অন্য বাড়ি গুলোর কাজ সেরে এখানেই চলে আসে , সব কাজে সাথে থাকে , ওর এখানে থাকতে ভালো লাগে। ওর মা সুভদ্রাও অনেকটা নিশ্চিন্ত থাকে। বাড়িতে কেউ থাকে না সন্ধ্যার পর মা মেয়েতে এক হয়। পাঙ্গালি আর পাঁচটা মেয়ের মতো নয়। পরিস্থিতির জন্য মেয়েটার ভবিষ্যৎ পাল্টে যাচ্ছে। সেদিন শশুর শাশুড়ির সঙ্গে একই কথা নিয়ে আলোচনা হচ্ছিল।

সুলেখা - মেয়েটার ওপর বড্ডো মায়া পড়ে যাচ্ছে।

দেবলীনা - ও ও আমাদের ভালোবাসে।

রণজয় - মেয়েটার কথা মনে হচ্ছে আমাদেরই কিছু ভাবতে হবে।

রনিত - কার কথা ভাবতে হবে ?

দেবী - ওই পাঙ্গালির কথা হচ্ছিল।

রনি - হ্যাঁ ঠিকই বলেছ , আমিও কিছু ভেবেছি দেবী তোমার সঙ্গে ভেবে ছিলাম আলোচনা করবো। মা বাবা কি ভাববে তাই আর বলিনি।

দেবী- না না রনি যাই ভাবো বলো , মা বাবাও কিছু ভাবছে। আসলে ওর বাবাও তো ভালোই কাজকর্ম করতো , আর কোন নেশা ও করতো না , ওর মাও তো বাড়ি থেকেই বেরোত না , তখন পাঙ্গালি স্কুলেও যেত ।ছোটখাটো হলেও মেয়েটার কিছু কাজের ব্যবস্থা হলে ভালো হতো।

রনি - এখন সব জায়গায় টেন্ডার বেসিসে কাজ চলে। কম্পিউটার জব ছাড়া হাতে কলমে কাজ কোথায় ? রেলের বেশির ভাগই প্রাইভেটাইজ হয়ে গেছে।

রণজয়- দেখ প্রযুক্তির উন্নতিগত দিক দিয়ে এই পরিবর্তন মেনে নিতেই হবে। তবুও যতই জীবন যান্ত্রিক হোক না কেন মানুষের প্রয়োজন থাকবে রে রনি। শয্যাশায়ী মানুষের সেবা করবে কি যন্ত্র ? মানুষ কে আনন্দ দেবে যন্ত্র কিন্তু যে মানুষটার

ভালোবাসা আদরের প্রয়োজন সেটা কি করে যন্ত্র দিতে পারে আমার জানা নেই ।

রনি - আমার যেটা মনে হচ্ছে ওকে একটা কুকিং কোর্স আর স্পোকেন ইংলিশের ক্লাস করাতে পারলে অনেকটা সরগর হতে পারে । তারপর ধরো এইট পাসের যে পরীক্ষা গুলো দিতে পারবে দিতে থাকবে ।নিজেকে একটু তৈরি করতে পাঞ্চালিকে সময় দিতে হবে । ওকে দেবী এসব গুলো ভালো করে বুঝিয়ে বলবে । ঘরে বসে যদি ম্যাট্রিক পাস টা করে নিতে পারে তাহলেও অনেক সুযোগ আছে , দেখা যাক ও কতটা কি করতে পারে ।

দেবলীনা ভীষণ অবাক হয়ে গেছে রনির ভাবনা চিন্তা গুলো শুনে । রনিকে যতটা দেখে যেন মনে হয় সব ব্যাপারে উদাসীন , নিজের কাজ টুকু ছাড়া কিছুই বোঝে না , আজ সত্যিই ধারণা পাল্টে গেল । বলি বলি করে এখনো পাঞ্চালিকে বলা হয়নি ওর ব্যাপারে আমাদের ভাবনা গুলো আর দেরি করা যাবে না ।

খাওয়ার পর হাতের কাজ সারতে সারতে ভাবনায় পেয়ে বসেছে , অনেকক্ষণ হয়ে গেছে রনি হয়তো ঘুমিয়ে পরেছে ।

হুঁ যা ভেবেছে তাই , রনি একদম ছেলেমানুষের মতো ঘুমোচ্ছে , প্রশান্তির ঘুম যা এই কয়দিন দেখেনি , কি ভীষণ অস্থিরতা দেখেছে রনির মধ্যে যা দেবলীনাকেও ভাবিয়ে তুলেছে । প্রত্যেক মানুষের নিজস্ব কিছু কথা থাকে সে কথা কখনো হারিয়ে যায় না ,কখনো তা জীবন্ত হয়ে ওঠে। কখনো মনের নিভৃত গহনে ঘুমাইতো থাকে যা স্মৃতি হয়ে বেঁচে থাকে তাইতো থাকা উচিত । সকলেরই জীবনে অতীত-বর্তমান-ভবিষ্যৎ থাকে তাই নিয়েই তো জীবন, এই মুহূর্তে যা বর্তমান পরমুহূর্তেই তা অতীত আর যা ভবিষ্যৎ তাতো একদিন বর্তমানই হয় । জীবনের এই ধাপে ধাপে পড়ে থাকে অতীত বর্তমানের ছবি । এতে উতলা হওয়া বা নিজেকে অস্থির করে তোলার কি আছে, আমিও যে ভেবে কুলকিনারা কিছু পাইনা বরং নিজের মধ্যে যা জমাট বাঁধা কিছু মেঘ তাকে ছড়িয়ে দিতে পারলে, তা যদি বৃষ্টি হয়ে ঝড়ে পড়ে তবেইতো তার মুক্তি । এভাবে যদি কিছু থেকেই থাকে তবে তা খোলা হাওয়ায় ছেড়ে দিতে পারলে অন্যের কাছে বলে হালকা হতে পারলে তবেই তো স্বাভাবিক হয়ে যায় তাই না ?

হ্যাঁ রনি তোমাকেও সেই ভাবেই নিজের মধ্যে ফিরে আসতে হবে, নিজেকে এভাবে কষ্ট দিয়ে লাভ কি ? ভেঙেচুরে বেরিয়ে এসে নতুন করে গড়তে পারলেই তো জীবন । জীবন থেকে তো পালিয়ে গেলে চলে না । জীবনকে সঙ্গে নিয়েই আমাদের চলতে হয়। হ্যাঁ রনি তুমি কিচ্ছু ভেবো না নিজের উপর আস্থা হারিও না, আমি আছি তোমার পাশে যেমন ছিলাম যেমন আছি তেমনি থাকবো । ঘুমন্ত রনির বুকে মুখ গুঁজে শুয়ে পড়লো ।

বৈদ্যুতিক আলোর প্রখরতা দেবলীনা ভালো লাগেনা।জোরালো সব আলো নিভে যায় । ধীরে ধীরে নিষ্প্রভ হতে থাকে ঘরের পরিবেশ । প্রতি রাতের মতোই আজও মোমবাতির আলোর স্নিগ্ধ মোহময় পরিবেশ তৈরি করে দেবলীনা। ঘরের কোণে রাখা মোমবাতিটা , চেয়ে থাকে ওর নরম আলোয় যেন জ্যোৎস্না ভাঙা এক টুকরো চাঁদ ।

এক আলো-আঁধারি পরিবেশ চেয়ে থাকে স্নিগ্ধ আলোর দিকে রাতে রাতের পর রাত বাসর গড়ে এক অকৃত্রিম মদিরতায় ভেসে হারিয়ে যায় । একইভাবে স্বপ্নের মায়ালোকে বিচরণ করতে করতে পায়ে পায়ে ধীরে ধীরে রনির কাছে এসে দাঁড়ায় , চেয়ে আছে রনি এক আশ্চর্য রকম খুশির আমেজে ঘুমভাঙা নতুন সকালের মতো। অবাক চোখে চেয়ে থাকা রনির খুব কাছে এসে বলে দেখো রনি স্নিগ্ধ স্বচ্ছ আলোর দিকে তাকিয়ে থাকো কিছুক্ষণ, দেখবে মনটা তোমার অনেক দূরে চলে যাবে, মনের সাগরে ঢেউয়ের পর ঢেউ পেরিয়ে দিগন্তের কোন কিনারায় মন ধরা দেবে, যেখানে কোনো কৃত্রিমতা নেই, আছে সুদূর গভীরে আলোর ভাষা, রনি একান্ত নিজের আপন বলে কেবলই মূহূর্ত গুলো আপন ভঙ্গিতে জেগে উঠবে মনে হবে তুমি কোন স্বর্গলোকে ঐশ্বর্য আহরণে ব্যস্ত , বলতে বলতে দেবলীনা নিজের মধ্যে হারিয়ে যায় অন্তরঙ্গ হওয়ার চেষ্টা করে রনির বুকের মধ্যে মুখ লুকিয়ে বলে ফিসফিস করে ওঠে " আমায় চিনতে পারছো তুমি আমি যে তোমার শুধু তোমার দেবী, আমায় পেয়ে তুমি খুশি তো ? সুখী হয়েছো আমাকে কাছে পেয়ে , এই রনি কি ভাবছো? তাকিয়ে দেখো তোমার সামনে তোমার দেবী , ঘুম ভাঙা চোখে রনিত অবাক হয়ে তাকিয়ে থাকে, কি আশ্চর্য হই গভীর চোখের দৃষ্টি দেবলীনা হারিয়ে যায় ।অনেকভাবে রনিত ভাবে আমি কোথায় কোন স্বর্গরাজ্যে !আমার সামনে এ কোন দেবী কি আশ্চর্য প্রানবন্ত কোথায় থাকে এত তারুণ্য কোথায় পায় এত প্রাণ !দেবী যেন স্বপ্নলোকে বিচরণ করে যেখানে কোন রাগ অভিমান দুঃখ ওকে ছুঁতে পারে না।

নিলিপ্ত উদাসীনতা পেরিয়ে রনি কাছে টেনে নেয় ওর দেবীকে নিঃস্বার্থ ভালোবাসা ভরিয়ে তোলে। নিজের অজান্তে দেবলীনার রূপের মুগ্ধতায় হারিয়ে যায় রনি। অসম্ভব মাধুর্য মনের গভীরতা সুখের প্রশান্তিতে দেবীকে আরো কাছে আরও নিবিড় করে জড়িয়ে ধরে। আষ্টেপৃষ্ঠে নিজের সমস্ত শক্তি দিয়ে ভরিয়ে তোলে এক স্বর্গীয় সুখে ।

দেবলীনা চিৎকার করে ওঠে , "প্রাণ ভরিয়ে তৃষা হরিয়ে মোরে আরো আরো আরো দাও প্রাণ"

কতদিন পর দেবীর মুখে গান শুনে রনির ঘুম ভেঙে যায় । উঠে বসে অবাক হয়ে চেয়ে দেখে দেবী অঘোরে ঘুমোচ্ছে । কিন্তু এই যে গান শুনলাম !

এই দেবী, দেবী কি হয়েছে ?

উঁহু না , রনি আমায় ছেড়ে দিওনা , এমনি করে শক্ত হাতে আমায় ধরে থাকো , আমি আর কিচ্ছু চাই না ।

রনি - কি হয়েছে , কি সব বলছ ?

তাকিয়ে থাকে ঘুম চোখে দেবী , কেন কি বলেছি বলে লজ্জা পেয়ে বলে বোধহয় স্বপ্ন দেখেছি ।

ঝরাপাতার শব্দ (ঊনবিংশ পর্ব)

"ম্যায়নে পায়েল হ্যায় ঝঙ্কাই
অব তো আজা তু হারজাই
মেরি সাঁশো মে তু হ্যাঁ বসা
ও সজনা, আজা না অব তারসা"

সুলেখা। সকাল সকাল গান গাইতেগাইতে ঢুকছেন মহারানী , এই মেয়ে ওরকম নেচে নেচে বেড়ালে আর হবেনা , এবারে যা বলবো লক্ষ্মীমেয়ের মতো শুনবে ।
হি হি .... হি হি .... হো হো হো ....তোমাকে কি বলবো কাকিমা , হেমাঙ্গি দিদার কান্ড যদি দেখো

দেবলীনা যেদিনই ভোরে ওঠে দেখে হেমাঙ্গিনী দিদা , ভোর বেলায় আকসি নিয়ে আসেন আর বাইরে থেকে টেনে টেনে জবা, টগর, কলকে ফুল সব নিয়ে যান , ওনার কত ফুল লাগে যে গাছের সব ফুল নিতে হবে !
রোজ দেখতে দেখতে দেবলীনা একদিন বলেছিল দিদা আমাদের জন্য কিছু ফুল রাখো । ওমা এ কথা বলার পর দিদা বললেন ।

- হ্যাঁ কি বলছো তোমাদের জন্যেও রাখবো, তোমরা পূজো টুজো করো নাকি?

- অদ্ভুত কথা একজন বয়স্ক মহিলার মুখ দিয়ে রকম কথা বেরিয়ে আসবে দেবলীনা ভাবতেও পারেনি, উনি একাই পুজো করেন আর কারো পুজোর দরকার নেই বা ফুলের প্রয়োজন হবে না। এরকমই ওনার বক্তব্য । দেবলীনা বাধ্য হয়েই বললো,
আমাদের বাড়িতে পুজো তো হয় কিন্তু টুজো টা হয়না। এরপর দিদা এমন ভাবে তাকালেন কথা টা বুঝলেন কি বুঝলেন না বোঝা গেল না ।
হঠাৎ একদিন আবার হেমাঙ্গিনী দিদা এসে হাজির, ভালো মনে আছে দেবলীনার বিকেল বেলায় এলেন দিদা শাশুড়ি মার নাম ধরে ডাকতে ডাকতে ,।

- কিগো সুলেখা বৌমা কি করছো , তোমরা কি বেরোও না বাড়ি থেকে ? আমি রোজ মন্দিরে যাই কখনো দেখিনা তোমাদের। মন্দিরে যাওনা নাকি , কি জানি ভগবানে বিশ্বাস ভক্তি তোমাদের কিছু আছে কিনা !

অদ্ভুত কথাবার্তা,

বয়স্ক সেকেলে মানুষ , মা কিছুই বললো না ।

তারপরেই হাতে ধরা সন্দেশের প্যাকেট থেকে দুটো সন্দেশ আরেকটু ফুল নিয়ে মায়ের হাতে দিয়ে বললেন বৌমাকে খাইয়ে দিও, ভীষণ জাগ্রত দেবী নাতিপুতিতে ঘর ভরে যাবে, এখনো তো সেরকম কোনো লক্ষণ নেই তাই ভাবলাম একটু দিয়ে আসি। কি অদ্ভুত মানুষ এরকমও মানুষ হয় !

অবাক হয়ে গেছিল মা ,হা ভগবান আমার তো মাথাতেই আসিনি এতসব কথা, মাসিমা আপনি ভাগ্যিস ছিলেন, এতোটা ভাবলেন আমাদের জন্য ।খুব ভালো করেছেন জানেন আমার ভীষণ ভালো লাগলো যে আপনি এতোটা চিন্তায় আছেন। তারপরই নাতবউ কই নাতবৌকে দেখছিনা বলে এদিকে ওদিকে তাকালেন আমি বাড়িতে থাকা

সত্ত্বেও মা বললো

মাসিমা বৌমা তো এখন বাড়ি নেই, ওতো একটু ছেলের সঙ্গে বেরিয়েছে । যাক সে যাত্রায় বেঁচে গেলাম সামনে এলে আরো কি কি না বলতেন ।

দেখো মেয়ের কান্ড শুধু হেঁসে মরছে, আরে তুই হাসছিস কেন কি হয়েছে তো বলবি ।

আরে ওই হেমাঙ্গী দিদা রাস্তার কল থেকে ঠাকুর পুজোর জল নেয় আমি তো রোজ দেখি, একদিন জিজ্ঞেস করতে কি বলল জানো,

বলল ঘরে তিন তিনটে ছুড়ি তার সঙ্গে রয়েছে মা । সারা মাস ধরে আজকে এক জন তো কালকে আর একজন তো পরশু অন্যজন , কারো না কারো মাসিক লেগেই আছে। সবগুলো কল তো নোংরা হয়ে আছে। কোথা থেকে ঠাকুরের জল নেব বুঝে পাইনা , তাই এখান থেকে জল নিই ।

আর আজকে যখন দিদা ঠাকুর পুজোর জল নেবে বলে বেরিয়ে আসছে ঘর থেকে তখন দেখেছেন একটা কুকুর তুলসী গাছ না পেয়ে কলের কাছে এসে ঠ্যাং তুলে দিয়েছে , সে আর কি করবে তার পেচ্ছাব পেলে তো তাকে করতেই হবে।

এইবার বুড়ি দেখামাত্র চ্যাঁচাতে শুরু করেছে ,

" তোর ওলাওঠা হোক, তোর বংশ নিব্বংশ হোক " বলে গাল পারছে।

বোঝো কাকিমা সে যে গালাগাল দিচ্ছে যাকে দিচ্ছে সে কি আদৌ জানে , নাকি যাকে দিচ্ছে সে শুনছে । যাকে গালাগাল দিল সে তো চলে গেল আর আমার কানটা ভোঁ ভোঁ করছে । আমি দূর থেকে কুকুরটাকে দেখেছি । বুড়ি না দেখলে আমিই বলেই দিতাম। সে নিজেই দেখেছে নিজেই বকে যাচ্ছে, মা বাপ চোদ্দপুরুষ তুলে গালাগালি দিচ্ছে কুকুরটাকে । শেষ পর্যন্ত কুকুরটাকে গালাগাল দিচ্ছে একবার ভাবো বৌদি । সুলেখা আর কি বলবে , শুধু হাসে বলে এরকম মানুষ যদি কাছাকাছি থাকেন হাসির অভাব হবে না ।

পাঞ্চালি হঠাৎ বললো বৌদি কাল আমার গল্প শোনা হয়নি , তুমি পড়েছিলে কি ?

না আর লেখা হয়নি তাই পড়িনি ।

তুমি যাও লিখে ফেলো আমি তোমার সব কাজ করে দেবো ।

সে যখন হবে হবে তোকে ভাবতে হবেনা আর সব কাজও করতে হবে না । এখন থেকে তোকে নিজেকে নিয়ে ভাবতে হবে ।

নিজেকে নিয়ে কি আর ভাববো , বাজারের মধ্যে যে সরগম অর্কেসটা আছে ওখানে ডাকছে , ভাবছি গান গাইবো ।

তুই কি গান শিখবি ?

ও দুদিন গাইলেই হয়ে যাবে , ওদের গানের জন্য গলা থাকলেই হবে শিখতে লাগবে না ।

আর তোকে নিয়ে যে আমরা এতো জল্পনা কল্পনা করলাম তার কি হবে ।

কি করতে হবে বলো ?

তোকে একটা ইংরেজিতে কথা বলতে শেখাবে এমন একটা স্কুলে ভর্তি করে দেবো , ঘরে বসেও পড়াশোনা করতে হবে ।

কখন করবো , কাজ করবো না ?

এখানে যেমন কাজ করছিস করবি , বাইরের গুলো ছেড়ে দিবি , তার জন্য কিছু টাকা বাড়িয়ে দেবো , এখানেই খাওয়া দাওয়া করবি সারাদিন থাকবি , পড়াশোনা করবি , রাতে বাড়ি চলে যাবি । দাদা বাবা তাই বলেছে ।মনে থাকবে । যা বললাম সামনের সপ্তাহ থেকে শুরু করবি ।

বাধ্য মেয়ের মতো মাথা নাড়লো ।

কি হলো কিছু বললি না যে ?

তোমরা কি খারাপ বলবে , তোমরা যা করবে আমার ভালোর জন্যই করবে ।

পাঙ্খালি আজ সকাল থেকেই একটু চুপচাপ , দুপুর গড়াতেই সামনের ঘরে গিয়ে বসেছে , বাবা ইজিচেয়ারে আধশোয়া হয়ে শারদীয়া সংখ্যায় মনোযোগ দিয়েছেন । পাঙ্খালি আজ হঠাৎ ইংরেজি পেপার নিয়ে বসে আছে , স্কুল ছাড়ার পর বোধহয় আজই প্রথম ইংরেজি অক্ষর গুলোর দিকে তাকালো ।

19

উনবিংশ পর্ব

"ম্যায়নে পায়েল হ্যায় ঝঙ্কাই
অব তো আজা তু হারজাই
মেরি সাঁশো মে তু হ্যাঁ বসা
ও সজনা, আজা না অব তারসা"

সুলেখা। সকাল সকাল গান গাইতেগাইতে ঢুকছেন মহারানী , এই মেয়ে ওরকম নেচে নেচে বেড়ালে আর হবেনা , এবারে যা বলবো লক্ষ্মীমেয়ের মতো শুনবে ।
হি হি .... হি হি .... হো হো হো ....তোমাকে কি বলবো কাকিমা , হেমাঙ্গি দিদার কান্ড যদি দেখো

দেবলীনা যেদিনই ভোরে ওঠে দেখে হেমাঙ্গিনী দিদা , ভোর বেলায় আকসি নিয়ে আসেন আর বাইরে থেকে টেনে টেনে জবা, টগর, কলকে ফুল সব নিয়ে যান , ওনার কত ফুল লাগে যে গাছের সব ফুল নিতে হবে !
রোজ দেখতে দেখতে দেবলীনা একদিন বলেছিল দিদা আমাদের জন্য কিছু ফুল রাখো । ওমা এ কথা বলার পর দিদা বললেন ।

- হ্যাঁ কি বলছো তোমাদের জন্যেও রাখবো, তোমরা পূজো টুজো করো নাকি?

- অদ্ভুত কথা একজন বয়স্ক মহিলার মুখ দিয়ে রকম কথা বেরিয়ে আসবে দেবলীনা ভাবতেও পারেনি, উনি একাই পুজো করেন আর কারো পুজোর দরকার নেই বা ফুলের প্রয়োজন হবে না। এরকমই ওনার বক্তব্য । দেবলীনা বাধ্য হয়েই বললো,
আমাদের বাড়িতে পুজো তো হয় কিন্তু টুজো টা হয়না। এরপর দিদা এমন ভাবে তাকালেন কথা টা বুঝলেন কি বুঝলেন না বোঝা গেল না ।
হঠাৎ একদিন আবার হেমাঙ্গিনী দিদা এসে হাজির, ভালো মনে আছে দেবলীনার বিকেল বেলায় এলেন দিদা শাশুড়ি মার নাম ধরে ডাকতে ডাকতে ,।

- কিগো সুলেখা বৌমা কি করছো , তোমরা কি বেরোও না বাড়ি থেকে ? আমি রোজ মন্দিরে যাই কখনো দেখিনা তোমাদের। মন্দিরে যাওনা নাকি , কি জানি ভগবানে বিশ্বাস ভক্তি তোমাদের কিছু আছে কিনা !

অদ্ভুত কথাবার্তা,

বয়স্ক সেকেলে মানুষ , মা কিছুই বললো না ।

তারপরেই হাতে ধরা সন্দেশের প্যাকেট থেকে দুটো সন্দেশ আরেকটু ফুল নিয়ে মায়ের হাতে দিয়ে বললেন বৌমাকে খাইয়ে দিও, ভীষণ জাগ্রত দেবী নাতিপুতিতে ঘর ভরে যাবে, এখনো তো সেরকম কোনো লক্ষণ নেই তাই ভাবলাম একটু দিয়ে আসি। কি অদ্ভুত মানুষ এরকমও মানুষ হয় !

অবাক হয়ে গেছিল মা ,হা ভগবান আমার তো মাথাতেই আসিনি এতসব কথা, মাসিমা আপনি ভাগ্যিস ছিলেন, এতোটা ভাবলেন আমাদের জন্য ।খুব ভালো করেছেন জানেন আমার ভীষণ ভালো লাগলো যে আপনি এতোটা চিন্তায় আছেন। তারপরই নাতবউ কই নাতবৌকে দেখছিনা বলে এদিকে ওদিকে তাকালেন আমি বাড়িতে থাকা সত্বেও মা বললো

মাসিমা বৌমা তো এখন বাড়ি নেই, ওতো একটু ছেলের সঙ্গে বেরিয়েছে । যাক সে যাত্রায় বেঁচে গেলাম সামনে এলে আরো কি কি না বলতেন ।

দেখো মেয়ের কান্ড শুধু হেঁসে মরছে, আরে তুই হাসছিস কেন কি হয়েছে তো বলবি ।

আরে ওই হেমাঙ্গী দিদা রাস্তার কল থেকে ঠাকুর পুজোর জল নেয় আমি তো রোজ দেখি, একদিন জিজ্ঞেস করতে কি বলল জানো,

বলল ঘরে তিন তিনটে ছুড়ি তার সঙ্গে রয়েছে মা । সারা মাস ধরে আজকে এক জন তো কালকে আর একজন তো পরশু অন্যজন , কারো না কারো মাসিক লেগেই আছে। সবগুলো কল তো নোংরা হয়ে আছে। কোথা থেকে ঠাকুরের জল নেব বুঝে পাইনা , তাই এখান থেকে জল নিই ।

আর আজকে যখন দিদা ঠাকুর পুজোর জল নেবে বলে বেরিয়ে আসছে ঘর থেকে তখন দেখেছেন একটা কুকুর তুলসী গাছ না পেয়ে কলের কাছে এসে ঠ্যাং তুলে দিয়েছে , সে আর কি করবে তার পেচ্ছাব পেলে তো তাকে করতেই হবে।

এইবার বুড়ি দেখামাত্র চ্যাঁচাতে শুরু করেছে ,

" তোর ওলাওঠা হোক, তোর বংশ নিব্বংশ হোক " বলে গাল পারছে।

বোঝো কাকিমা সে যে গালাগাল দিচ্ছে যাকে দিচ্ছে সে কি আদৌ জানে , নাকি যাকে দিচ্ছে সে শুনছে । যাকে গালাগাল দিল সে তো চলে গেল আর আমার কানটা ভোঁ ভোঁ করছে । আমি দূর থেকে কুকুরটাকে দেখেছি ।বুড়ি না দেখলে আমিই বলেই দিতাম। সে নিজেই দেখেছে নিজেই বকে যাচ্ছে, মা বাপ চোদ্দপুরুষ তুলে গালাগালি দিচ্ছে কুকুরটাকে ।শেষ পর্যন্ত কুকুরটাকে গালাগাল দিচ্ছে একবার ভাবো বৌদি । সুলেখা আর কি বলবে

, শুধু হাসে বলে এরকম মানুষ যদি কাছাকাছি থাকেন হাসির অভাব হবে না ।

পাঙ্কালি হঠাৎ বললো বৌদি কাল আমার গল্প শোনা হয়নি , তুমি পড়েছিলে কি ?

না আর লেখা হয়নি তাই পড়িনি ।

তুমি যাও লিখে ফেলো আমি তোমার সব কাজ করে দেবো ।

সে যখন হবে হবে তোকে ভাবতে হবেনা আর সব কাজও করতে হবে না । এখন থেকে তোকে নিজেকে নিয়ে ভাবতে হবে ।

নিজেকে নিয়ে কি আর ভাবনো , বাজানের মধ্যে যে সরগম অর্কেসটা আছে ওখানে ডাকছে , ভাবছি গান গাইবো ।

তুই কি গান শিখবি ?

ও দুদিন গাইলেই হয়ে যাবে , ওদের গানের জন্য গলা থাকলেই হবে শিখতে লাগবে না ।

আর তোকে নিয়ে যে আমরা এতো জল্পনা কল্পনা করলাম তার কি হবে ।

কি করতে হবে বলো ?

তোকে একটা ইংরেজিতে কথা বলতে শেখাবে এমন একটা স্কুলে ভর্তি করে দেবো , ঘরে বসেও পড়াশোনা করতে হবে ।

কখন করবো , কাজ করবো না ?

এখানে যেমন কাজ করছিস করবি , বাইরের গুলো ছেড়ে দিবি , তার জন্য কিছু টাকা বাড়িয়ে দেবো , এখানেই থাওয়া দাওয়া করবি সারাদিন থাকবি , পড়াশোনা করবি , রাতে বাড়ি চলে যাবি । দাদা বাবা তাই বলেছে ।মনে থাকবে । যা বললাম সামনের সপ্তাহ থেকে শুরু করবি ।

বাধ্য মেয়ের মতো মাথা নাড়লো ।

কি হলো কিছু বললি না যে ?

তোমরা কি খারাপ বলবে , তোমরা যা করবে আমার ভালোর জন্যই করবে ।

পাঙ্কালি আজ সকাল থেকেই একটু চুপচাপ , দুপুর গড়াতেই সামনের ঘরে গিয়ে বসেছে , বাবা ইজিচেয়ারে আধশোয়া হয়ে শারদীয়া সংখ্যায় মনোযোগ দিয়েছেন । পাঙ্কালি আজ হঠাৎ ইংরেজি পেপার নিয়ে বসে আছে , স্কুল ছাড়ার পর বোধহয় আজই প্রথম ইংরেজি অক্ষর গুলোর দিকে তাকালো ।

20
বিংশ পর্ব

সুলেখা পান সেজে এনে বসতে বসতে পাঙ্খালিকে দেখে বড়ো বড়ো চোখ করে তাকিয়ে বলল দুলাইন পড়ে শোনাতো । কেন কাকিমা পারবো না ভেবেছ , এতোদিন পড়াশোনার কোন কথা উঠতো না তাই আগ্রহ দেখাই নি , এখন যখন তোমরা বলছ তাই আমারও ইচ্ছে হচ্ছে চেষ্টাও করবো । মানে সবটা বোঝাতে পারবোনা কিন্তু পড়ে শোনাতে পারবো ।

তারপর সবাইকে অবাক করে দিয়ে ছোট একটা বিজ্ঞপ্তি গরগর করে পড়ে গেল ।

রণজয় খুশি হয়ে বললো ও যেটাই করুক বেশি সময় লাগবে না । সুলেখা মাথায় হাত রেখে একটু আদর করলো ।

দেবী এসে বললো তুই তো অবাক করে দিলি ।

পাঙ্খালির আর তর সইছে না , অনেক দিন গল্প পড়ো নি বৌদি তাড়াতাড়ি শুরু করো ।

দেবলীনা খাতা খুলে বললো বাবা শুরু করছি ।

ছোট ছোট ছেলে মেয়েদের একটা দল নিয়ে আমরা এগিয়ে চলেছি পুরুলিয়ার পাহাড়ি পথ ধরে । হৈহৈ করতে করতে আমরা চলেছি আর আমাদের সঙ্গে উড়ে চলেছে রংবেরঙের একঝাঁক প্রজাপতি । পরিচিত শহর ছেড়ে অনেকটা দূরে পাহাড় ঘেরা পুরুলিয়া হিমানীর বড়ো আদরের জায়গা । ছোট বড়ো মাঝারি পাহাড় কখনো টিলা পেরিয়ে আমরা পৌঁছলাম চোড়িদা গ্রামের কিছুটা দূরে এক অপূর্ব প্রাকৃতিক সৌন্দর্য ঘেরা জায়গায় যেখানে পাহাড়ের কোলে হ্রদ আবার কোথাও ঝরনা । মনে পড়ছে বেশ কয়েকবার বেড়াতে এসেছে হিমানী তবে এখানে আসেনি ।

খুব একটা উঁচু নয় , মেঘের কোলে পাহাড়ের চূড়াটা আন্দাজ করা যায় । পাহাড়ের কোল ঘেঁষে ছোট ছোট কয়েকটা টিলাও দেখা যাচ্ছে । টিলা গুলো ছুঁয়ে ছুঁয়ে তির তির

করে বয়ে যাচ্ছে ঝরনা থেকে নেমে আসা ক্ষীণ জলের ধারা নদী বললে ভুল হবে।

ইংরেজির মাস্টারমশাই পীযূষ দা আর ভূগোলের দিদিমনি গোপাদি বলল যা সুন্দর জায়গা হিমানী আবার ভাবতে বসিস না, তাহলে আবার ছেলেমেয়েগুলো বিপদে পড়বে। তোর সঙ্গ না পেলে ওরা আবার গুম হয়ে বসে থাকবে। অংকের মাস্টারমশাই সঞ্জয়দা বললেন ও ভাবতে বসলে কি আর কারো কথা মনে থাকবে, তখন আমাদের সামলাতে হবে ওকে সামলানো তখন দায় হবে। টিলা সহ নদীর এপাশটা থাড়াই অন্য দিকটা সবুজে ঘেরা গ্রাম। কাঁচাপাকা একতলা বাড়ি বেশ একটা ছবির আকার নিয়েছে। এখান থেকে একটা পাহাড়ি পথ গ্রামের ভেতরে চলে গেছে আর এদিকটা নুড়ি পাথরে ভরা অনেকটাই সমতল। ছড়িয়ে-ছিটিয়ে কিছু আবর্জনা পড়ে আছে, আরো কোন দল বোধহয় পিকনিক করে গিয়ে থাকবে। খোলা আকাশের নিচে প্রকৃতি যেন নিজেকে মেলে ধরেছে। প্রাণ ভরে শ্বাস নিলো হিমানী। বাচ্চাদের সামলে নিয়ে বেশ কিছুক্ষণ খেলে বেড়ায় তারপর সুজাতা দিকে লক্ষ্য করে বললো নদীর ধার দিয়ে একটু ঘুরে আসবে, সঞ্জয় দার সঙ্গে রান্নার তদারকিতে ব্যস্ত আর পীযূষ দা ছেলেগুলোকে নিয়ে ক্রিকেট খেলায় ব্যস্ত আর সেই যে সুজাতাদি এসে বসে গেছে আর ওঠার নাম নেই, বসে বসেই ছেলেমেয়েদের চিৎকার করে হাঁকছে সামলাচ্ছেন তাতেই তিনি অনেক ক্লান্ত হয়ে পড়েছেন অস্থির হয়ে বলে উঠলেন নারে বাবা আমি পারছিনা, আসতে আসতে যা ধকল গেল পা দুটো আমার ধরে গেছে, পা ফেলে আমি হাঁটতেই পারব না তুই যা ঘুরে আয়।

অগত্যা হিমানী একাই হাঁটা ধরল। নদীর ধার বরাবর এলোমেলোভাবে নানা আকারের নুড়ি পাথর পড়ে আছে, কিছুটা যেতেই নদীটা একটা টিলার পাশ দিয়ে আড়াল হয়ে গেছে। গ্রাম থেকে আসা পাহাড়ি পথটা ওখানেই শেষ হয়ে গেছে। বাঁকটা ঘুরতেই হিমানী একটা বড় পাথরের চাঁই এর ওপর একটা মেয়েকে বসে থাকতে দেখলো। এরকম নির্জন জায়গায় মেয়েটিকে একা বসে থাকতে দেখে একটু অবাকই হলো, পিছন ফিরে বসে ছিল, এমন একটা জায়গায় এসে কারো সঙ্গে এভাবে দেখা হবে এবং যদি আলাপ করা যায় ভেবে বেশ উৎফুল্ল হলো হিমানী। ভাবলো যদি পাশের গ্রামের হয় তাহলে গ্রামের আরও কারো সঙ্গে পরিচয় হতে পারে। সুজাতা দি, গোপাদিকে নিয়ে আসলে ভালো। এখানে ঝুমুর নাচ, ছৌনাচ, ছৌনাচের মুখোশ কিছু দেখা হয়নি জানা হয়নি, ভাবল মেয়েটি নিশ্চয়ই এখানে থাকে ওর সাহায্য নিলে সুবিধে হবে, বাচ্চা গুলোকে তাড়াতাড়ি নিয়ে আসতে হবে।

পায়ে পায়ে এগিয়ে গেল মেয়েটির কাছে, মাথার উপরে দেওয়া ওড়নাটা এমনভাবে উড়ছে মুখটা দেখাই যাচ্ছেনা। পাশে গিয়ে একটা ছোট পাথরের উপর বসে পরল হিমানী বলল,

কি সুন্দর জায়গাটা আপনি এখানেই থাকেন?

ওই গ্রামের ভেতরে খুব দেখতে ইচ্ছে করছে, নদীর বাঁধ টার দিকে তাকিয়ে ছিল হিমানী, আমায় একটু সাহায্য করবেন?

এতগুলো প্রশ্নের কোন উত্তর না পেয়ে ভাবল মেয়েটি বোবা কিংবা কালা একটু অবাক হয়েই ঘুরে মুখটা দেখার চেষ্টা করল, হিমানীর জন্য এতটাই চমক অপেক্ষা করছিল তা সে কল্পনাও করতে পারিনি। মুখটা ভালোভাবে দেখতে পেয়ে সে নিজেই বোবা হয়ে গেল কিছুক্ষনের জন্য, তারপর বকুল বলে একরকম চিৎকার করে উঠে জড়িয়ে ধরল। প্রায় দু বছর কোন যোগাযোগ নেই তাদের মধ্যে, খুশিতে আনন্দে উচ্ছল হয়ে উঠল হিমানী।

বকুল তুই এখানে?

এখানে কি করে!

তুই যেন কোথায় চাকরি করতিস আরে বলোনা নামটা কি যেন ঠিক মনে পড়ছে না, আর তো তুই এখন যোগাযোগই করিস না অবশ্য আমিও করি না আমারই অন্যায়, "জানিস তো একদমই অসামাজিক হয়ে গেছি, তুই পাশে নেই আমি সেই আগের মত হয়ে গেছি জানিস তো! ওই জন্যই তো ফোন করতে ইচ্ছা হয় না, কি যে হয়েছে আমার সেই আগের মতো, গোমড়া মুখী ছোট্ট খুকি হয়ে সারাদিন নিজের উপর রাগ করে চোখের জল ফেলি" জানিস নিজেই নিজেকে চিনতে পারিনা তোর কাছে থাকতে থাকতে আমি কত বদলে গিয়েছিলাম বল! সবই তোর জন্য হয়েছিল জানিস আর তুই পাশে নেই আমি আবার আগের মত হয়ে গেছি। কি করব বল পারলাম না আগের মত আর থাকতে তাই তোর সঙ্গে যোগাযোগ করা হয়ে ওঠে না, ইচ্ছেও করে না। বল তোর সঙ্গে কি সুন্দর ঘুরতাম আর অলোক দা, অলোকদার কি খবর কোথায় আছে এখন? কতদিন দেখা হয়না ভালো আছে তো? সত্যি সরযূপিসি মনিযে এভাবে চলে যাবে ভাবতেই পারিনি রে দেখাই হলো না আর আমার সঙ্গে সেই কষ্টটাও আমি খুব পেয়েছিলাম। সেদিন তোর সামনে এসে দাঁড়াতে পারিনি আমায় ক্ষমা করিস। আমি সত্যিই নিজেকে চিনতে পারিনা জানিস, একদমই বেমানান বেরসিক অসামাজিক সব কিছু বলতে পারিস।

কত কথা যে একসঙ্গে বলে ফেলল বলতে বলতেই নিজেকে হারিয়ে ফেলল হিমানী তারপর ফিরে খেয়াল হল বকুলের কোন হেলদোল নেই, যেন পাথরের স্পর্শে নিজেও পাথর হয়ে গেছে। যে কলকাকলি বকুলের করা উচিত ছিল সেই বকুল স্পন্দনহীন নিথর। হিমানী আর একবার মনে হল সে বকুল কে চিনতে ভুল করেনি তো! যতদূর মনে হয় কলকাতার আশেপাশে কোন জায়গায় একটা বেসরকারি ব্যাংকে চাকরি পেয়েছিল। একা এভাবে এখানে কিভাবে এল নিজের চোখকে কিভাবে কি করে অবিশ্বাস করবে তাই একবার জিজ্ঞেস করল তুই বকুল তো? তুই আমাকে চিনতে পারছিস না?

21
একবিংশ পর্ব

ছুটির দিন দেবলীনা সকালে সবার জন্য জল খাবার বানাচ্ছিল । পাশে রাখা ফোনটা বাজছে " সারাদিন তোমার কথা মনে পড়ে যখনই একা একা থাকি " স্ক্রিনে দেবোপমদার নাম ।

দেবোপম দার ফোন পেয়ে সকাল সকাল খুশি হয়ে গেল মনটা যাক অনেক দিন পরে দাদাভাইয়ের সময় হয়েছে। দেবলীনা আলুর পরোটার জন্য পুর তৈরি করছিল , পাঙ্গালিকে বললো "তুই লেচি গুলোয় পুর ভরে রেডি কর আমি ফোনটা ধরে আসছি"

হ্যাঁ দাদাভাই অনেক দিন হয়ে গেল আসছো না , কবে আসছো বলো ?

সবাই দেবলীনার লেখা শুনতে পড়তে ভালবাসে উৎসাহ দেয় কিন্তু দাদাভাই আসলে দাদা ভাইয়ের সঙ্গে কথা বলতে সাহিত্য নিয়ে আলোচনা করতে দেবীর খুব ভালো লাগে অনেক কিছু শিখতে পারে। নতুন করে লেখার কথা ভাবতে পারে , অনেকটাই প্রভাব বিস্তার করে দাদাভাইয়ের আলোচনার পর্ব গুলো ।

হ্যাঁ আসছি কয়েক দিন পর , আমার আবার কিছু সাহিত্যসভায় ডাক এসেছে আমাকে যেতে হবে ইউনিভার্সিটি ইনস্টিটিউট হলে । ওখানে একটা পত্রিকা প্রকাশের উদ্বোধনী অনুষ্ঠান আছে

সেটা কোথায়।

কলেজ স্কোয়ারে আর রাজারহাট নিউটাউনে নজরুল তীর্থ মঞ্চে কাব্য প্রতিযোগিতা আছে সেখানে বিচারকের পদের জন্য ডেকেছে । সময় করে চলে এসো ।

হঠাতই মনে পড়লো মাসিমণি যদি আসে খুব ভালো হয়, বলেই ফেলল দাদাভাই এবার তুমি আসার সময় মাসিমনি কে সঙ্গে করে নিয়ে আসো ।

না না সে কি করে হয় বাবা যে একা হয়ে যাবে, বাবা আবার একা কিছুই করতে পারেনা আর আমি নানান কাজে ব্যস্ত থাকবো । পরে ভেবে দেখবো এখনই হবে না ।

অনেক দিন মাসিমনি বাইরে বেরোয় না আর আমি আসার পর তো একবারও আসেনি তাই বলছিলাম। তুমি বাইরে বাইরে ঘুরে বেড়াও আর বাকি দেবতোষ দা আর দেবদূত দা তো কবে থেকেই বাড়ি ছাড়া হয়ে গেছে , মাসিমনি একা হয়ে গেছে। এখানে মা বাবা আমরা আছি আসলে ভালো লাগবে , নিয়ে এসো।

দেখছি , মাকে নিয়ে যাওয়ার আগে বাবার জন্য একটা ব্যবস্থা করতে হবে , বাবার যাওয়া সম্ভব নয় আর তার জন্য মায়ের যাওয়ার ও অসুবিধে।

ফোনের কথা কানে গেলে সুলেখা দীর্ঘশ্বাস ফেলে বলল সেই কবে এসেছিল, তোদের বিয়ে হল এমন ভাবে তখন আনার ইচ্ছে ছিল সেখানেও এলোনা এবার তোদেরই একবার গিয়ে ঘুরে আসতে হবে, ও কি আর আসতে পারবে, আগে ওরা ছোট ছোট ছিল কি সুন্দর এসে ঘুরে যেত, থাকতো কতদিন করে। জামাইবাবুর অডিটের চাকরিতে মাঝে মাঝে বাইরে যেত তখনই ছেলেদের নিয়ে দিদিভাই চলে আসতো। চার ভাইয়ের মিলে বাড়িটাকে মাথায় করে রাখতো কত আনন্দেই না কাটতো।

সুলেখার কথা শুনতে শুনতে দেবলীনা চুপ করেছিল।

হ্যালো দেবী শুনতে পাচ্ছো , তোমার উপন্যাসের কি হলো , কতদ্দুর এগোলে ?

কিছুটা হয়েছে , খুব বেশি কিছু নয়। তুমি এসো তালে হয়তো তাড়াতাড়ি লিখতে পারবো। কিছু একটু আলোচনা করার দরকার আছে।

ঠিক আছে আসছি এখানের কাজ সেরে সপ্তাহ দুয়েক পরে।

পাঞ্চালি স্পোকেন ইংলিশ ক্লাসে যাচ্ছে তাই দশটার মধ্যে অনেকটা কাজ গুছিয়ে দিয়ে যায় বাকিটা দেবলীনা সাহায্য করে তাই সুলেখার রান্নাবান্নার কাজ খুব তাড়াতাড়িই সারা হয়ে যায়।

শাশুড়ি শ্বশুর মশাইকে শুনিয়ে শুনিয়ে বললেন দেবী বাবাকে বলো স্নান সেরে খাওয়া-দাওয়া সেরে নিতে যতক্ষণ ওটা না হবে ততক্ষণে রান্নাঘর থেকে মুক্তি নেই, শশুর মশাই কে আর আলাদা করে বলতে হলো না কানে যেই গেছে ব্যাস শুরু হয়ে গেল হাজার বিরক্তি নিয়ে ওনার লেকচার।

রণজয় - এই সাত সকালে ভাত খেয়ে বসে থাকলে বিকেলেই তো খিদে পেয়ে যাবে। আর চায়ের সঙ্গে মুচমুচে খাস্তা কিছু খেতে চাইলেই তখনই মহাভারত অশুদ্ধ হয়ে যাবে বলবে পেট রোগা আমি পায়খানা ঘরে বিছানা করে দেবে। আমার জন্য জল খরচ বেড়ে গেছে কতো কথা।

সুলেখা - হা ভগবান কাকে কি কথা বলেছি ! দেখলে দেবী দেখলে ও আমাকে কোন দিন শান্তি দেয়নি এখন তোমাকেও দেবে না।

রণজয় - "আপনি বাঁচে না শংকরাকে ডাকে " বৌমাকে সাক্ষী মানার কি হলো ?

দেবী দুজনের মাঝে কি বলবে ভেবে পাচ্ছিল না , জামা কাপড় গুছোতে গুছোতে নিজের মনে হাসছিল আর মজা পাচ্ছিল।

পাঙ্গালি ফুট কাটলো , কাকু খাওয়া দাওয়া তাড়াতাড়ি সারবে তবে না বৌদি গল্পটা লিখতে পারবে ।

সুলেখা - কথায় কথায় প্রবাদ বললে পড়াশোনা করে ঠিক বলার চেষ্টা করবে । আমার কোন ঠাঁই এর অভাব হয়নি যে কাউকে জায়গা দিতে পারবো না ।

রণজয় - কস্মিনকালেও তো এরকম সময়ে খাওয়া-দাওয়া করিনি আজ হঠাৎ তোমার এরকম রায় বেরোলো কেন? চিরকালই তো তুমি লেট লতিফ ছিলে, চাইলেও কি কখনো তাড়াতাড়ি কিছু পেয়েছি আর এখন তো কোথাও যাবার নেই ঘরেই থাকবো অথচ খেয়ে দেয়ে বসে থাকবো ------- যত্তসব ।

সুলেখা - শুনলে দেবী শুনলে কি কথাবার্তার ছিরি আমি নাকি লেট লতিফ । তুমি ভাবতে পারবে না কি ঘোড়ায় জিন দিয়ে ঘরে ঢুকত আর হিটলারের মত মেজাজ নিয়ে বলে দিত কুড়ি মিনিট, কুড়ি মিনিটের বেশি আমার হাতে সময় নেই তাতে তুমি খেতে দিতে পারলে দেবে না পারলে দেবে না আমি কিন্তু একটুও সময় দিতে পারবো না , এক্ষুনি বেরিয়ে যাবো । জানো এইরকম করেছে আমার সঙ্গে । শ্বাস ফেলা দম ফেলার জো ছিল না । ছেলে আমার জড়োসড়ো হয়ে থাকতো কখন বাবা হিটলারের মেজাজ নিয়ে ঘরে ঢুকবে আর এইরকম শিঙা ফুঁকে দেবে ।

দেবলীনা এবার কথা না বলে থাকতে পারলো না ,
বাবা আর কিন্তু সময় নেই , এবার আপনার সত্যিই স্নানে যাওয়ার সময় হয়ে গেছে ।

বাধ্য ছেলের মতো বললেন হ্যাঁ যাই ।

22
দ্বিবিংশ পর্ব

- আজ শশুর শাশুড়ির কথা গুলো দেবলীনা কাছে মিষ্টিমধুর লাগলেও শশুর মশাই মোটেও খুশি ছিলেন না । দেবলীনার মনে হলো ওনাকে শাশুড়ি মায়ের হিটলারের মেজাজ নিয়ে থাকার কথা বলতে বোধহয় রাগ হয়েছে তাই গল্প পড়ার আগেই বললো ,

- দুপুরে তাড়াতাড়ি খাওয়া হয়েছে বাবা চা খাবেন ?

- হুম হলে মন্দ হয় না ।

- সুলেখা কদিন আগেই সাবুর পাঁপড় বানিয়ে রোদে দিয়েছিল ,দেবীকে চা করতে দেখে বললো ,

দেবী চায়ের সঙ্গে কটা পাঁপড় ভেজে দাও ।

- দেবলীনাও বুঝেগেছিল শাশুড়ির কাছ থেকে এই পাওনা টার জন্য অপেক্ষা করছিলেন শশুরমশাই ।

- পাঞ্চালি পাঁপড় ভাজার প্লেট নিয়ে চায়ের টেবিলে রাখলো, বললো কাকু উঠে পরও ।

চা আসার আগেই পাঁপড় দেখে রনজয় সুলেখার দৃষ্টি আকর্ষণের চেষ্টা করল ।

সুলেখা বোধহয় আন্দাজ করেই ঘুরে বসে পান সাজতে বসেছিল তাই দৃষ্টি নন্দনে মধুর মিলন বাকি রয়ে গেল ।

- চায়ের কাপ রেখে দেবলীনা গল্প পড়ার জন্য খাতা খুলে বসলো ।------ মা এসো ----- বাবা শুরু করছি ।

- বকুল তুই আমাকে চিনতে পারছিস না ?

কোনো উত্তর দেওয়ার অবস্থায় নেই ,

এক আকাশ শূণ্যতার মাঝে ভেসে যাচ্ছে বকুল । কোন সুদূরের দিকে চেয়ে আছে এক বিহ্বল নির্বাক অসহায় দৃষ্টিতে বকুল । ওর কানে যেন কিছুই পৌঁছচ্ছিল না । বিমর্ষ

উদাসীন জ্ঞানশূন্য দেখে হিমানী কিছুই ভাবতে পারছিল না। এ কি সেই বকুল যাকে সে চিনতো দু বছর আগে! নিজের চোখকে বিশ্বাস করতে পারছে না, যে বকুল অনর্গল কথা বলে যেত কাউকে তিষ্ঠতে দিত না এক মুহূর্ত, সে আজ প্রাণহীন প্রস্তর মূর্তি। কোথায় হারিয়ে গেল ওর বেঁচে থাকার মূলমন্ত্র, কে কেড়ে নিল সরল বিশ্বাসে ভরা নিষ্পাপ জীবনটাকে। একি চেহারা হয়েছে বকুলের যেন ঝড় বয়ে গেছে, ঝড় বয়ে চলেছে ওর শরীর মন কে ঘিরে।

ও যেন অনাসৃষ্টির অনিবার্য ভগ্নস্তূপ।

কেন এমন হলো, কোথায় হারিয়ে গেল মেয়েটা, কোথায় গেল ওর প্রাণবন্ত উচ্ছ্বাস, বাঁধভাঙ্গা বন্যার মত খুশির জোয়ার ভেসে বেড়ানো বকুলকে হিমানী চিনতো।

এক উড়ন্ত বলাকার যেন।

কি এমন হলো যে ওর ডানা গুলো দুমড়ে মুচড়ে আজ ধূলিসাৎ হয়ে গেছে। একদম চুপ করে গোমড়া মুখে থাকতে দিত না, বিরক্ত উত্ত্যক্ত করতো সেকথা হিমানীর থেকে আর বেশি কে জানবে। সেই বকুল আজ সব হারিয়ে নিজেকে লুকিয়ে রাখতে চাইছে কেন? হাজারো প্রশ্ন করে চলেছে হিমানী নিজেকে, চিনতে কোনো ভুল হয়নি তো হিমানীর! কথাটা মনে হতেই হুশ ফিরল পাশে চেয়ে দেখল শিউলি বকুলের পাশে নেই ততক্ষণে বকুল অনেকটা এগিয়ে গেছে।

বকুল, বকুল যাস না বকুল একটু দাঁড়া আমি আসছি। কে কার কথা শোনে, বকুলের মধ্যে কোন পরিবর্তন দেখলো না মন্থর গতিতে হেঁটে যাচ্ছে যেন মন্ত্রমুগ্ধ বকুল।

হিমানী অনুসরণ করল শুধু হাঁটতে-হাঁটতে মোবাইল ফোনটা থেকে একটা ফোন করল।

সুজাতাদি হ্যালো সুজাতাদি শুনতে পাচ্ছো, আমার এক বান্ধবীর সঙ্গে এখানে দেখা হয়েছে ও ভীষণ অসুস্থ। ওর এখানে কেউ নেই আমাকে থাকতে হবে। আমি তোমাদের সঙ্গে ফিরতে পারছিনা। আমার কাজের দায়িত্বটা তুমি আর পীযূষ দা সামলিয়ে নিও। তিরিশ জন বাচ্চার মধ্যে একজন আসেনি। উনতিরিশ জনকে গুনে গুনে বাসে তুলবে, আমি ছাড়ছি আমার আর সময় নেই। কথাগুলো কোন রকমে সেরে প্রায় দৌড়াতে দৌড়াতে বকুলকে ধরল।

পাহাড়ি রাস্তা টা গ্রামের মধ্যে চলে গেছে সেই পথেই কিছুটা গিয়ে যে বাড়িটাতে বকুল ঢুকলো হিমানী অবাক হয়ে গেল এই তো সেই বাড়ি যেখানে বারবার এসেছে। এটাতো বকুলের সেই অলোকদার বাড়ি, ওরা কি ভীষণ আনন্দে কাটিয়েছে এবাড়িতে।

ছোট একটা ঘর একটা সিঙ্গেল তক্তাপোশ আর একটা টেবিল একটা চেয়ার ছাড়া আর কিছুই চোখে পড়লো না। অলোক দা বাড়িটা ছেড়ে যায়নি কিন্তু বাড়ির অনেক আসবাবপত্র আর নেই দেখলাম হয়তো কাউকে দিয়ে দিয়েছে অযত্নে খারাপ হবে সেইজন্য কিনা বুঝতে পারলাম না কিছুই, ঘরে এটুকু জিনিস চোখে পড়ল। বেশিক্ষণ গেলোনা দরজায় একজন বয়স্কা মহিলা এসে দাঁড়ালেন, সাদা খোলের শাড়ি পরা

ভারী চেহারার আগেও দেখেছে হিমানী ইনিই বাড়িওয়ালী মাসিমা, ওনার সঙ্গে একবার আধবার কথা হয়েছে সেরকমভাবে পরিচিত হয়নি। বকুলের সরযূ পিসির সঙ্গে বরং বাড়িওয়ালী মাসিমার মাঝে মাঝেই কথাবার্তা হতো। হিমানীর সঙ্গে কোন কথা হয়েছে বলে মনে পড়ে না, উনি জিজ্ঞেস করলেন,

- তুমি কি ওর সঙ্গে চাকরি করো? তোমাকে তো আমি আগেও দেখেছি, তুমি কি ওর আত্মীয়,কে হও তুমি?

- বকুলের অবস্থা দেখে হিমানীর কথা বলতে ইচ্ছে করছিল না ছোট করে উত্তর দিলো, বন্ধু হয়।

- অলোকদা থাকতে বকুল আর পিসিমণির সঙ্গে এখানে আগেও বেশ কয়েকবার এসেছে হিমানী।

- মাসিমা বললেন ওর এখানে কি কাজ আছে আর ওর দাদার বাড়ি তাই আমি থাকতে দিয়েছি কিন্তু ওকে এভাবে একা থাকতে দেওয়ার ইচ্ছে আমার নেই। কাজ কি করছে আমি জানি না তবে ওর মনে হয় খুব শরীর খারাপ, শরীর ওর একদমই ভালো নয় কিছু খাওয়া-দাওয়া করছে না তুমি ওকে এখান থেকে নিয়ে যাও। জরুরী কথা সেরে মাসিমা দাঁড়ালেন না।

- হিমানী হ্যান্ড ব্যাগে পিকনিকে দেওয়া টিফিন টা পড়েছিল ব্যাগ থেকে বার করে জোর করে বকুল কে খাওয়ালো, ঘরের কোণে মাটির হাড়িতে রাখা জল নিয়ে কিছুটা খাইয়ে দিল তারপর চেয়ার টেনে পাশে বসলো।

বকুল তুই আমার দিকে তাকা এভাবে মুখ ঘুরিয়ে থাকিস না, তোকে এভাবে দেখতে আমার ভালো লাগছে না, তোকে ফেলে আমি এখান থেকে যেতে পারবো না, তুই আর চুপ করে থাকিস না কথা বল, তাহলে আমার সুবিধা হবে।

- আমার একটা থাকার জায়গা দরকার। তুই আমাকে থাকতে দিবি তোর কাছে।

- তোর কি হয়েছে এখানে কেন এসেছিস?এখন কি অলোকদা এখানে থাকে না? তুই একা থাকতেই বা এখানে এসেছিস কেন?

- অলোক দা এখন এখান থেকে চলে গেছে বাড়িটা এখনো ছাড়িনি অলোকদা বিদেশে অলোকদা এখন "ইউ এস এ" তে, আমি গত সপ্তাহে এখানে এসেছি কিন্তু এখানে আমি আর থাকতে পারব না আমি অন্তঃসত্ত্বা।

-হিমানী প্রায় আঁতকে উঠলো------বকুল! কে তোর এত বড় সর্বনাশ করলো বকুল! মুখ দিয়ে কথা সরছে না, তোলপাড় করছে ভিতরটা, মন একটাই কথা বলছে বকুলের সরল বিশ্বাসের সুযোগ নিয়ে কেউ ওকে ঠকিয়েছে।

- হিমানীকে চুপ থাকতে দেখে বকুল বলল,

আমাদের সামনের মাসে বিয়ে ঠিক হয়ে আছে।

- খুব উৎসাহিত বাহ খুব ভালো কথা তাহলে আর চিন্তা কি বিয়ে টা করে ফেল!

গল্প টার এমন জায়গায় এসে আজ দেবলীনা থামলো কারোর মুখে কোন কথা জোগাল না , পাঙ্কালিও কোন কথা বললো না , বোধহয় বকুলের কথা শুনে সবারই মনটা ভারী হয়ে গেল ।

23

ত্রয়োবিংশ পর্ব

জগদ্ধাত্রী পুজোর প্যান্ডেলে দুদিন ধরে সাংস্কৃতিক অনুষ্ঠান হয়ে চলেছে। এখনো সুলেখা দেবলীনা কেউই সেখানে উপস্থিত হয়নি, পাঙ্খালির কাছে মাঝে মাঝে একটু-আধটু খবর পায় এই যা। পাঙ্খালি বললো,

হ্যাঁ গো বৌদি খুব সুন্দর হচ্ছে, কালকে বাড়ি যাওয়ার সময় একটু দাঁড়িয়ে ছিলাম নাচ গুলো খুব সুন্দর হচ্ছে।

দেবলীনা বলল পাঙ্খালি তোকে একটা কবিতা শিখিয়ে দেবো তুই ওখানে আবৃত্তি করবি।

ওরে বাবারে ওসব আমাকে বলোনা বৌদি শুনলেই গায়ে জ্বর আসে। আমার দ্বারায় কিচ্ছু হবেনা , অকর্মের ঢেঁকি একটা।

ওটা তো আমিই বলতাম তোকে , যাক নিজের ব্যাপারে নিজেই বলে দিলি। এই যে এত ইংরেজি পড়ছিস তাতে গায়ে জ্বর আসছে না ?

ওইযে শোনো বৌদি কি বলছে শোনো মাইকে।

কান পাতলো দেবলীনা, সুলেখা

আপনারা যারা এখনো বাড়িতে বসে আছেন অপেক্ষায় আছেন তারা আর অপেক্ষায় থাকবেন না চলে আসুন। আমাদের মঞ্চের সামনে এখনই কিছুক্ষণের মধ্যে অনুষ্ঠিত হতে চলেছে আমাদের সাংস্কৃতিক অনুষ্ঠান। তোমরা যারা স্বেচ্ছাসেবক আমার ভাই বন্ধুরা , তাদের কাছে আমার অনুরোধ এদিকে-সেদিকে যারা ঘুরে বেড়াচ্ছেন তাদের বসবার ব্যবস্থা করো আর একটু দেখো বাচ্চারা স্টেজের সামনে হুটোপুটি করছে তাদের একটু সামলাও। দেখো বয়স্ক যারা আছেন তাদের চেয়ারের ব্যবস্থা করে বসিয়ে দাও।প্যান্ডেলের পেছনে যারা এখনও ঘুরে বেড়াচ্ছেন তারা স্টেজের সামনে আসুন। অনুষ্ঠান শুরু করতে সাহায্য করুন।এখনও যারা বাড়িতে আছেন তারা চলে আসুন। এখনও যারা দাঁড়িয়ে আছেন তারা বসে পড়ুন কারণ এভাবে দাঁড়িয়ে থাকলে অনুষ্ঠান

শুরু হতেই আর দাঁড়াতে ইচ্ছা করবে না তখন যে যার বাড়িতে চলে যেতে বাধ্য হবেন আর সেটা আমাদের পক্ষে মঙ্গল হবে না।

- পাঙ্গালি বললো কাকিমা চলো , বৌদি চলোনা একটু, তোমরা না গেলে একাএকা ভালো লাগেনা।

- সুলেখা বকে দিলো , বেশি বলছিস ,তুই আবার একা কোথায় , তোর নুপুর , রাখী কত কে আছে , যা না ওদের সঙ্গে।

- না গো কাকিমা সান্যাল বাড়ি আর ওই মন্দির আছে ওই সিংহ বাড়ি কাজ ছেড়ে দিয়েছি, ওই দুটো বাড়ি ওরাই করছে , ওদের জন্য তো ভালো হলো তাইনা বলো বৌদি। তাও ওরা ভালো করে কথা বলছে না। সান্যাল কাকিমা বললো খুব যে বিদ্যেধরি হচ্ছিস , ধুয়ে জল খাবি !

- সুলেখা কিছুক্ষণ চুপ করে থেকে বললো তোকে ওসব নিয়ে ভাবতে হবেনা।

- কালকে পাড়ার ছেলে মেয়েদের প্রোগ্রাম থাকবে , কালকে যাবো পাঙ্গালি। আজ বাবা ঘুমিয়ে ছিলেন বলে গল্প শোনাই নি , এখন সেটাই করবো।

- বাইরের ঘরে গিয়ে খাতা খুলে বসলো দেবলীনা। বাবা শুরু করছি। পাঙ্গালি সুলেখার গা ঘেঁষে বসলো।

না হিমানী বিয়ে আমি কৌস্তবকে কোনদিনই করতে পারবোনা।

পারবি না কেনো , সে হয় নাকি? তাহলে আর ভালোবাসলি কি।

সে অনেক কথা পরে কখনও বলবো এখন তুই যেমন করে হোক এখান থেকে আমাকে নিয়ে চল।

আচ্ছা ঠিক আছে ওসব পরে হবে , এখন ওঠ তোর যা কিছু আছে গুছিয়ে নিয়ে আমার সঙ্গে চল ,এখনি বেরোতে হবে।

হিমানীর এখনই মাথায় সেরকম ভাবে কিছুই আসছে না সবকিছু যেন ওলটপালট হয়ে যাচ্ছে। তবুও বকুলের মুখের দিকে চেয়ে স্থির ভাবে কিছু সিদ্ধান্ত নিতে হবে। ওকে একটা কিছু নিশ্চিন্ত জায়গায় পৌঁছে দিতে হবে, এটাই মাথায় ঘুরছে। ওর একটা ভরসার জায়গা চাই যেখানে ও নিশ্চিন্তে নির্ভাবনায় থাকতে পারে।

হিমানীর এই মুহূর্তে একজনের কথা মনে আসছে একটাই জায়গা কথা মাথায় আসছে সেটা একমাত্র বকুলের জন্য ঠিক জায়গা হবে আর সেটা হল স্বামীজি আশ্রম। স্বামী সুব্রামানিয়ামের 'সঙ্গম' আশ্রম যেখানের সঙ্গে দীর্ঘদিন ধরে হিমানী পরিচিত এবং হিমানী যেখানে এখনও নিজের সামর্থ্য অনুযায়ী ছোট থেকে বাবাকে যেমন দেখে এসেছে তেমনি আশ্রমে সাহায্য করে থাকে। সঙ্গম আশ্রম এই একমাত্র বকুলের জন্য ঠিক জায়গা হবে এই মুহূর্তে এটাই হিমানীর মনের মধ্যে আছে যেমন করে হোক বকুলকে নিয়ে ওখানে পৌঁছতে হবে।

আলোক দার বাড়ি থেকে বকুল কে নিয়ে ফিরে এলো হিমানী নিজের ঘরে রাতটা কাটাতে হবে। খুব ভোরে বেলায় বেরিয়ে পড়তে হবে সঙ্গম আশ্রমের উদ্দেশ্যে । তাড়াতাড়ি কিছু খাওয়া দাওয়া করে শুয়ে পড়ল কিন্তু শুলেই কি ঘুম আসবে ! আজকের রাতটা তো দুজনের জন্যই ভীষণভাবে উচাটন মন হয়ে আছে । দোলাচলের এর মধ্যে ভাসছে হিমানী, হয়তো বকুল ও তাই । হঠাৎ দেখল বকুল এর দুচোখ বেয়ে জল পড়ছে ।

এই বকুল কাঁদছিস কেন আমিতো আছি । বোকা মেয়ে কাঁদে দেখো, তুই না আমায় হাসতে শিখিয়েছিস এখন কাঁদলে হবে । তুই না আমাকে গোমড়া মুখে থাকতে দিতিনা , গান করে করে নাচা নাচি আমাকে অস্থির করে তুলতি ! কোথায় হারিয়ে গেল সেই হাসিমুখ ? কিভাবে নিজেকে শেষ করে এনেছিস বলতো । চোখের জল ফেলবি না বকুল তোকে এটা মানায় না । বকুল তোর ভেতরে যা আছে যত কথা জমে আছে বরফ হয়ে সে সব কথা আমাকে বল ।তুইতো বলেছিলি সব বলবি এখনই বল । তাহলে আমার সুবিধা হবে । যেখানে নিয়ে যাবো সেখানে সব কথা হয়তো আমার শোনা হবে না ।

আরে বোকা মেয়ে দেখো কেঁদে চলেছে তবুও ।বকুল কে টেনে নিল কাছে হাপুস নয়নে অনেকক্ষণ কাঁদলো বকুল । ভীষণ কষ্ট হচ্ছে ওর জন্য বুকটা ফেটে যাচ্ছে । ওর শরীরটা কেঁপে কেঁপে উঠছে কাঁদতে কাঁদতে নিজেকে অস্থির করে তুলল । আদর করে চোখ মুছে দিলো হিমানী কাঁদিস না কিচ্ছু হবে না সব ঠিক হয়ে যাবে ।

কান্না থামিয়ে কিছুটা ধাতস্থ হয়ে বকুল বলতে লাগলো,
চাকরি পেয়ে আমি চলে গেলাম কলকাতায় প্রথম যেদিন অফিসে গেলাম বেশ একটা নাটকীয় অবস্থা তৈরি হয়েছিল। দু চার জনের সঙ্গে আগেই পরিচয় হয়েছিল। যেদিন জয়েন করলাম তখনো পর্যন্ত কৌস্তবের সঙ্গে আমার কোনরকম যোগাযোগ হয়নি । আমি গিয়ে একটা মজা করেছিলাম। তখনো কৌস্তব অফিসে এসেও কাজে বসেনি । কেউ আসেনি দেখে বোধহয় বাইরে গিয়েছিল তারপর এসে নিজের চেয়ারে বসেই পেপার মেলে মুখের সামনে আড়াল করে বসেছিল। আমি গিয়ে কৌস্তবকে বললাম,

- এক্সকিউজ মি আমি এখানে একটা একাউন্ট খুলতে চাই, আপনি আমায় একটা উইটনেস দেবেন ?

- কৌস্তব অবাক হয়ে তাকিয়ে ছিল আমার দিকে। আমতা আমতা করে বলল আমি তো আপনাকে চিনি না আমি কি করে উইটনেস দেবো !
আমি বললাম চেনেন না তো কী হয়েছে চেনা হয়ে যাবে, চিনতে কতক্ষণ, পাশে বসবো একসঙ্গে চা খাব চেনা হয়ে যাবে ।

- আমি আপনার সাথে চা খেতেই বা যাব কেন।

- এক কাপ চা খেতে আপনার এত আপত্তি এরপর কিন্তু সকলকে খাওয়ালেও আপনাকে কোনদিন খাব না ।

- এর মধ্যে পলাশ এসে হাজির হলো হাসতে হাসতে বলল আরে বকুল তুমি এসে গেছ তারপর কৌস্তবের দিকে তাকিয়ে বলল কৌস্তব দা আমাদের নতুন কলিগ। এতক্ষণে কৌস্তবহো হো করে হেসে ফেললো ।

- পলাশ ওনাকে কি ঘাবড়েই না দিয়েছি বলে বকুল হাসতে হাসতে হাত বাড়িয়ে হ্যান্ডসেক করল ।

- গল্প শেষ হতেই রণজয় পাঙ্গালির দিকে তাকিয়ে
বললো একটু চা খাওয়াবি শরীরটা ম্যাজম্যাজ করছে ?

- বাবা চা আমি করছি পাঙ্গালি অনেক রাত হয়েছে তুই বাড়ি যা ।

- না বৌদি প্যান্ডেলের পিছনটায় খুব অন্ধকার এখনই যাবো না , রনিদা এলে আমায় একটু এগিয়ে দেবে ।

দেবলীনার হাত ধরে টেনে রান্নাঘরে নিয়ে বললো , বৌদি জানো ওই যে অঙ্কুশ আছে না , ওই যে মাথায় টুপির মতো চুলে স্টাইল করা ছেলেটা ,

- কে ছেলেটা আমি চিনি না ।

- আরে চিনতে পারছো না ,ওই যে গো রনিদার দার বন্ধু সমরদার অফিসে যার ক্যান্টিন আছে ।

- ঠিক আছে এখন তুই বল পরে চিনে নেবো ।

- ওই অঙ্কুশ আমাকে অনেক দিন ধরে বিরক্ত করছে , আমার ভালো লাগছে না ।

- ছেলে টা কি খারাপ , ওর সম্মন্ধে তুই কিছু জানিস ?

- না , আমি কিচ্ছু জানিনা ।

- ঠিক আছে পরে দেখা যাবে , এখন চুপ কর ।

24
চতুর্বিংশ পর্ব

অফিস থেকে ফিরে রনিত দুটো ফর্ম দেবলীনার হাতে হাতে দিয়ে বললো সামনের সপ্তাহের মধ্যে এগুলো বাবার কাছে বসে পাঙ্খালিকে দিয়ে রেডি করে আমায় দেবে আর হ্যাঁ ওকে পাসপোর্ট সাইজ ছবি তুলে আর ক্লাস এইটের মার্কশিট টা দিতে বলবে ।

যাক পাঙ্খালির তালে একটা অন্য যাত্রা শুরু হলো ।

আচ্ছা দেবী , আমি কি ম্যাট্রিকের সিলেবাস দেখে বই এনে দেবো ।

রণজয় শুনে বললো তার আগে স্কুলে যোগাযোগ করে পরীক্ষার ব্যবস্থা করা যাবে কিনা সে ব্যাপারে নিশ্চিত হতে হবে । আমি একদিন যাবোক্ষণ ।

পাঙ্খালি ঘরে ঢুকেই আলোচনার কিছু অংশ শুনে বলে ফেললো ,
যাবে গো কাকু, ও রনিদা তোমরা সবাই আজ ক্লাবের ফাংশনে যাবে ? ও বৌদি কাকিমা রেডি হও না তাড়াতাড়ি ।

সুলেখা চেঁচিয়ে উঠলো , উড়ছে দেখো মেয়ে , ওরকম করলে লোকে বলবেই বিদ্যে ধুয়ে জল খাওয়ার কথা ।

বুঝতে পারলো কিছু গন্ডগোল করে ফেলেছে । মুখ ভার করে আঙুলে ওড়না পেঁচিয়ে দাঁতে খুটতে লাগলো ।
চল যাবো , মা চলো একটু ঘুরে আসি , তাড়াতাড়ি তৈরি হয়ে নাও , দেবলীনা একটা কুর্তি আর লেগিন্স পাঙ্খালির হাতে দিয়ে বললো "যা পড়ে নে । " নিজে তাড়াতাড়ি একটা শাড়ি পড়ে নিলো ।

প্যান্ডেলের গেটে আসতেই
সুব্রত - আরে বৌদি আজকেই আসছো না আগে এসেছ ?

দেবলীনা- আজকেই এলাম আসলে পাড়ার ছেলে মেয়েদের অনুষ্ঠান টাই দেখার জন্য এলাম ।

এই অঙ্কুশ কাকিমাকে বৌদিকে নিয়ে বসা ।

দেবলীনা আঁড় চোখে দেখলো পাঙ্খালি বেশ গম্ভীর।

কিছুক্ষণ বসার পর সত্য আর ধৃতিমান এসে হাজির ,
রনিত ওদেরকে দাদা বলে তাই দেবলীনাকে বললো
ম্যাডাম তোমার কাছে একটা আবদার আছে।

ম্যাডাম ম্যাডাম করলে আবদার রাখা যাবে না।

তোমার একটা লেখা পাঠ করলে ভালো লাগতো।

দেবলীনা বেশি কিছু আপত্তিতে গেল না। ওদের কথা রাখতে নিজের লেখা একটা কবিতা আবৃত্তি করলো।

অনুষ্ঠান প্রায় শেষের মুখে তখন রনিত এলো। রনিতকে দেখে দেবলীনা বললো পাঙ্খালি তুই রাত হয়েছে বাড়ি চলে যা , রনিত ওকে এগিয়ে দিয়ে এসো।

পাঙ্খালি চলে যাওয়ার পরেই অঙ্কুশ এসে দেবলীনার পাশে বসলো।
বৌদি আমি অঙ্কুশ, আসলে তোমাকে আমি বিরক্ত করতাম না। অনেক দিন ধরে পাঙ্খালির সঙ্গে কথা বলতে চাইছি ও কিছুতেই সময় দিচ্ছেনা। আচ্ছা তুমি বলো বৌদি একটু কথা বললে কি হয়। আমি বাঘ না ভাল্লুক আমি তো একটা মানুষ। একটু বিশ্বাস করে সময় দিতে নেই। কতদিন ধরে চাইছি একটু কথা বলতে, কথা বলতে তো হবে , না হলে বুঝবে কি করে কে খারাপ কে ভালো।

তোমার বাড়ি কোথায় ?

আসলে বৌদি এখানে আমার বাড়ি নয়, এটা আমার মামার বাড়ি। এই ক্লাবেরই পিছন দিকে রাস্তার অপর দিকে আমাদের বাড়ি। এখানে আমি মামার বাড়িতে মানুষ। পাঙ্খালি অনেকদিন ধরেই আমাকে চেনে কিন্তু আমি কোনোদিন কথা বলিনি বলতেও চাইনি। এখন ভাবছি ওর সঙ্গে কথা না বললেই নয়।

তুমি কি করো ?

আমি বৌদি বিএ পাস করেছি তবে এই পাশে তো আর চাকরি হয় না। প্রথম প্রথম কয়েকটা টিউশনি করতাম। যেটুকু পড়াতাম তাতে পোষায় না। মামার মাছের ব্যবসা। সুখেন হালদার আমার মামা, হয়তো জেনে থাকবেন।

হ্যাঁ বাবার মুখে শুনেছি।

আমি একটা ব্যবসা করি ছোটখাটো।বৌদি ক্লাবের সমরদা আছে কোম্পানি তে ওখানে আমার একটা ফুড ক্যান্টিন আছে।

তা পাঙ্খোলির সঙ্গে কথা বলতে চাইছ কেন? ওকে কি তুমি পছন্দ করো ?

পায়ে হাত দিয়ে প্রণাম করলো পাশে মাকেও।

পাঙ্খালি আসলে একটু পড়াশোনায় মন দিতে চাইছে। ওর একটু সময় দরকার। ও যদি কিছু করতে পারে তাহলে ওর পক্ষে ভালো।

হ্যাঁ আমি জানি সেটা। সেটা আমিও চাই। ওর স্কুল বন্ধ হয়ে গেছে কিন্তু তারপর থেকেই আমি চেষ্টা করেছি ওর সঙ্গে কথা বলার। ওর পড়াশোনাটা চালিয়ে যাওয়া

উচিত ছিল আর তাই ওর সঙ্গে কথা বলতে চাইছিলাম। ও চায়নি, চাইলে এতটা সময় নষ্ট হতো না।

ঠিক আছে আমি ভাবছি। দেখি কি করা যায়। তুমি এখন এসো। আমার মনে থাকবে।

সুলেখা বললো ছেলে টাকে তো আমার বেশ লাগলো।

হ্যাঁ মা ভালো তো লাগলো আমারও।

পাঞ্চালির ভাবনাটা পেয়ে বসেছে ঠিক স্বস্তি পাচ্ছে না। সকাল থেকেই দেবলীনাকে গম্ভীর দেখে পাঞ্চালিও বেশি বৌদি বৌদি করছেনা।

পাঞ্চালি ভাবছে ফাংশনে বৌদিকে স্টেজে উঠতে হয়েছে তাই বোধহয় রেগে আছে।

বিকেলে দেবলীনা চা করে নিয়েই গল্প পড়তে বসলো।

মা চা ঠান্ডা হয়ে যাবে এসো, বাবা পড়ছি,

বকুল বলতে লাগলো,

সেখান থেকেই শুরু তারপর থেকে কৌস্তবের সঙ্গে আমার বন্ধুত্ব এগোতে থাকে। সবার থেকে আমার ওকে আলাদাভাবেই ভালো লাগতে থাকে। ওর ভাব ওর কথা ওর কথা বলার ভঙ্গি ওর ভাবনা চিন্তা গুলো খুব সাবলীল। ওর ব্যবহার যেমন আন্তরিক তেমনই সোজা-সরল। ভীষণভাবে ওর প্রতি আমার শ্রদ্ধা ভালোলাগা বাড়তে থাকে। আকৃষ্ট হতে থাকি ওর প্রতি, মুহূর্তে মুহূর্তে তা বাড়তে থাকে। যখনই ও সামনে আসে অদ্ভুত এক আবেশে জড়িয়ে থাকি আর আড়াল হলেই মন উচাটন হয়, এমন অস্থির লাগে মনে হয় কতক্ষণে সামনে আসবে অথচ সামনে আসলেই সব কথা হারিয়ে যায় চেয়ে থাকি বিবশ হয়ে পড়ি ওর সাবলীল ভঙ্গিমায় মুগ্ধ হই বারবার, মন বলে এই তো সেই আমার মনের মানুষ। এইভাবেই দিনগুলো এগোতে থাকে সময় ধীরে ধীরে এগিয়ে চলে।

কৌস্তবকেও বুঝতে পারি আমার প্রতি ওরো আলাদা কিছু ভাবনা রয়েছে। বুঝতে পারি ভীষণ ভাবে ওরও আকর্ষণ বাড়ছে। আমারই মত কিছু ভাবনা কিছু কথা কিছু ভালোলাগা থেকে সময়ে সময়ে এমন কিছু বলে উঠছে যেটা বন্ধুত্বের বাইরে গিয়েও আস্থা তৈরি হয় বিশ্বাসের জায়গা করে নেয়। কিছু কিছু গভীরতার আবেশে জড়িয়ে যাচ্ছে কিছু মূহুর্ত, ভীষণভাবে একে অন্যের প্রতি প্রেম ভালোলাগা বিশ্বাস তৈরি হচ্ছে হঠাৎ হঠাৎ ই একদিন বলে উঠলো আর পারছিনা এভাবে আর থাকা যাচ্ছে না, যা আমি ভাবছি সেটাই কি তুমি ভাবছো? আমরা কি সত্যি সত্যি একে অপরকে ততটাই চাই যেটা আমাদের সারা জীবন এক ভাবে একসঙ্গে রাখবে। থাকবো কি পাশে একে অন্যের, পারবো কি সেই প্রতিজ্ঞা করতে যেখানে দাঁড়িয়ে প্রত্যাশার বন্ধন কে আরও দৃঢ় করতে পারবো। আমরা কি এক ই পথে চলতে পারি না, আমাদের কি এখনও ভাবতে হবে?

কাছে আরও কাছে আরও কাছে হতে থাকে ওর ইচ্ছে অনুভূতিগুলো। ওকে ভীষণভাবে

কাছে পেতে ইচ্ছে হয়, সব যেন কোথায় এলোমেলো হয়ে যায় নিজেকে পারিনা সংযত রাখতে আবার ভাবি এটা কি ঠিক করছি এতটা ও ওকি আমায় ভালোবাসে ,সেটা বুঝতে অবশ্য অনেকটা সময় গড়িয়ে যায়। আস্তে আস্তে বুঝতে পারি ও ও আমায় ভালোবাসে কাছে পেতে চায় দুজনে দুজন কে একটুও হারাতে চাইনা। এই ভাবেই একদিন একটা সময় আসে সে সময়টা ছিল একটা অনুষ্ঠান। অফিসেরই একজনের বিবাহ অনুষ্ঠানে আমরা সবাই নিমন্ত্রিত ছিলাম।

সেদিন খাওয়ার ফাঁকে ফাঁকে কৌস্তব আমায় ভীষণভাবে লক্ষ্য করছিল খাওয়া-দাওয়া সারা হতে হতে অনেকটাই রাত হয়ে গেছিল । রাস্তায় রাস্তায় বেরিয়ে আকাশটা দেখলাম ভারী হয়ে আছে, হাওয়া বাতাস বন্ধ কেমন একটা গুমোট ভাব ।জমাটবাঁধা মেঘে আকাশটা ভীষণভাবে গম্ভীর লাগছিল। বড় বড় কয়েক ফোঁটা বৃষ্টি পড়ে বন্ধ হয়ে গেল । আমি কৌস্তবের সঙ্গে ফিরছিলাম, কৌস্তব বলল জানিনা পৌঁছতে পারব কিনা মনে হচ্ছে ভীষণভাবে নামবে । কিছুটা আসার পরে মেঘের গর্জন শুরু হলো তার সঙ্গে আলোর ঝলকানি, মাঝে মাঝে করাত করাত শব্দে চারিদিক কেঁপে উঠছে , বিদ্যুৎ যেন সর্পিলাকারে আকাশ ময় খেলে বেড়াচ্ছে। দূরে কোথাও ভীষণভাবে আওয়াজ করে বাজ পরলো , এমন শব্দ হচ্ছে বাজ পড়ার আমার আর কোন হুঁশ নেই যেন। তুই তো জানিস হিমানী আমি ভীষণ ভয় পাই এই বাজের শব্দে, ভীষণ ভাবে আঁকড়ে জড়িয়ে ধরেছিলাম কৌস্তবকে ভয় পেয়ে গিয়ে , তারপর লজ্জা হল খেয়ালই ছিল না কৌস্তবকে এভাবে আষ্টেপৃষ্ঠে জড়িয়ে ধরেছি, ভয়ে আমি ভীষণভাবে কুঁকড়ে গেছিলাম তারপর ও বাধ্য হলো বলতে আমায় এত জোরে গাড়ি চালাচ্ছি একটু আস্তে ধরো আমি সামলাতে পারবো না, আমি সত্যি লজ্জা পেয়ে গেছিলাম, হাত ছেড়ে নিজেকে সামনে নিলাম। আমার বাড়ির কাছাকাছি এসে পড়েছিলাম আর তখনই মুষলধারায় বৃষ্টি নামল । বাড়িতে ঢুকতে ঢুকতে দুজনে ভিজে একসা হয়ে গেলাম

- গল্প শেষ হতেই সুলেখা বললো গল্পটা নতুন মোড় নিচ্ছে ।

- রণজয় , হুম এবারই মেন প্লটে ঢুকছে মনে হয় ।

25

পঞ্চবিংশ পর্ব

রনিত সকাল থেকেই দেখছে দেবলীনা খুব গম্ভীর। ইচ্ছে করেই বললো, কাল ফাংশনে তোমার কোন লেখাটা পড়লে দেবী।

কদিন আগে একটা কবিতা লিখেছিলাম ‘পরিচয়’ ওটাই পড়লাম।

ভারী সুন্দর বলেছে, সবাই হাততালি দিচ্ছিল। মা বলতেই রনিত বললো

আমার তো শোনা হলো না, অনেক দিন তোমার কবিতা শুনিনা, একটু শোনাবে?

দেবলীনা বড়ো বড়ো চোখ করে বললো,

বিকেলে গল্প সকালে কবিতা, আর কোন কাজ নেই আমার!

আরে কাজের জন্য সারাদিন পড়ে আছে, শুরু করো।

রনিতের আবদার, কি আর করা!

ঠিকআছে ------ শোনো -----

<u>*পরিচয়*</u>

পরিচয় হলো ওই পাহাড়ের বাঁক।
চড়াই, উতরাই,
কিছু অদৃশ্য নিকট কিছু দৃশ্য সুদূর।
কোথাও শুধু জন্মে থাকে কিছু বুনো ঘাস।
কোথাও দেখি গাছে গাছে ফুল ফল বারো মাস।
কখনো বর্ষা তোমার উঠোন জুড়ে।
হঠাৎ মেঘের আড়াল কিংবা পোড়া চলা কাঠ।
কত পাতা খসে উদ্ভিন্ন বিলাসে,
তোমার জানা আছে?

কিংবা আমার?
জীবনের পথে চলতে চলতে কিছু টুকরো টুকরো পরিচয়,
বাহারি রঙের মুখোশে ঢাকা অভুক্ত পরিচয় কিছু,
ডাক দিয়ে যায় শব্দরা উঁচু-নিচু এই পাহাড়ের গায়ে।
পাহাড়ি পথের বাঁকে ফেরারি মন বাসা বাঁধে ।
দেখা শোনার আড়ালে থাকা পরিচয়, অপরিচয়।
অভিমান জমতে জমতে এমনি পাহাড় গড়ে ।
দেখা শোনা টা ঠিক মতো না হলে, সত্যিই কি পরিচয়ের কোনো দাম আছে ?
এ তল্লাটে চাঁদের আলোই ভরসা, তাও পূর্ণিমা আজ
কদিন হলো গত হয়েছে, চোখের দৃষ্টিও ক্ষীণ, বড়ো
অবেলায় এলে জানো,
দেখার সঙ্গে শোনার হিসেবটাও মিলেমিশে আজ
একাকার, শুনতে তো কিছু সময় লাগে, ধৈর্যেরও
প্রয়োজন ।
সময়ের সাথে সাথে অনেক না বলা কথা বোঝা হয়ে গেছে, শোনার জন্য আর বোধহয় কিছু বাকি নেই ।
যে কথা শোনার অপেক্ষায় বসন্ত আজ লজ্জা পেয়ে
মুখ ফিরিয়েছে ।
সে কথা আজ নাই বা বললে ।
এই যা, আবারও ভুল করছি, হয়তো তোমায় চিনি
বলে, আবোল তাবোল কত কথা বলে চলেছি ।
পথ টা তো চেনা হয়ে যায়, পথের নুড়ি কাঁকর, পথের পাশে বসে থাকা কুকুরটাও তোমায় চিনে নেবে,
যে পথে আসো বার বার, সে পথ কি চেনে ?
দেখা শোনা পরিচয় সব হলে তবেই না চেনাটা সম্পূর্ণ
হয়, তাই না বলো ?
চেনা পথে হাতড়ে হাতড়ে অচেনার দৈর্ঘ বাড়িয়ে চলেছি । বিড়ম্বনার বোঝা থাক পড়ে,
দেরিতে হলেও চাঁদের আলোটা বুঝি এবার চিনতে ভুল করবে না ।
তোমায় নিতে ওই যে গাড়ি টা আজও অপেক্ষা করছে,
ওকে চিনতে আমার আজ আর ভুল হয় নি ।
ওর জন্য তো কোনো প্রশ্ন তোলা নেই,
ওর সাথে যে কোন গরমিলের হিসেব নেই, তাই ওকে আর চেনা অচেনার বোঝা বইয়ে কষ্ট দিওনা ।

রনিত হাততালি দিয়ে বলে উঠলো অসাধারণ।

দুপুরে খাওয়ার পর্ব চুকতেই পাঞ্চালি উল কাঁটা নিয়ে নিয়ে মায়ের কাছে বসেছে ডিজাইন তুলবে।

দেবলীনা বললো রাত্রে লিখেছি গল্পটা এখন শুনিয়ে দিই, বলে খাতা খুলে বসলো। রণজয়, সুলেখা দুজনেই বললো, হ্যাঁ এখন বকুলের কথা শুনে শুনে মন ভরছে না, কতক্ষণে গল্পটা শেষ হবে, খুব টেনশন হচ্ছে।

শুরু করছি,

বকুল বললো আমরা তাড়াতাড়ি ই ফিরেছি একটু বসলেই বৃষ্টি টা থেমে যাবে ততক্ষণে আমি তোমার জামা প্যান্ট টা ইস্ত্রি করে শুকিয়ে দেবো না হলে জলটা গায়ে বসে শরীর খারাপ হবে, তাড়াতাড়ি এসে ওগুলো ছেড়ে ফেলো। কৌস্তব সংকোচ বোধ করল তোমার পিসিমা আছেন না ও সব কিছুর দরকার নেই, এক কাপ গরম চা খেলে ঠিক হয়ে যাবে। না মশাই না, মা-বাবাকে নিয়ে ট্যুরে যাওয়ার প্রোগ্রাম আছে না তোমার, সব ভেস্তে যাবে আর পিসিমা এখানে বেশিদিন থাকে না আমার চাকরি পাওয়ার পর থেকে তীর্থে তীর্থে ঘুরে বেড়াচ্ছে, মাঝে মাঝে আসে। বকুলের জোরের কাছে কৌস্তবের আপত্তি ধোপে টিকল না। একটা সিঙ্গেল বেড সিট এনে বলল আমার এখানে কোন পুরুষ মানুষ থাকে না যে আমি তোমাকে কিছু পড়তে দিতে পারবো, তুমি এটা একটু লুঙ্গির মতো করে পড়ে নাও আমি চটপট ইস্ত্রি করে তোমার জামা প্যান্ট শুকিয়ে দিচ্ছি, বৃষ্টি থামলে চলে যেও দেরি করোনা। তোমার বাড়িতে হয়তো ঝড়-বৃষ্টি দেখে চিন্তা করছে। কৌস্তব লক্ষ্য করলো বাধ্য হয়েই বকুল ওকে ঘরে আসতে বলেছে কারণ ঘরে ডাকার পরে ব্যবহারটা একটু অন্যরকম লাগছে, বার বার ঘরের কথা মনে করিয়ে দিচ্ছে। যত তাড়াতাড়ি সম্ভব কৌস্তব বাড়ি চলে যাক বকুল বোধহয় এটাই চাইছে কিন্তু বকুলকে আজ কিছুতেই ছেড়ে যেতে ইচ্ছে করছে না। বকুলের আজকের রূপটা কৌস্তব কিছুতেই ভুলতে পারছে না।

আকাশের অবস্থা ভালো নয় দেখে সকলেই যতটা সম্ভব তাড়াতাড়ি খাওয়া-দাওয়া সারছিল। তাড়াতাড়ি যেমন করে হোক বেরিয়ে আসতে হবে, প্রত্যেকের বাড়ি বেশ কিছুটা দূরে ছিল।

খেতে খেতেই বকুল বললো,
আমাকে তুমি পৌছে দেবে?

এ রকমই একটা কিছু চাইছিল কৌস্তব, আজ বকুলকে ভীষণ সুন্দর লাগছিল ঘুরে ঘুরে চোখটা বকুলের দিকেই যাচ্ছিল সেটা অনেকেই লক্ষ্য করছিল। মেদহীন ছিপছিপে টানটান শরীরটায় আজ যেন বাড়তি কিছুটা আকর্ষণ কেউ ভরে দিয়েছে। বড় সুন্দর করে সেজেছে আজকে বকুল। সাদা এম্ব্রয়েডারি করা মেরুন রঙের শাড়ি আর সাদা

মুক্তোর গয়নাতে মোহময়ী হয়ে উঠেছিল বকুল। বেশ রসিকতা করে বলল অত আস্তে আস্তে খেলে ঝড় বৃষ্টি মাথায় করে ফিরতে হবে, বকুল কোন উত্তর না দিয়ে তাড়াতাড়ি খেতে গিয়ে বিষম খেলো। বকুলের গ্লাসে জল ছিল না, কৌস্তব তাড়াতাড়ি জলের গ্লাসটা এগিয়ে দিলো। বকুল বুঝেছিল এই ভাবেই ঘুরে ফিরে কৌস্তব দৃষ্টি আকর্ষন করার চেষ্টা করছে।

ইস্ত্রি করে জামা প্যান্ট নিয়ে এসে দাঁড়াল কৌস্তবের কাছে, অপলকে চেয়ে আছে বকুলের দিকে, সে দৃষ্টিতে অপার বিস্ময়।

কি হলো কি দেখছো ওই ভাবে?

ঘর কর্নার কাজ দেখছি, কি যত্নের সঙ্গে কাজটা করলে, না বিয়েটা আর দেরি করা যাচ্ছে না।

সে যখন হওয়ার হবে এখন ওঠো তো দেরী হয়ে যাচ্ছে কৌস্তব জড়িয়ে ধরল বকুলকে। সামলাতে না পেরে বসে পরলো কৌস্তবের কোলে। সেই গন্ধটা নাকে এসে লাগল শাড়ি-ব্লাউজও ছেড়ে নাইটি পড়লেও পারফিউমের গন্ধ টা রয়েই গেছে। বকুলের আজকের সাজ টা পাগল করে দিয়েছে, মুগ্ধতায় আচ্ছন্ন করে রেখেছিল এখনো ওই মিষ্টি গন্ধের মাদকতায় নিজেকে ধরে রাখতে পারছিল না। আষ্ঠেপৃষ্ঠে নিবিড় করে বকুলের নরম শরীর টা ধরে রাখল, বাধা দিয়েও কৌস্তবের জোরের কাছে হার মানল।

মোহাবিষ্ঠের মত হারিয়ে যাচ্ছে বকুল, কি ছেলেমানুষি করছ।

আজ আমি তোমার মধ্যে দুর্নিবার আকর্ষণ হারিয়ে যেতে চাই। প্রেমের ভেলায় ভেসে যায় দুজনে, বকুলের ছোট্ট শরীরটা গোলাপের পাপড়ির মত মনে হয়, দুই হাতে কোলে তুলে বুকের কাছে নিয়ে আদরে আদরে চুম্বনে ভরিয়ে তোলে। দেহমনের পাগল করা উত্তেজনায় নাকাল করে তোলে, বিছানায় শুইয়ে দিয়ে খেলতে থাকে বকুলের পুতুলের মত শরীরটা নিয়ে। আচমকা কৌস্তবের উদম মত্ততার জন্য প্রস্তুত ছিলনা বকুল। নিঃশ্বাসের উষ্ণপ্রবাহে অনাস্বাদিত ভালবাসার ছোঁয়ায় চোখ বন্ধ করে বকুল। চাওয়া-পাওয়ার স্রোতে পরিতৃপ্তির চরম সীমায় পৌঁছে যায়। ভালোলাগার আবেশে দুজনের দৃষ্টি ঘোলাটে ঝাপসা, সুখের সাগরে ভেসে যাওয়া কৌস্তব অনাবিল আনন্দে নির্বাক নিশ্চল এক সময় নিজেকে হারিয়ে ফেলে।

ক্লান্ত শরীরটাকে কৌস্তবের আলিঙ্গন থেকে মুক্ত করে নিথর নিস্তেজ হয়ে অনেকটা দূরে পড়েছিল বকুল। অপ্রত্যাশিত এই পরিস্থিতির জন্য তৈরি ছিলনা বকুল। দ্বিধাদ্বন্দের দোলায় শঙ্কা ভীতি মনের মধ্যে উথাল পাথাল ঢেউ তুলেছিল।

অনাস্বাদিত তৃপ্তির আনন্দে শ্রান্ত অবসন্ন শরীরটা এলিয়ে দিয়েছিল কৌস্তব। যে রূপ সুধা স্বর্গসুখ পান করে আজ সে ধন্য তারই মোহময় আবেশে আপ্লুত ছিল। শরীর-মন থেকে কয়েক মুহূর্তেই আচ্ছন্নতা কেটে গেল বকুলের কান্নার আওয়াজে। বিছানায় উপুর হয়ে সে কাঁদছে, বকুলের নরম শরীরটা ফুলে ফুলে উঠছে। এতদিনের অনাঘ্রাতা কুমারী সত্বা প্রত্যেক নারী যা সংগোপনে লালন করে থাকে তা অনায়াসেই কৌস্তবের কামনার

হাতছানিতে সঁপে দিয়েছে তার আক্ষেপে বকুল কাঁদছে।

হঠাৎ এভাবে বকুলের আচরণে বিচলিত হয়ে পড়লো কৌস্তব, নিজের কৃতকর্মের জন্য নিজের উপরই রাগ হচ্ছে এখন! ভীষণ অসহায় বোধ করছে কিভাবে বকুলকে শান্ত করবে! সস্নেহে কাছে টেনে নিল। কাঁদছো কেন বকুল আজকের এই ঘটনার জন্য সম্পূর্ণ আমি দায়ী। আজকের পর তোমাকে ছেড়ে থাকার কথা ভাবতেই পারিনা। বাবা-মাকে নিয়ে ট্যুর থেকে ফিরে এসে তোমায় বিয়ে করবো আর তোমায় দূরে রাখতে আমার মন চাইছে না। প্লিজ বকুল কেঁদো না লক্ষ্মীটি।

কান্না জড়ানো গলায় অস্ফুটস্বরে বকুল বলে উঠলো আজকের এই মুহূর্তটা আমাদের ভালবাসার চিহ্ন হয়ে যদি থেকে যায়, যদি ভবিষ্যতের কোনো সাক্ষীর ধারক হয়? এই মূহর্তের সত্যতা যদি কোন পরিচয় দাবি করে।

আমাদের বিয়ে হয়ে গেলে সে প্রশ্নের আর অবকাশ থাকে কি? নিজের ঔরসজাত সন্তানের প্রতি দায়বদ্ধতা সব বাবারই কাম্য হওয়া উচিত এবং গর্বের। এ দায়িত্বের মধ্যে আত্মতৃপ্তি আছে

-তাই যদি হয় তো সে আমার চরম পাওনা।

বাঃ খুব সুন্দর এগোচ্ছে, রণজয় বললো। সুলেখাও সাথে সাথে, হ্যারে খুব ভালো লাগছে গল্পটা। পাঙ্গালি কি আর চুপ থাকে, সেও বলে হ্যাঁগো বৌদি একেবারে সিনেমার মতো।

26

ষড়বিংশ পর্ব

সকাল সকাল তোর আবার কি হলো পাঙ্গালি, এত রাগ কিসের ?
আরে দেখো না, মা বলল একটু তাড়াতাড়ি সবজি কিছু এনে দে রান্না করে বেরোবে। যখন বাজারে গেছি তখন সবজি সাজিয়েও বসেনি ঠিক করে। আর এই যে আমরা যত কাজের মেয়েরা জানো একটু সকাল সকালেই বাজারে যাই বাজারটাও খালি থাকে আর আমাদের সময়ও নষ্ট হয় না। আর ওই বুড়ো গুলোর কি সাতসকালেই সময় হয় বাজারে যাওয়ার ! সকালবেলা পায়খানা বাথরুম করতে করতে কাশতে কাশতেও বাজারে আসার কি করে সময় হয়ে যায় বুঝিনা। ওদের তো এমনিই সময় লাগার কথা অথচ দেখো ছুঁক ছুঁক করার বাতিকে সাত সকালে বাজারে গিয়ে হাজির হয়। নুপুর, রাখি, চুমকি সবারই তো একই কথা, আমি কি একা বলছি। বাজারে যাবে গিয়ে দাঁড়িয়ে থাকবে আর আমরা গেলেই নাটক শুরু করবে।
"ও রাখী আলু টা একটু বেছে দে তো, এই পাঙ্গালি ভালো দেখে দুটো লঙ্কা বেছে দে তো।"
নিজের বাজার নিজে নিয়ে নে না বাবা, না আমাকে বেছে দিতে হবে, একে আমার সময় থাকেনা তাড়াহুড়ো করে চারটে জিনিস নিয়ে চলে আসি একটু রান্না করবো ঘরে এসে, না তার উপায় নেই আর কেনো জানো এসব করে, ইচ্ছে করে এ সব করে জানো না, সব বদমাইসি। বড় বড় একটা একটা সিংহের মত চেহারা নিয়ে ছুঁচোর মতো চুকচুক করে।

তা একটু আলু একটু লংকা বেছে দিলে তোদের কি এমন হলো এমন কি সময় লাগবে ?

কি হলো তা যদি বুঝতে, তুমি এখনও ছেলেমানুষ বৌদি, কিচ্ছু জানোনা। আরে আমরা সব নিচু হয়ে ওর আলু-পটল বাছবো আর ও ড্যাব ড্যাব করে তাকিয়ে থাকবে আমাদের নীচু হওয়া শরীরটার দিকে আর মন ভরে বাজার করবে।
দেবলী0না হো হো করে হেসে নিলো খানিক।

সকাল সকাল কথা গুলো কানে যেতে সুলেখা আবার বকে উঠলো ,
পাঞ্চালি তোকে না বারণ করেছি ।
পাঞ্চালি কাকুর দিকে তাকিয়ে জিভ বার করে ফেলেছে ।
রণজয় চাপা হাসি নিয়েও গম্ভীর মুখে বললেন ওর কি দোষ , টাকমাথা কে টেকো বলবেনা , বুড়ো কে বুড়ো বলবে না তাহলে তো বিপদ ।

আজ দুপুরে সোনা মুগের ডাল , কুমড়ো ফুলের বড়া , শুক্তো , ইলিশ মাছের পাতুরি খেয়ে বাবা খুব আয়েস করে বসলেন দেখে দেবলীনাও বললো মা পান সাজা হলে এসো গল্প শোনাবো ।

পাঞ্চালিও তাড়াতাড়ি নিজের জায়গায় বসে পড়লো ।

বাবা শুরু করছি ,
আচ্ছা দেবী , বকুলকে নিয়ে কোথায় যাবার কথা ভাবছে হিমানী , ছোট থাকতে বাবার সঙ্গে যে আশ্রমে যেতো সেখানে ।
হ্যা ওখানেই যাবে , মা শুরু করছি ।

হিমানী দেখলো বকুল নিজেকে নিয়ে বেশ সুন্দর করে গল্প বলে যাচ্ছে কিন্তু ওর গলা কাঁপছে চোখ দিয়ে জল গড়িয়ে পড়ছে ।
হিমানী চোখ মুছিয়ে আদর করলো , কাঁদিস না তাড়াতাড়ি গল্প শেষ কর , ঘুমাতে হবে সকাল সকাল বেরোতে হবে ।

তারপর সপ্তা দুয়েক পর কৌস্তব চলে গিয়েছিল মা বাবাকে নিয়ে বেড়াতে। বাইশ দিনের ট্যুরে দক্ষিণভারত গিয়েছিল কৌস্তব । বেশ কিছুদিন কৌস্তবের ভাবনায় ডুবে ছিলাম । ওর সঙ্গে কাটানো মূহুর্ত গুলো নাড়াচাড়া করে সময় কাটছিল কিন্তু এর কয়েকটা দিন যেতেই আমার মধ্যে কিছু উপসর্গ আমাকে ক্রমশ নাড়া দিতে থাকে । নতুন ভাবনায় অস্থির হয়ে পড়ি , নিজেকে একদমই অন্যভাবে খুঁজে পাই ও বুঝতে পারি নিজের মধ্যে একটা পরিবর্তন আসছে হঠাৎ এই অবস্থা আমাকে ভাবিয়ে তোলে । ভাবনায় যতই থাকুক আচমকা এই পরিস্থিতির জন্য তৈরি ছিলাম না ।
একরকম খারাপ মনের অবস্থায় বাবার কথা মনে পড়ছিল যে আমার কাছে কোনদিনই বাবার মতো ছিলনা , যে নিজের কথা কোনদিন ভাবলো না , নিজেকে ভালো বাসলো না সে আমাকে নিয়ে কি ই বা ভাবতে পারতো । সারা জীবনই একটা কুঁড়ে মানুষ , মা মারা যেতে সরযূ পিসি আমার দ্বায়িত্ব নিতে বাবা যেন ঝাড়া হাত পা হয়ে যায় । পিসির স্বামী সন্তান নেই , আমাকে নিয়ে শশুরবাড়ীতেই থাকে । যৎসামান্য যা কিছু ছিল বিক্রি করে পিসির হাতে দিয়ে আরো দায় মুক্ত হয়ে ভবঘুরের পথে পারি দেয় ।

পিসিমণিও আট মাস হয়ে গেছে আসে না। চাকরি করার পর থেকেই বলছে "তুই বড়ো হয়ে গেছিস আর আমাকে দরকার নেই " কখন কোথায় থাকে কোনদিন কোন

ঠিকানা জানায় নি , আমিও চাইনা পিসিমণির বোঝা হয়ে থাকতে ,তারপর একদিন অলোকদাই পিসিমণির হার্ট ফেল করার খবর জানালো, তখন পিসিমনি শশুর বাড়িতেই ছিল। নিজেকে সরিয়ে নিতে অলোকদার কথাই মনে পড়ে তাই চাকরি ছেড়ে আমি চলে যাই পুরুলিয়ায় রঘুনাথপুর অলোকদার বাড়ি। ঈশ্বরই তোর সঙ্গে যোগাযোগ করিয়ে দিলো ।

এতটা গল্প বলার পর বকুল আবার কান্নায় ভেঙে পড়ে।

আবার কাঁদে দেখো আরে এভাবে কাঁদলে হবে এখন তোকে মাথা ঠান্ডা করে স্থির থাকতে হবে যত কাঁদবি ততই দুর্বল হয়ে পড়বি, নিজের ওপর আস্থা ভরসা সব খুইয়ে বসবি । নিজের উপর থেকে তোর বল ভরসাও চলে যাবে । এখন তোকে বুঝতে হবে নিজেকে সামলাতে হবে । এই সন্তানের যদি ভালো চাস , কৌস্তবের ভালোবাসার যদি চিহ্ন রাখতে চাস তাহলে সব থেকে আগে তোর ধৈর্যের প্রয়োজন । অনেক কিছুর সঙ্গে লড়ে তোকে বাঁচতে হবে সন্তানকে বাঁচাতে হবে আর তার জন্য প্রয়োজন তোকে সুস্থ থাকতে হবে। এত ভেঙে পড়লে চলবে না চুপ কর বকুল ।

হিমানী আরও বলে আচ্ছা, তুই যদি কৌস্তবের সঙ্গে দেখা করিস এবং বিয়েটা করিস তবে তোর অসুবিধাটা কোথায় ?

অসুবিধা, অসুবিধা আছে আমি আমার সন্তানকে যদি জন্ম দিই তাহলে সন্তান বাঁচবে কি বাঁচবে না সে আমি জানিনা তবে আমি থাকবো না এটা নিশ্চিত । আমার বিশ্বাস এবং এটাই আমাদের বংশ পরিচয় আমাদের বংশের অবশ্যম্ভাবী অপ্রিয় সত্য কাহিনী ।

মানে কি ? আবোল তাবোল সব বলে যাচ্ছিস । তুই যা বলছিস ভেবে চিন্তে বলছিস ! যত্তসব মনগড়া আজগুবী কথা । যা বলবি আমাকে মেনে নিতে হবে হ্যাঁ তোর মতো মেয়ে এরকম ফালতু কথায় বিশ্বাস করে এতোবড় ঝুঁকি নেবে আমি ভাবতেও পারি না ।

আসলে কি জানিস হিমানী , আমার দিদিমার থেকে তার দিদিমা পর্যন্ত এ ঘটনাগুলো ঘটে এসেছে আর আমার বিশ্বাস এর পরিবর্তন হতে পারে না।

আরে ঘটনাতো বলবি কি ঘটনা ?

আসলে আমার দিদিমা ও তার দিদিমা যতদুর শুনে এসেছি প্রত্যেকেই সন্তান জন্ম দেওয়ার পর আর বাঁচে নি । আমার মাকে জন্ম দিয়ে দিদিমা বাঁচেনি আর আমাকে জন্ম দিয়ে আমার মা বাঁচেনি আর এটাই হয়ে এসেছে আবারও হবে। তাই আমি চাইনা কৌস্তবের জীবনে আমাকে নিয়ে কোনো বিপর্যয় ঘটে। তোর কাছে আমি আশ্রয় চাই এই কারণে আমার যদি সন্তান বাঁচে তাহলে এ সন্তান তোর । তুই যদি ওকে ওর বাবার কাছে পৌছে দিতে পারিস তাহলে হয়তো ও রক্ষা পাবে কিন্তু মাকে ও পাবে না আর আমার কাছে সন্তানের বাবার থেকে মায়ের প্রয়োজন বেশি মনে হয় । আমার সন্তান যদি বাঁচে সে সন্তানের মা একমাত্র তুই । ওকে কোনদিন আমার কথা জানাতে হবেনা । আমার মনে হয় না তার কোনো প্রয়োজন আছে । আমি এখনই আমার এই চূড়ান্ত কথাটা বলে

দিলাম এর নড়চড় হবে না।
এখন তুই যা ভাল বুঝিস কর তবে আমি সন্তান নষ্ট করব না কখনই না। হ্যাঁ জন্ম দিতে গিয়ে যদি আমার সন্তান না থাকে তাহলে আমার কপাল আর সন্তান থাকলেও আমার কপাল কিন্তু নষ্ট করতে যাব না। কৌস্তবের কোন দোষ নেই, সন্তান থাকবে এটা আমাদের ভালবাসার চিহ্ন হয়ে থাকবে।

হিমানী স্তম্ভিত বিহ্বল নির্বাক দৃষ্টিতে চেয়ে আছে বকুলের দিকে, এর উত্তর কি দেবে !
নিজের জীবনটা নিয়ে যেন খেলতে বসেছে। ওর বিশ্বাস ও বাঁচবে না তবুও সন্তানকে ও জন্ম দিতে চায়। কতটা ভালোবাসার গভীরতা থাকলে এতটা ত্যাগ স্বীকার করা যায়! হিমানী আর নিজেকে সংযত রাখতে পারে না, বকুল বলে কাঁদতে কাঁদতে জড়িয়ে ধরে।

সুলেখা চোখ মুছতে মুছতে বললো উফঃ কাঁদিয়ে দিলি।

27

সপ্তবিংশতম পর্ব

দেবলীনা দেখলো আজ শশুরমশাই বাজার থেকে আবার গাজর, ক্যাপসিকাম, ব্রকোলি নিয়ে আসে হাজির করেছেন, এর আগেও এনেছিলেন । দেবলীনা ওগুলো দিয়ে পনির দিয়ে মিক্স ভেজ বানাবে বলে বলেছিল অথচ সুলেখা তাকে ফুলকপি ছিল না বলে ব্রকোলি দিয়ে আলু দিয়ে মাছের ঝোল বানিয়ে দিয়েছে আর ক্যাপসিকাম চচ্চড়িতে দিয়ে দিয়েছে তাই না দেখে রণজয় রেগে আগুন ।

রাগ সামলাতে শেষে দেবলীনা বললো বাবা একদিন না হয় অন্য কিছু খেলেন, বাজার থেকে তো উধাও হয়ে যাবে না আবার আনবেন, অন্যদিন বানাবো আর এমনিও আপনি পনির আনতে ভুলে গেছেন তাহলে আজকে হচ্ছে না ওটা । আর বাকিগুলো তো আছেই শুধু ব্রকোলিটা খাওয়া হয়ে গেছে আবার না হয় নিয়ে আসবেন তাহলেই হয়ে যাবে । বলে কোন সুবিধা হলো না শুধু অশান্তি টাই হল ।

রেগেমেগে রনজয় বললেন সাতজন্মে এসব সবজি চোখে দেখেছে , নিজে নিজে বাজার করত আর বেগুন, সজনে ডাঁটা , বাঁধাকপি, ফুলকপি, কুমড়া শাক, লাউ শাক এনে হাজির করত । ট্রেন চালিয়ে সারারাত দুদিন ধরে বাইরে থেকে বাড়িতে এসে কার কুমড়ো শাক লাউ শাক খেতে ভালো লাগে সে আর কে বলবে ! তার এই সব গরু ছাগলের মতো ঘাস পাতা না চিবলে তার নাকি পেটে সব জমে যায় বেরোতেই চায়না । বুঝলে বৌমা তোমার শ্বাশুড়ীর সব নতুন নতুন যন্ত্র দিয়ে শরীরটা তৈরি ।

সুলেখা কম যায় কিসে বলে , হ্যাঁ তো আমার শরীরে নতুন নতুন যন্ত্র , ওর শরীরে যন্ত্র দিতেই ভুলে গেছে তাই সব সময় দরজা খোলাই থাকে । কেউ ই আর এগোলো না , দেবলীনা প্রমাদ গোনা বন্ধ করলো যাক এ যাত্রায় থামলো ।

আজ দেবলীনার মনটা ভালো নেই, কাহিনীর যে অংশে পৌঁছেছে সেখানে বকুলের কথা লিখতে গিয়েও মনটা সত্যি ভারী হয়ে উঠেছে তাই আজ গল্প পড়তে বসে ওকে গম্ভীর দেখে সুলেখা বলল কিরে আজকে কি পড়তে ইচ্ছা করছে না ।

না তেমন কিছু নয় আসলে গল্পটা এমন ভাবে এগোচ্ছে আর তার জন্য যেমন লিখতে হয়েছে যে মনটা ভারী হয়ে গেছে ।

হ্যাঁ তা যা বলেছিস , কি যে সব লিখেছিস , বকুল কে নিয়ে সত্যিই মনের মধ্যে কিছু চলছে সেটা আমিও বুঝতে পারছি

ঠিক আছে পড়ছি ----শোনো ।

সকাল হতেই বকুল কে নিয়ে হিমানী বেরিয়ে পড়ল আশ্রম সঙ্গমের পথে। কলকাতা থেকে ট্রেন ধরে ঝাড়গ্রাম স্টেশন, ঝাড়গ্রাম শহর থেকে অনেকটা এগিয়ে বাংলা বিহার উড়িষ্যার সংযোগস্থলে হাতিবাড়ি। চার পাশের পরিবেশ শাল-পিয়ালে সেগুনের ঘেরা পাহাড় আর পাহাড় মাঝে আরণ্যক পরিবেশ সব কিছু দেখতে দেখতে বকুল অনেকটাই ধাতস্থ হয়েছে

একদিকে এঁকেবেঁকে চলা সুবর্ণরেখার কুলকুল শব্দে মিশে যাওয়া ঝিল্লি পাখিরালয়ের পরিযায়ী পাখির কোলাহল , অন্যদিকে জঙ্গলে ঘেরা তপোবন আর পাহাড় আর পাহাড়ের মাঝে আরণ্যক পরিবেশ সব কিছুর ছোঁয়ায় ভালোবাসায় আন্তরিকতায় সঙ্গম নিজেকে মেলে ধরেছে । শাল-পিয়ালে, সেগুনে, আকাশমনি ইউক্যালিপটাসের কোনায় কোনায় চেনা-অচেনা পাকপাখালি আর কলকাকলি পরিবেশ কে আরো মনোরম করে তুলেছে ।

সঙ্গম আশ্রমে পা রেখে হিমানীর মনে পড়ে যাচ্ছে বেশ কয়েক বছর আগের কথা যেখানে ও খুঁজে পেয়েছিল নিজের ভাবনার সঙ্গে মিশে যাওয়া আর একটা জগৎ ।
ভেতরে প্রবেশ করেই দেখা হলো নাইডু আঙ্কেলের সঙ্গে । বাপ্পাজির কথা জিজ্ঞেস করতে বললেন সুব্রামানিয়াম স্বামী আজ আশ্রমে আছেন , প্রার্থনা সভায় এতক্ষণ ছিলেন । অসুবিধে হলো না ভিতরে ঢুকেই দেখা পাওয়া গেল , সর্বমঙ্গলাদিকে কিছু বলছিলেন । হিমানী কে দেখে এগিয়ে এলেন ।

আরে আমার গুড়িয়া বেটিকে কে মনে করিয়ে দিল ।

না আঙ্কেল সব সময় মনে আসে , চাকরি করি , বাড়ির বাইরে থাকি তাই আর আসা হয়না । তারপর বকুলকে নিয়ে কথা বলার আছে বলতে স্বামীজী সর্বমঙ্গলা আন্টিকে বললেন বকুলকে নিয়ে আশ্রমটা ঘুরে এসো ।

বকুলের ব্যাপারে সমস্ত কথা বাপ্পাজিকে জানালো হিমানী এবং ওর নিরাপত্তার দরকার, যত্নের প্রয়োজন।

ওর এখানে থাকার বা যত্নের কোনো অসুবিধা হবেনা । ঈশ্বরে সেবার ব্রত নিয়েছি, কেউ খালি হাতে যাবে না । বকুলের জন্য এখানে সবাই আছে , গুড়িয়া তুমি চিন্তা কোরো না ।

স্বামীজী কে প্রণাম করলো ততোক্ষণে বকুল এসে গেছে, সেও প্রণাম করলো, বাপ্পাজি দুজনকেই আশীর্বাদ করলেন "গড ব্লেস ইউ মাই চাইল্ড"

সর্বমঙ্গলা আন্টি বকুলকে একটা ঘরে নিয়ে গেল, হিমানীকেও দেখতে হবে জায়গাটা তাই সঙ্গে গেল।

মোটামুটি একজন থাকার জন্য যথেষ্ট, একটা খাট, চেয়ার,টেবিল, আলনা ছোট দেওয়াল আলমারি ছিমছাম সুন্দর ব্যবস্থা।

সর্বমঙ্গলা আন্টি একটা মেয়েকে নিয়ে এসে বকুলকে বলল, ওর নাম কুসুম, ও তোমার কাছে সব সময় থাকবে, যা কিছু প্রয়োজন ওকে বলবে, আমরা সবাই আছি তোমার সঙ্গে কিন্তু আমরা তো নানান কাজে থাকি, ডাকলে শুনতে পাবো না তাই ওকে তোমার কাছে রাখা, বকুলের সঙ্গে যা কিছু ছিল, কুসুম তাড়াতাড়ি সব জায়গা মতো গুছিয়ে দিলো।

হিমানী কিছুক্ষণ থেকে ফিরতে হবে বলে উঠে পড়ল। বকুল এতোক্ষণ কোন কথা বলে নি। হিমানী উঠে দাঁড়াতেই কাঁদতে কাঁদতে জড়িয়ে ধরলো।

আবার কাঁদে দেখো, এভাবে কাঁদিস না আমার কষ্ট হচ্ছে। এখানে থাকতে থাকতে দেখবি সবাই আপন হয়ে গেছে। আমার কাছে থাকলে এত যত্ন পাবিনা যেটা তুই এখানে পাবি। তোর এখন ভীষণভাবে যত্ন দরকার আমি একা কতটা তোকে করতে পারব বল? এখানে সবাই আছে, কারো কেউ নেই কিন্তু সবাই সবার আপন। কয়েকটা দিন যাক দেখবি ভীষণ ভালো লাগবে। এখানে আমি যদি থাকতে পারতাম থাকতাম খুব ভালো হতো কিন্তু সেটা তো সম্ভব নয়। আমি কিছুদিন পরপরই আসবো তুই ভাবিস না। দেখবি এখানে থাকতে থাকতে এটা এমন জায়গা তোর ছেড়ে যেতে ইচ্ছেই করবে না। আমি এখানে সব সময় আসতাম কয়েক বছর হল আসিনা। আমি ভীষণ ভালো থাকতাম এখানে যখনই আসতাম। তোর কিছু অসুবিধা হবে না, আর ঘরের মধ্যে বসে থাকবিনা। বাইরেটা দেখলি তো কি সুন্দর আর এখানে অনেক লোকজন অনেক বাচ্চা বাচ্চা ছোট ছোট ছেলেমেয়েরা আছে তাদের সঙ্গেও তোর ভাল লাগবে। দেখবি কয়েকটা দিন যাক যা বললাম মেনে নিবি তখন দেখিস। ঠিক আছে একদম কাঁদিস না এইতো কুসুম আছে তো তোর সঙ্গে।

হ্যাঁ দিদি কিছু ভেবো না আমি আছি তো, আর তুমি জানো না এখানে কত সুন্দর সব ব্যবস্থা, আমিও যখন এসেছিলাম আমারও খুব কষ্ট হচ্ছিল কিন্তু এখন খুব ভালো লাগে। আর জানো এই যে সর্বমঙ্গলা মাসি এরকম আরো অনেকগুলো মাসি আছে দিদি আছে। সীমন্তিনী, শ্রাবণী, শকুন্তলা এরা সবাই আন্টি আর দিদি গুলোও খুব ভালো। মহুয়া, লারা, ঋতু, ইরা, শুভ্রা, মালিনী এই দিদি গুলো দেখবে যখন কথা বলবে তোমার কাছে নতুন বলে মনেই হবেনা।

অনেক বুঝিয়ে শান্ত করে হিমানী ফিরে এলো। কিন্তু বকুলকে শান্ত করলেই কি হিমানীর মন শান্ত হবে ওকে রেখে এসে মনটা সত্যি ভারী হয়ে আছে ওর সঙ্গে দেখা

হওয়ার পর থেকে যা যা শুনে এসেছে এখন হুরমুড়িয়ে সব একসঙ্গে মাথার মধ্যে ভিড় করে এসেছে বকুলের বলা কথাগুলো হিমানী কে সত্যিই ভাবিয়ে তুলেছে ওর কথাগুলো যদি সত্যি হয় তাহলে তো বেশিদিন হবেনা যার মধ্যে একটা ভয়াবহ ঘটনা ঘটবে হিমানী সেসব দিনের কথা এখন কিছুতেই ভাবতে পারছে না ভীষণ কষ্ট হচ্ছে বকুল কেন বললো এসব কথা, ওতো না বললেই পারতো ! যা হতো দেখা যেতো কিন্তু ও এখন থেকে যদি এরকম ধারনা নিয়ে বসে থাকে তাহলে ওর শরীর কিভাবে সুস্থ থাকবে !একটা সন্তান পৃথিবীতে আসছে তার জন্য তো ওকে ভীষণ ভাবে খুশি থাকতে হবে ভালো থাকতে হবে হিমানী কিছুতেই ভাবতে পারছে না, কি ভয়ানক সব কথা বকুল বলেছে। হিমানীর মনটা ভীষণভাবে ভেঙেচুরে যেন খানখান হয়ে যাচ্ছে। মনটা ভালো নেই বকুলের চিন্তাতে অনেকটা রাত ঘুমালো না কখন ঘুমিয়েছে খেয়ালও নেই। অনেক রাত পর্যন্ত জেগে ছিল সেটা খেয়াল আছে ।

সকালে উঠে লেটার বক্স দেখতে গিয়ে দেবলীনা চিঠিটা পেয়ে বেশ উৎফুল্ল হয়ে উঠলো। বকুলের মুখটা মনে পড়তেই সকালের চিঠিটা আর বকুলের মুখটা হিমানীর মনটা ভালো করে দিলো। মনটা চাইছে ইচ্ছে ছুটে গিয়ে মায়ের গলাটা জড়িয়ে ধরে একটা চুমু খাবে। কিন্তু সেটা এখন আর সম্ভব না মায়ের থেকে অনেক দূরে আছে হিমানী ।যাক এতদিনে তবে বিড়ালের ভাগ্যে শিকে ছিঁড়েছে। প্রতিদিন জব সাইট গুলো ঘেটে ঘেটে ব্যাংকের চাকরি গুলো খুঁজে বার করত, তাতে যেমন বিরক্ত হতো তেমনি ক্লান্ত ও হতাশ হয়েছে ।আর এই বেসরকারি স্কুলের সামান্য যে কটা টাকা মায়না হিসেবে পাওয়া যেত তার সবটাই চলে যেত ওই অ্যাপ্লিকেশনের খরচ বাবদ। পড়াশোনার জীবনে থেকে তো কমার্স নিয়ে পড়েছিল কারণ তখন থেকেই লক্ষ্য ছিল ফিনান্সিয়াল সেক্টরে কোন চাকরি করা।তার ওপরে সেটা যদি ব্যাংকে চাকরি হয় তাহলে তো কোন কথাই নেই। এতগুলো বছর স্কুলের চাকরিটা কে টেনে যেতে হয়েছে ।বেসরকারি স্কুল সামান্য মায়না। অন্যান্য কলিগ রা টিউশনি করে উপার্জন করে মোটা টাকা। কিন্তু দেবলীনার লক্ষ যেহেতু অন্য, তাই ঘরে ফিরেই ও বইপত্র নিয়ে বসে পরে। আর সপ্তাহান্তে চাকরির ট্রেনিং স্কুল। এই ভাবেই কেটে গেল কটা বছর ।

বাব্বা কি সব লিখছিস , এরকম তো জম্মে শুনিনি ।হ্যাগো কাকিমা হয় , ওই যে পুকুরের পিছনে একটা বাড়িতে কাজ করতাম , ছেড়ে দিয়েছি ওই বাড়ির কাকিমার ভাই একটা বাচ্চা নিলো অনাথ আশ্রম থেকে । কাকিমা বলেছিল ওর ভাইয়ের শাশুড়ি তার মা তার মায়েরও নাকি ওই রকম ঘটনা , তাই ভাই চায় না ওরকম ঘটনা হোক , ভালোবেসে বিয়ে করেছে তো তাই বলেছে এরকম ঘটনা হওয়ার থেকে অনেক বাচ্চার মা বাবা নেই , সেরকম একটা বাচ্চার মা বাবা হতে পারলে আরও বেশি ভালো লাগবে ।

28
অষ্টবিংশতি পর্ব

দেবোপম দার আসার কথা ছিল তাই মা কাল থেকে খুব খুশি খুশি ছিল, সকাল হতে না হতেই বাবা বড়োসড়ো ফর্দ নিয়ে বাজারে চলে গেল। রনিতও বেশ খুশি কারণ কাল দেবোপমদা ফোন করে বলেছিল মাসীমণিও আসছে। রনিত বেশ খুশি খুশি মনে বললো যাক অনেকদিন পর মাসীমণি কে দেখব। আসলে আমাদেরই যাওয়া উচিত ছিল, যাওয়া হয়ে উঠছে না। মাসিমণির বাড়িতে এতো ভালো লাগতো কোথা দিয়ে যে সময় গুলো কেটে যেত বুঝতেই পারতাম না।

জলখাবার তৈরি হতে না হতেই মাসীমণি ঢুকলো। বাড়িতে যেন চাঁদের হাট বসে গেল।

কিরে রনি মাসীমণি কে তো ভুলেই গেছিস আমাকে মনে করাতে আসতে হলো তাই না। এখন তোরা সব এমন এক একটা বড় হয়ে গেছিস না, যে তোদের কিছু বলতে গেলে দশবার ভাবতে হয়। যাই বলব যেন আমরা ভুল বলছি তোরাই ঠিক। ভাবলাম নতুন বউকে নিয়ে আমার বাড়ি যাবি, না সেতো আর তোদের সময়ই হয়না, তুই বল আমার কি উচিত হয়েছে আসা। নেহাত দেবু বেরিয়ে এলে আমি পুরো একা হয়ে যাই তাই রাজি হয়েছি। তার জন্য ভাবিস না তোদের যাওয়াটা হয়ে গেল। সেদিকে কিন্তু আমি তোদের ক্ষমা করব না।

আরে না না তুমি এরকম বলছো কেনো, আমরা যাবো দাড়াও একটু সময় করতে দাও। তুমি এসেছ ভীষণ ভালো লাগছে আর আমাদের যাওয়ার সঙ্গে তোমার না আসার কি কারন থাকতে পারে বলো। আমরা আমাদের মতো যাবো সেটা তো আমাদের দায়িত্বের মধ্যে পড়ে তাই না। আমরা যেতে পারিনি বলে তুমি আসবে না সেটা হলে খুবই খারাপ লাগতো। কিন্তু তুমি এসেছো সেটা আমার খুবই ভালো লাগছে। রাগ করছ কেন মাসিমণি ? রনি মাসীকে জড়িয়ে ধরল, বুড়ো হয়ে গেলে কি এরকম রাগ করতে হয়! এখনো তুমি সেরকম বুড়ো হওনি যে কচি বাচ্চার মতো রাগ করবে।

মাসিমণি কখনোই বুড়ো হবে না , হতে পারে তবে সেটা বুড়ি ।
দেবলীনার কথায় এবার একসঙ্গে সবাই হেসে উঠল ।

দেবী তোমার গল্প কদ্দুর এবার তো আমাদেরও শোনাতে হবে
হ্যাঁ দাদাভাই অনেকটা এগিয়েছে তবে তোমার ওখানে যাওয়ার ফাংশন কবে যেখানে আমাদের যেতে বলছ ।

আগামী কাল

ও কালকে আচ্ছা সবাই মিলে যাব খুব মজা হবে ।

দুপুরে জম্পেশ খাওয়া দাওয়ার পর দুই মাসির মাঝে শুয়ে শুয়ে পাঞ্চালি গল্প শুনছিলো , চারটে বাজতেই সবাইকে জোর করে উঠিয়ে বাইরের ঘরে নিয়ে এলো,
চিৎকার করে বলে উঠলো , বৌদি সবাই এসে গেছে , গল্পের খাতা নিয়ে চলে এসো ।

দেবলীনা রাতে কিছুটা লিখেছিল , দুপুরে বসে আর একটু লেখার চেষ্টা করছিল । পাঞ্চালির ডাকে আর হলো না ।

ঠিক আছে শুরু করছি , সবাই শোনো ।

কিন্তু চতুষ্পার্শ্বে ঘটে যাওয়া কিছু ঘটনা গুলোর জন্য এই ব্যাংকটাকেই ও ফাস্ট অ্যান্ড লাস্ট টার্গেট করে ফেলেছিল। যে করে হোক এই ব্যাংকে ওকে চাকরিটা জোগাড় করতেই হবে। তার জন্য দিনরাত এক করে পড়াশুনো ইনফরমেশন জোগাড় করা এপ্লিকেশন করা ছোটাছুটি এমনকি কিছু পরীক্ষা তো দিল্লি, মুম্বাই, হায়দ্রাবাদ পর্যন্ত গিয়েও দিয়ে এসেছে। যে করে হোক এই ব্যাংকে, যাহোক একটা চাকরি জোগাড় করতেই হবে। তার জন্য যথাসম্ভব বেশি বেশি অ্যাপ্লিকেশন করেছে। এই দিকে সময় চলে যাচ্ছে তাই বারবার উতলা হয়ে উঠছে। কতবার রিটেনে পাস করে তারপরেও, পরের ধাপে গিয়ে আটকে গেছে। আজকের চিঠিটাতে চোখ রেখে তাই উচ্ছ্বাসে উদ্বেল হয়ে উঠলো।

দশ তারিখ এই জয়েন করতে হবে গড়িয়া ব্রাঞ্চে। একবার জয়েন করতে পারলে তারপর নিজের মনের মতো জায়গায় ট্রান্সফার হওয়ার জন্য এপ্লাই করে রাখতে পারবে। অলোকদা কে বহুবার রিকুয়েস্ট করেছিল কোন ভাবে কিছু করা যায় কিনা অলোকদা বলেই রেখেছিল যে যতক্ষন অ্যাপোয়েন্টমেন্ট না পাচ্ছো ততোক্ষণ আমার করার কিছুই নেই। তাই আজকে অ্যাপয়নমেন্টটা পেয়েই তাই সবার আগে অলোক দা কে ফোন করে জানালো যে চাকরিটা বন্দোবস্ত হয়ে গেছে। কিন্তু এইবার ট্রান্সফারটা তোমার দায়। অলোকদা খুব স্পষ্ট করেই জানালো অন্তত ছয় মাস থেকে এক বছর ট্রান্সফার হওয়ার তেমন কোনো সম্ভাবনা নেই, কিন্তু এই সময়টা কাটিয়ে দিতে পারলে তারপরে কোথায় যেতে চাইবে সেটা বন্দোবস্ত করে দিতে পারবে। যাইহোক এখন ন্যূনতম ছমাসের অপেক্ষা। তিন মাস ট্রেনিং এর পরে আরো তিনটে মাস কেটে গেলে তবেই কিছু করা যেতে পারে , সেটুকু তো অপেক্ষা করতেই হবে । মোটামুটি চাকরিতে

সরগর হতেও তো মাস ছয়েক লাগেই, ততোদিন ঘন্টাদেড়েক ঠেঙিয়ে যাওয়া আসা করতে হবে।

অলোক দা কথায় কথায় সরযূ পিসির কথা জানতে চাইলে কোনরকমে সবটা ছোট করে বললো
বকুলের কাছে হিমানীও সেরকমই শুনেছে কিন্তু হিমানী সবটাই এড়িয়ে যেতে বাধ্য হল কারণ বকুলের ব্যাপারে কোন কিছু জানাতে নিষেধ করেছে তাই হিমানী সাহস করলো না শুধু বলল চাকরি পাওয়ার পর থেকে একদমই যোগাযোগ নেই।

চাকরিতে জয়েন করে তিনটে মাস দেখতে দেখতে কেটে গেল এরমধ্যে বার দুয়েক গিয়েছিল সঙ্গম আশ্রমে বকুলের কাছে স্বামীজীর কাছে অনুমতি নিয়ে বকুলের সঙ্গে একটা দিন কাটিয়ে এসেছে। ওকে অনেকটাই স্বাভাবিক লাগছে চেহারাতেও নতুনের আবির্ভাব জানান দিচ্ছে।পুরোনো কথা বলে আর নতুন করে ভাবতে দেখিনি বকুলকে যেন মনকে ও বুঝিয়ে সুজিয়ে নিজেকে ঠিক করে নিয়েছে, যা হবার তা হবে এমনই একটা ভাবমূর্তি দেখেছে বকুলের মধ্যে

। হিমানীও ইচ্ছে করেই অনেক কিছু এড়িয়ে গেছে, যতটা পেরেছে ওকে সঙ্গ দিয়ে ভালো রাখতে চেষ্টা করেছে, চলে আসার সময় সেই একই ভাবে কান্না ভেজা স্বরে একটু আবেগী হয়ে উঠেছিল হিমানী বুঝিয়েছে অতটাও কষ্ট হয়নি। আশ্রমের সঙ্গে অনেকটাই নিজেকে মানিয়ে নিয়েছে, সকলের সঙ্গে ভালো সম্পর্ক বন্ধুত্ব করে নিয়েছে অনেকটাই স্বাভাবিক ভাবে থাকছে। কুসুমের কাছ থেকে জেনেছে খাওয়া-দাওয়া ঠিক মতো করছে কিনা। বকুলের কাছ থেকে শুনেছে মাঝে মাঝেই বাপ্পাজি এসে খোঁজখবর নিয়ে যান, ভালোবেসে আশীর্বাদ করেন, ভালোভাবে শান্ত হয়ে থাকতে বলেন, ঈশ্বরের উপর ভরসা রাখতে বলেন।

বকুল কে নিয়ে প্রথম যেদিন আশ্রমে গিয়েছিল স্বামীজি বাবার কথা জিজ্ঞেস করেছিলেন "কেমন আছে।" হিমানী বলেছিল "ভালো আছে" কিন্তু অনেক দিন বাড়ি যাওয়া হয় না তাই জবাবটা ঠিক মনের মত দেওয়া হয়নি। স্বামীজী তাইএকটু অন্য রকম ভাবে তাকিয়ে ছিলেন। জবাব শুনে মনের মধ্যে হয়তো ভেবেছিলেন কিছু বাকি রয়ে গেল। হিমানী তাই বাড়িতে যাওয়ার জন্য ঠিক করলো, ভাবল হয়তো মা-বাবা তাকে কিছু লুকোচ্ছে।এমনিতেও নতুন চাকরি পাওয়ার পরে বাড়ি যাওয়া হয়নি আর খবরটা ফোন করে জানানোর ইচ্ছে হয়নি তাই বাড়ি চলে গেল। চাকরি পাওয়ার কথা শুনে খুবই খুশি বাবা মা তবে বাবার শরীরটা দেখে হিমানীর ভালো লাগলো না আর এও জানলো আশ্রমএ বাবা বহুদিন যায় না। স্বামীজি হয়তো সে জন্যেই প্রশ্ন করেছিলেন। ভেতরে ভেতরে বাবার শরীরটা বোধহয় ভেঙে পড়ছে, আশ্রম এ যাওয়ার উৎসাহ বোধ হয় হারিয়ে ফেলছে। হিমানী তাই বলল, " আমার সঙ্গে যাবে আশ্রম এ ভালো লাগবে "এ সপ্তাহে তাই বাবাকে নিয়ে আশ্রমে চলে গিয়েছিল। বকুলের কাছে হিমানী গিয়েছিল, অনেকটা সময় কাটিয়েছে। বাবা তো বহু পরিচিত আশ্রমে তাই সেরকমভাবে বকুলকে

নিয়ে কোনো সমস্যা হয়নি। বাবা বাবার মতোই আশ্রমে সময় কাটিয়েছে ফেরার সময় বাবা বাড়ি চলে গেছে এখন অনেকটাই বাবাকে সুস্থ লাগছে। হিমানীও নিজের জায়গায় ফিরে এসেছে।

দেবোপমদা আর মাসিমণিও গল্প শুনেছে। অবশ্য গল্প পড়া শুরু করার আগে ছোট করে গল্পটা বলে দিয়েছিল দেবলীনা।

মাসিমনি হৈহৈ করে বলে উঠলো এতো মারাত্মক গল্প লেখা হচ্ছে।

দাদাভাই শুধু বললো এবারে হয়তো হবে না, পরের বারে এসে পান্ডুলিপি টা নিয়ে যাবো।

29

উনত্রিংশ পর্ব

- মাসিমণি আজ সকালে জলখাবার বানাতে রান্নাঘরে ঢুকে পড়েছে। লুচির সঙ্গে গুঁড়ি আলুর চচ্চড়ি আর ছোলার ডাল।

- মাসিমণি ছোলার বানাতে বানাতে বললো দেবী কাল রাতে চিকেন পাস্তা ভীষণ ভালো হয়েছিল , তোর মেসো খায়না বলে আমাদের খাওয়াই হয় না । আগে সবাই বাড়িতে ছিল তখন সবই খাওয়া হতো।

- কথাটা বলে মাসিমণি কেমন চুপ হয়ে গেল । দেবলীনা বুঝলো বিদেশ নিবাসী বড়ো দুই ছেলের কথা মনে করতেই মনটা ভারী হয়ে গেছে।

- মাসিমণিকে জড়িয়ে ধরে বললো , আমরা সবাই আছি মাসিমণি , দাদাভাই আমরা সবাই বেড়াতে যাবো কত আনন্দ করবো দেখো ভীষণ ভালো লাগবে।

- গালে গাল ঠেকিয়ে ,
তোর মতো মেয়ে আছে যার তার ভাবনা কি।

- মা ঠাকুর ঘরে ছিল , ওখান থেকেই বললো আজ রান্না খাওয়া তাড়াতাড়ি করতে হবে , বিকেলের আগেই তো দেবোপমের ফাংশনের ওখানে যেতে হবে।

- তোমরা গাড়ি নিয়ে চলে যেও , আমি ঘরেই থাকবো।

- পাঞ্চালি রণজয়ের না যাবার কারণ টা বুঝে নিয়ে বললো ,
- কাকু তুমি গেলে গাড়িতে হবেনা তাই যাবে না বললে তো ?
- আমি তো যাবো না , বিকেলে আমার বিয়ে বাড়ি আছে আমি তাই যাবো না।

- এবার আর রণজয়ের আপত্তি করার কোন কারণ বা অজুহাত রইলো না।

- রনিত অফিস থেকে আসলেই সবাই বেরোবে , দুপুরে খাওয়ার পর একসঙ্গে বসে সবাই কথা বলছে , দেবলীনা খাতা নিয়ে এসে বললো গল্পটা এখনই শুনে নাও।

নতুন অফিসে ট্রেনিংএর ব্যস্ততা নতুন কাজ সবকিছু নিয়ে এতটাই ব্যতিব্যস্ত হয়ে পড়েছিল যে টানা চার মাস সময় করে উঠতে পারেনি হিমানী। বকুলের কাছে যাওয়া

হয়নি মনটা তার জন্য ভীষণ খারাপ হয়ে আছে। যতদিন যাচ্ছে ততই যেন অস্থির হচ্ছে মনে মনে হিমানী। মনে মনে নিজেকে প্রবোধ দেয়, কিচ্ছু হবে না যা হবে সব ভালো হবে কিন্তু আবারও বকুলের সেই বলা কথাগুলো বারবার সামনে আসে আর দু চোখ জলে ভরে ওঠে। মাঝে মাঝে খবর নিয়েছে আশ্রমে বকুল কেমন আছে, সব ঠিক-ঠাক কিনা। না এবারে তো যেতেই হবে বকুল হয়তো কষ্ট পাচ্ছে হিমানী যাচ্ছে না বলে। তাই সামনের সপ্তাহে ঠিক করল বকুলের কাছ থেকে ঘুরে আসবে।

সকাল সকাল বেরিয়ে পড়েছিল সারা রাস্তা জুড়ে সঙ্গে ছিল বকুলের ভাবনা, কি দেখব কেমন দেখব কতটা পরিবর্তন হয়েছে এমনি সব চিন্তা নিয়ে হিমানী ব্যস্ত হয়ে পড়ছে। ওর এখন যে অবস্থা চলছে হিমানী বুঝতে পারলেও সেরকম কোন অভিজ্ঞতা নেই তাই সবটাই ওর কাছে স্বপ্নের মত। এতোদিন পর হিমানী কে কাছে পেয়ে বকুল জড়িয়ে ধরেই প্রথমেই কেঁদে ভাসালো। অনেক বুঝালো,

আমার নতুন চাকরি নিয়ে ভীষণ ব্যস্ত ছিলাম রে, আসতে পারিনি তারপর একটা দিন কাটালো বকুলের সঙ্গে।এখন ওর প্রায় ভরা মাস আর কিছু দিনের মধ্যেই নতুন একটা জীবনের আসার সময়।একটা নতুন প্রাণ পৃথিবীর আলো দেখবে, আমাদের সকলের আশা-আকাঙ্খার একমাত্র ফুল আমাদের কাছে ফুটে উঠবে, কুড়ি থেকে সম্পূর্ণ একটা ফুল ভীষণ আনন্দ হচ্ছে। বকুল হ্যাঁ বকুল কে অনেকভাবে হিমানী দেখতে থাকলো।

বকুল হেসে বলে উঠলো কী দেখছিস?

তোকে দেখছি কি সুন্দর দেখাচ্ছে তোকে যেন এক পৃথিবীর আলোক ধরে বসে আছিস এই শরীরে। তুই জানিস না কত আনন্দের কত ভাবনার ফসল নিয়ে তুই ঘুরে বেড়াচ্ছিস এতোদিন। আর চিন্তা নেই বকুল সে সময়টা এসেই যাচ্ছে, একদম সাবধানে থাকিস আমি সময় পেলেই চলে আসব তোর এই সুন্দর সময়টার জন্য আমি অপেক্ষা করছি আমি আছি তোর পাশে আমি ঠিক হাজির হয়ে যাবো যত ব্যস্ততাই থাকুক কিছু ভাবিস না অনেক বুঝিয়ে সুঝিয়ে সেদিন ফিরে এসেছিল হিমানী, কিন্তু আনন্দের সঙ্গেও সব ভাবনাটাই ওকে মাঝে মাঝে অস্থির করে তুলেছিল তাই মন দিয়ে অফিসের কাজ করতে লাগলো যদি একটু স্বস্তি একটু শান্তি পায়।

প্রথম দিন রাতেই অর্ধেক রাত ধরে যখন বকুল ওর গল্প বলছিল তখনই ওর কাজের জায়গা আর কৌস্তবের ছবি সবই হিমানী কে দেখিয়েছিল। হিমানী বার বার কৌস্তবের ছবিটা দেখে যেন মুখস্থ হয়ে গেছে, হয়তো যেখানে খুশি চোখে পড়লেই চিনে নিতে পারবে এই সেই কৌস্তব। ভাবনা ওর মনে একটাই যে বকুলের সন্তানকে ওর কৌস্তবের কাছে যেন পৌছে দিতে পারে। কৌস্তবের সন্তানকে কৌস্তবের হাতে তুলে দেবে, বকুল যতই বলুক ওর সন্তান ও হিমানীকে দিয়ে যাবে, হিমানী তেমন কিছুই ভাবছে না বরং ভাবছে সব ঠিক ঠাক থাকবে আর আর বকুলের সঙ্গে কৌস্তবের যোগাযোগ করিয়ে সমস্ত দিক দিয়ে ব্যাপারটাকে যেন সুষ্ঠুভাবে সমাধান করতে পারে এটাই ওর কাছে

আগামী প্রস্তুতি,একমাত্র ভাবনা হয়ে উঠলো ।সেই দিনেরই যেন অপেক্ষা করছে হিমানী যে বকুলের সন্তান পৃথিবীর আলো দেখার সঙ্গে সঙ্গে সঙ্গে যেমন করে হোক হিমানী কৌস্তবের সঙ্গে পরিচয় করে সব অজানা কথা জানিয়ে একটা বোঝাবুঝির জায়গায় পৌঁছাতে চায় । কৌস্তবকে সব অবস্থার কথা জানিয়ে সব প্রতিবন্ধকতা কে মিটিয়ে দিয়ে সমস্ত ব্যাপারটা সামলে নিয়ে একটা সুন্দর পরিস্থিতি যেন আনতে পারে এটাই হিমানীর মধ্যে একটা প্রতিজ্ঞা হয়ে দাঁড়ালো ।ধীরে ধীরে ওর মনটা সেই উদ্দেশ্য নিয়েই ভাবতে থাকলো কিভাবে কি করে সম্ভব হতে পারে সবটা সুস্থ অবস্থায় আনার জন্য কত রকম ভাবে ভাবা যায় সেই ভাবনায় পেয়ে বসল হিমানী কে আর যেন সামনে কোনো উপায় দেখছে না । শুধু মূহুর্ত, সময়, দিন ঝড়ের মতো পেরিয়ে যাচ্ছে ।

দেখতে দেখতে সময় কাটছে । আট মাসের মাথায় একটা ট্রেনিংয়ে ওকে যেতে হবে ডালহৌসি মেন ব্রাঞ্চে। সময় টা এসেই গেল । তিন দিনের ট্রেনিং। এখানে ট্রেনিংটা পড়াতে যে কৌস্তবের সাথে দেখা হয়ে যাবে সেটা ও ঠিক ভাবেনি। কৌস্তবের ছবি বকুলের দেখানোর পরে ওর ফেসবুক প্রোফাইল ঘেঁটেও হিমানী দেখেছিলো। তাই ওকে দেখামাত্র চিনতে কোন অসুবিধা হয়নি। কিন্তু সরাসরি কি করে কথা বলবে, প্রথমে সেটা বুঝে উঠতে পারেনি। কৌস্তব সিনিয়ার ওদের ট্রেনিং আলাদা ঘরে সেখানে হিমানী দের ট্রেনিং সম্পূর্ণ অন্য ঘরে। তাই ট্রেনিং চলাকালীন কোন ভাবেই পরিচয় করা সম্ভব না। সুযোগটা এসে গেল ট্রেনিংয়ের পঞ্চম দিনে। পঞ্চম দিনে ব্যাংকের যে নতুন সফটওয়্যার আপগ্রেডেশন এসেছে সেই সম্পর্কিত ট্রেনিংটা সবার একসাথে পড়েছে। হিমানী ইচ্ছা করেই রনিতের পাশের সিটে গিয়ে বসলো। কৌস্তবের দিকে তাকিয়ে বলল - এসকিউস মি। আমি সেইভাবে কম্পিউটারে সড়গড় নই । যদি মাঝেমধ্যে আপনাকে ডিস্টার্ব করি, রাগ করবেন না তো? কৌস্তব এতক্ষণ দেবলীনাকে খেয়াল করেনি। হিমানীর কথা শুনে ওর মুখের দিকে তাকিয়ে একেবারে হতবাক হয়ে গেল , বাপরে কি ভয়ঙ্কর সুন্দরী। ..... এরকম একটা মেয়ে ব্যাংকে চাকরি না করে হয়তো অভিনয় লাইনে গেলে অনেক দূর পর্যন্ত যেতে পারত। যাই হোক সে সব ভাবনাচিন্তা পাশে রেখে কৌস্তব বলল ঠিক আছে ডিস্টার্ব ফিল করার কি আছে। কোন প্রবলেম হলে বলবেন।

তারপর এক কথা দু কথায় কৌস্তবের সাথে হিমানী ভাব জমিয়ে ফেলল। ইতিপূর্বে হিমানী খবর নিয়ে রেখেছে কৌস্তব এখন শ্যামবাজার ব্রাঞ্চে আছে। কথায় কথায় জেনে নিলো এখন অন্তত আগামী চার মাসের মধ্যে ওর ট্রান্সফারের কোন সুযোগ নেই। কিন্তু হিমানীর কাছে ইতিমধ্যে অলোকদা খবর দিয়ে রেখেছে ট্রেনিংটা কমপ্লিট হলেই ওর একটা ট্রান্সফারের সম্ভাবনা আছে।

তাই ঘরে ফিরেই অলোকদা কে ফোন করল। অলোক দা তুমি যে করে হোক আমার ট্রানস্ফার টা শ্যামবাজার ব্রাঞ্চ ম্যানেজ করে দাও। এখান থেকে আমার যাতায়াত করতে সুবিধা হবে ।

আজ প্রথমদিন শ্যামবাজার ব্রাঞ্চে ঢুকে ম্যানেজারের কাছে জয়নিং লেটার দিতে দিতে চোখ ঘুরিয়ে হিমানী চারিদিকে কৌস্তব কে খুঁজতে লাগলো। কিন্তু সামনাসামনি কোথাও দেখতে পেল না। জয়েনিং হয়ে যাওয়ার পরে হিমানীর সবার সাথে পরিচিতি র পালা । ম্যানেজার সাহেব.... হিমানী কে ঘুরিয়ে ঘুরিয়ে এক এক করে সবার সাথে পরিচয় করিয়ে দিল। তারপর উপরে র ফ্লোরে গিয়ে লোন সেকশনে যখন ঢুকলো তখন হিমানী একেবারে কৌস্তবের মুখোমুখি। এখানে কৌস্তব লোন ম্যানেজার, ব্রাঞ্চ ম্যানেজার সাহেব যখন কৌস্তবকে হিমানীর সাথে পরিচয় করাতে যাবেন কৌস্তব বলে উঠল আরে আপনি এখানে!?

- এইতো আজ আপনাদের এখানে ট্রানস্ফার হয়ে এলাম।

আজকের মতো এইটুকু বলতেই মাসিমণি জড়িয়ে ধরলো দেবলীনাকে , কিরে সু (সুলেখা)আমাদের মেয়ের কতো গুন , আগে বলিসনি তো ।

বৌদি ফাংশানে যা কবিতা বললোনা , সবাই উঠে দাঁড়িয়ে হাততালি দিলো , এত্তো সুন্দর ।

পাঞ্চালি তুই থামবি !

কেনো থামবো কেনো , দাদাভাই ছিল তখনও কি সুন্দর গল্পটা পড়লে ।হ্যাঁ দেবলীনা খুব ভালো হচ্ছে গল্পটা , তাড়াতাড়ি শেষ করো ।

হ্যাঁ দাদাভাই হয়ে যাবে চেষ্টা করছি ।

30

ত্রিংশ পর্ব

অনেকদিন পর সবাই মিলে একটু বেরিয়ে খুব ভালো লাগছে । দাদা ভাইয়ের ওখানে ফাংশনে গিয়ে সবাই মিলে বেশ আনন্দ হল। কত সুন্দর সুন্দর প্রোগ্রাম দেখতে পারলাম প্রতিযোগীদের প্রোগ্রাম শেষ হওয়ার পর বিচারকদের মধ্যে অনেকেই নাটক ও কবিতা পাঠ করলেন ভারি সুন্দর লাগলো দাদাভাই কবি গুরুর আফ্রিকা কবিতা পাঠ করলো , মনটা যেন ভরে গেল। ফেরার সময় একসঙ্গে খাওয়া-দাওয়া করা গেল । রেস্টুরেন্টে বসে বহুদিন এভাবে সবাই মিলে খাওয়া-দাওয়া করা হয়নি তাই আজ ভীষণ ভালো লাগলো । মা আর মাসিমণি দুজনকে যেনো আজকে আলাদা রকমের খুশি লাগছিল। রনিতকে আজ সকলের মধ্যে একটু আলাদা রকমই ভালো লাগছিল । দেবলীনা আজ সুন্দর করে সেজে ছিলো আর রনিত অনেকদিন এভাবে ঘুরে ঘুরে তাকায়নি আর সেটা লক্ষ্য করছিল সবাই । মাসিমনী তো হঠাৎ বলেই বসলো ,
কিরে, যেন কালকেই বিয়ে করেছিস চোখ সরাচ্ছিসনা দেখছি । রাতে ঘরে আসার পর আর কোন কাজ নেই, বেশ অনেক রাত হয়েছে সকলেই শোয়ার জন্য ব্যস্ত কারণ দুপুরেও কারো সেরকমভাবে বিশ্রাম হয় নি কিন্তু রনিতের ভাবসাব ভালো নয় । দেবলীনা লক্ষ্য করছে রনির যেন একটু অন্যরকম । রাস্তায় যা করতে পারিনি সে এখন ঘরের দরজা বন্ধ করে দেবলীনা কে বসিয়ে অনেকক্ষণ ধরে দেখছে যেন যেন অনেকদিন দেখেনি ।

- কিগো কি হল তোমার ? তুমি কি আজকে প্রথম দেখছো আমায় ?

- হুম - কেন ?

তাই তো মনে হচ্ছে আমার

- আমার দেবীকে আমি আজ সত্যিই প্রথম দেখছি । এতদিন মনে হচ্ছে ভালো করে তাকানো ওই হয়নি অনেক কিছু বাকি রয়ে গেছে।

- দুস্টু দুস্টু মুখ করে ও বাবা তাই নাকি , তাহলে তো উদ্দেশ্য ভালো নয় !

-তাতে তোমার কি ? আমার যদি উদ্দেশ্য ভালো থাকুক আর নাই থাকুক তাতে তোমার তো কিচ্ছু করার নেই ।

-তারমানে ?

- মানে আমি এখন যাই করব তাতে তোমার কিচ্ছুটি বলার নেই ।

-ওমা তাই নাকি ঠিক আছে তুমি তোমার যা ইচ্ছে তাই করো আমি শুলাম।

- তাই নাকি তুমি এখন শোবে না , আমিতো তোমাকে শুধু দেখবো ।

- না কি এত ঘুরাঘুরি করে ক্লান্ত আমি শোবো না ! তুমি এত নিষ্ঠুর !

- সে প্রয়োজনে একটু নিষ্ঠুর হতে পারি । কিন্তু বেশি না , তোমার সঙ্গে আমি বেশি কিছু করতে পারি না ।

- খুব যে লক্ষ্মী ছেলে মনে হচ্ছে ।

- নানা লক্ষ্মী ছেলে কেন হতে যাবো , আমি নারায়ন হতে পারি । তুমি এই আমার সোনা বউ লক্ষ্মী বউ

- দেবলীনা খিলখিল করে হেসে রনিতের বুকে মুখ লুকালো ।

-এই হাসিটা রনিতের খুব প্রিয় ,

-এই শোনো না একটা কথা বলব ।

-উঁহু না কোন কথা নয়। এখন কোন কথা নয় বলে দেবলীনাকে ভীষণভাবে জড়িয়ে ধরল ।

-এই কি করছো ছাড়ো , লাগছে তো ।

-এইটুকু আমার জন্য সহ্য করতে পারবে আর কথা নয় বলে পাতলা গোলাপী ঠোট দুটো রনিত সুন্দর করে চুমু খেলো । নিজের মুখে নিয়ে নিলো ঠোঁটদুটো যাতে দেবলীনা আর কোন কথাই না বলতে পারে ।

-না এখন ছাড়াছাড়ি নয় , একদম কথা নয় ।

- এই দুষ্টুমি হচ্ছে ? ছাড়ো প্লিজ ।

তাইতো হচ্ছে , এখন ছাড়তে নেই জানোনা ?

দেবলীনা অনেকদিন রনিকে এভাবে কাছে পায়নি । দেবলীনা সত্যিই জানেনা আজ কি হতে চলেছে । আজ যেন সমস্ত অনুভূতি দিয়ে আঁকড়ে ধরতে ইচ্ছে করছে নিজেকে সঁপে দিতে ইচ্ছা করছে রনিতের উষ্ণতায় । এ উষ্ণতায় তো দেবলীনা বার বার নিজেকে হারিয়ে ফেলে । এ মূহুর্তটাকে অক্ষয় করতে সে বারংবার বাসর রচনা করেছে ।

তবুও একটা সময় নিজেকে সরিয়ে নিতে বাধ্য হয় । বাধ্যহয় , বাধ্যহয় পরস্পরকে মেনে নিতে । এভাবেই থেমে থাকে সময় , সম্পর্ক কেঁদে মরে , ধ্বনি তোলে হাওয়ার বিপক্ষে । অপেক্ষারা থাকে নির্বাক অবিচল। অপেক্ষারা যতই অবিচল হোক না কেন দেবলীনা এতোটুকু চঞ্চল নয় ও ভেবে নিয়েছে রনিতের হয়তো কোন অসুবিধা সত্যিই আছে যা ওকে ভাবিয়ে তুলছে। সে যেখানে যা-ই থাক সবটাই দেবলীনা মানিয়ে নেবে

কারণ সেও তো হাজারো প্রশ্নের জবাবের সামনে সে নিরুত্তর তাই সবাইকে নিজের মত বাঁচতে দেওয়া হোক এটাই ওর ভাবনা ।

যেভাবেই রনিতকে পাক না কেন দেবলীনা আজ খুশিতেই আছে তাই শেষ রাতে লেখা গল্পটা সকালের জলখাবারের টেবিলে পড়ে শোনাবে বলে খাতা নিয়ে বসলো । সুলেখা ততোক্ষণে পান সেজে দিদি আর রণজয় কে হাতে দিলে স্মৃতিলেখা হাঁক দিলো

"কিরে পাঙ্গালি পান খাওয়ার পর তুই চা আনবি "

এই তো হয়ে গেছে , চা দিয়ে সবাই কে কাকিমার গা ঘেঁষে বসে পড়লো ।

শুরু করছি মাসিমণি, মা -----

প্রথম দিন অফিসে আসতে সবার সঙ্গে আলাপ করতে করতে বেশ আনন্দেই কেটেছে । আজকে অফিসে হিমানী দ্বিতীয় দিন সকলকে একটু অন্যরকম লাগছিল। সবাই সবার মুখের দিকে তাকিয়ে যেন অপেক্ষা করছিল, হিমানী কিছুই বুঝতে পারছিল না তাই বেশ আগ্রহের সঙ্গে জিজ্ঞেস করল, তোমরা কিছুকি ভাবছো মানে আমাকে কি কিছু বলতে চাও ? আমার তো মনে হচ্ছে তোমাদেরকে আমি বিপদে ফেলে দিয়েছি । আরে নানা কোন বিপদ টিপদ না, আসলে একটা পার্টি হবে আমাদের ।

ওমা তাই নাকি বাহ খুব মজা হবে ।এমন কাজ ট্রেনিং টেনশন সব নিয়ে একদম ল্যাজেগোবরে অবস্থা । আনন্দ মজা সব ভুলেই গেছি ।

হ্যাঁ মজা তো হবেই এবং সেটা তোমাকে নিয়েই পলাশ বলল

তাই আমাকে নিয়ে কেন আমি তো কোন বাঘ ভাল্লুক মেরে আসিনি কিংবা পাহাড় ডিঙাই নি ।

আরে তোমাকে কিচ্ছু একটিভিটি দেখাতে হবেনা ।আমরা তোমাকে সুস্বাগতম করছি এইটা উপলক্ষ আর তার মানে আরকি ওয়েলকাম পার্টি ।

ইস আমার কি সৌভাগ্য !

তাই তো দেখছি দার্শনিকের মত বলে উঠলো পলাশ ।

সঙ্গে সঙ্গে হিমানীও খিল খিল করে হেসে উঠলো

সকলে একসঙ্গে হিমানীর দিকে তাকিয়েছে বললো 'বাহ'।

পলাশের দিকে তাকিয়ে হিমানী বোকার মতো ' কি হয়েছে'

দিনের বেলায় আমরা দেখলাম চাঁদটা ঝুপ করে মাটিতে নামলো ।

ওমা তাই নাকি , আমিও দেখি তাহলে ।

একটা আয়না লাগবে ।

হ্যাঁ হ্যাঁ একেবারে সোনা ঝরা মুক্তোর মতো জ্যোৎস্না ।

সেটা আবার কি !

ওই যে তোমার বহুমূল্য হাসিটা দিলে না, পাশ থেকে সর্বরী বলে উঠলো ।

হিমানী কি যে বল !

সাগ্নিক - চাঁদ এখন মাটিতেই থাক , তাহলে আজকে চারটের সময় আমরা বেরিয়ে যাচ্ছি পার্টির জন্য ।

পার্টি হবে তবে কোথাও গিয়ে নয় যা হবে অফিসেই হবে ।

কৌস্তব - ওকে ডান তাই হবে ।

পার্টির জন্য মনটা ভীষণ খুশি খুশি ছিল । কিছুক্ষণ জন্য সবকিছু থেকে যেন আড়াল হয়েছিল হিমানী । বেলা তিনটে ফোনটা হঠাৎ বেজে উঠলো, পাশেই বাসা দোলন তাকালো ফোন টার দিকে । ফোনটা কানে দিল হিমানী , বকুলের ফোন থেকে কুসুমের গলা ,মনটা ঝট করে চলে গিয়েছিল বকুলের কাছে যা ভেবেছিল তাই কুসুম এর কাছ থেকে জানতে পারল বকুলের শরীর খুব খারাপ সঙ্গে সঙ্গে ব্যাগ গুছিয়ে নিয়ে সকলকে বললো পার্টিটা পরে রাখো, আমার একটা আর্জেন্ট কাজ গেছে । আমি আসছি বলে ঝটপট বেরিয়ে গেল হিমানী ।

গল্পটা পড়া বন্ধ করার সঙ্গে সঙ্গে সুলেখা বলল হ্যাঁরে এবার বোধহয় বকুলের বাচ্চাটা হয়ে যাবে । কি লিখতে যাচ্ছিস কে জানে ,গল্প তো ভালোই লাগছে কিন্তু কিছু বুঝতে পারছি না, কোথায় কাহিনী গড়াবে । গল্প শুনতে শুনতে কেমন একটা লাগছে, গায়ে যেন কাঁটা দিয়ে আমার শীত শীত করে উঠছে ।পাঞ্চালি একটু চা বসা । গল্প শোনার সঙ্গে সঙ্গে চা না খেলে না ব্যাপারটা মাথার মধ্যে ঘুরপাক খায় যতক্ষণ পরের অংশ না শুনবো ততক্ষণ স্বস্তি পাচ্ছি না।

রণজয় সুলেখার সুরে সুরে বললো হ্যাঁ বৌমা দেরি কোরো না , লিখে ফেলো তাড়াতাড়ি , ততোক্ষণ আমরা চা খেয়ে ব্যাপারটা ম্যানেজ করি ।

31
একত্রিংশ পর্ব

মাসিমণি এসে থেকেই রনিতকে একটু অন্য নজরে দেখছে। অফিসে বেরোবে তাই সবার আগেই জলখাবার খাচ্ছিলো রনিত। মাসিমণি সামনে বসেছিল হঠাত বলল এত তারাহুড়ো করছিস কেনো তোর খাবারটা কি কেউ কেড়ে নেবে, আস্তে খা । এবারে দেখছি বড্ড গুরুগম্ভীর হয়ে গেছিস । এতো চুপ চাপ কেন , তুই তো এরকম ছিলিসনা। হ্যাঁ তো চার ভাইয়ের মধ্যে তুই একটু চুপচাপ বুদ্ধিধারী ভেবেচিন্তে কথা বলতিস সেটা ঠিক আছে কিন্তু এতটাও চুপচাপ ছিলিসনা ।এর ওর পেছনে লাগা , বুদ্ধি নিয়ে কাউকে ব্যতিব্যস্ত করে তোলা, মাঝেমাঝেই গলা ছেড়ে গান করা সে সব কোথায় গেল ?

বৌমা তো আমাদের হাসিখুশি মিশুকে তার পাল্লায় পড়ে তোর পরিবর্তন হওয়া তো সম্ভব নয়। এখনই এতো বুড়িয়ে গেলে হবে। তারপর অফিসে বেরিয়ে গেলে মাসীমণি একটা রনিকে নিয়ে গল্প বললো,

জানিস দেবী রনি তখন বছর আটেক বয়স হবে,

আমাদের ওখানে একটা কিপটে বুড়ো আছে পাড়াতেই বাড়ি। সে বাড়িতে এত পেয়ারা হয় অথচ বুড়ো কাউকে দেবে না, ছেলেপেলেরা আসতে যেতে ঢিল মারে । তাদের হাতে দুটো পেয়ারা দিলে কি এমন ক্ষতি হয়ে যায় তা নয় বরং উল্টে গালিগালাজ করবে । সে বুড়ো একদিন ছাগল নিয়ে বাইরে বসে আছে, রনিত তাই দেখে ছাগলটাকে আদর করছে বুড়োর সঙ্গে একটা দুটো কথা বলছে । বুড়োও রনিতের সঙ্গে একটা দুটো কথা বলতে বলতে আলাপ করছে । রনিত পেয়ারা খেতে মোটেও ভালবাসেনা কিন্তু ওর ইচ্ছে আমার বাড়ির টিয়া পাখি টাকে পেয়ারা খাওয়াবে ।সে বুড়োকে রনি বলেছে তোমার বাড়িতে পেয়ারা গাছ আছে, পেয়ারাগুলো খুব ভালো তাইনা , তুমি খাও না , ও তুমি পাকা পেয়ারা খাও, তোমার দাঁত নেই ?

পাকা পেয়ারা আমাদের বাড়িতে পাখিটা খায় । আমাদের বাড়ি মানে মাসির বাড়ি । আমি এখানে বেড়াতে এসেছি। আগে মাসিমনির বাড়িতে পেয়ারা গাছ ছিল এবার

দেখছি কেটে দিয়েছে। ওদের পাঁচিল টা হয়েছে তো তাই কাটতে হয়েছে । আমি পাখিটাকে পেয়ারা দিতাম আমার সঙ্গে কথা বলতো । এখন দেখো না পেয়ারাও দিচ্ছি না ও কথা বলছে না, কালকে খাঁচায় হাত দিয়েছিলাম কামড়ে দিয়েছে জানো। আমায় আর ভালোবাসছে না, আমায় একটা পেয়ারা দেবে গো ।

হ্যাঁ পাখিতে তো কত খেয়ে যাচ্ছে নষ্ট করছে কে আর কত খায় । নাও পেয়ারা নাও বলে সে বুড়ো পাকা পেয়ারা দিল আরো কতগুলো ডাঁসা দেখে পেয়ারা দিয়ে বলল যাও নিয়ে যাও। নিজেও খাও ।

তার পর মাসিমণি হাসতে হাসতে বলল এই রকম ছিল রনিত, লোককে পটাতে ওস্তাদ আর এখন দেখ কেমন ভেটকি মেরে আছে যেন বাসি লুচি ।

মাসিমণির কথা শুনে দেবলীনা সুলেখা হেসে নিল খানিক ।

মাসীমণি কালই চলে যাবে আর দুটো দিন থেকে গেলে কত ভালো হতো ,এতদিন পরে এলে।

হ্যাঁ ভালো তো হতোই তবে এখন আর না। তোর গল্প শুনতে আবার আসবো , তবে এই গল্পটা শেষ হলে আমাকে পড়ে শুনিয়ে দিস ফোনে । বিকেল হলে আবার বেরোতে হবে এখন আর শুয়ে কাজ নেই বলে বাবাকে শুতে না দেখে বলল গল্পটা পড়ে শোনা এখনই তারপর না হয় একটু বিশ্রাম করব ।

ঠিক আছে বলে দেবলীনা খাতা খুলে বসল ।

কুসুমের ফোন পেয়ে বেরিয়ে এসেছে হিমানী জানিনা বকুল কেমন আছে কদিন আগেই দেখলাম কত সুন্দর হাসি হাসি মুখে কথা বলল কত গল্প করল তাহলে কি নতুন জীবনের আসার শুভক্ষণ উপস্থিত ! হয়তো তাই, কিছুই তো কথা হয়নি কুসুমের সঙ্গে, শুধু বলল শরীর খারাপ আর কি বা হতে পারে একমাত্র প্রসব বেদনা ছাড়া । সকাল থেকেই কত আনন্দে কাটছিল । সরল, হিমাদ্রি ,কৌস্তব , কুন্তলা, তনুজা ওরা কত খুশিতে ছিল হিমানীর ওয়েলকাম পার্টি নিয়ে কিন্তু হিমানী সব ভেস্তে দিল। কি করবে এটাতো হবারই ছিল, বকুলের ব্যাপারটা তো কোন জানান দিয়ে আসার কথা নয় তাই যখনই আসুক তাকে গুরুত্ব দিতেই হবে ।

আশ্রমে যখন পৌঁছলো হিমানী সন্ধ্যা হয়ে গেছে রাস্তায় আর ফোনে যোগাযোগ করার হয়নি আশ্রমে গিয়ে বাপ্পাজির সঙ্গে দেখা করতে বললেন আশ্রম সংলগ্ন নার্সিংহোমে বকুল আছে তাড়াতাড়ি গিয়ে সেখানে দেখা করল ততক্ষণে বকুলকে লেবার রুমে নিয়ে যাওয়া হয়েছে কুসুম যখন ফোন করেছিল আসলে তো ওর প্রসব যন্ত্রনা হচ্ছিল বুঝতে পেরেও হিমানী তখন কিছু বলেনি।রাজ্যের চিন্তা মাথায় নিয়ে অফিস থেকে বেরিয়ে পড়ে । ঘন্টা দুয়েক পরে খবর এলো বকুলের ছেলে হয়েছে ছেলে সন্তান হয়েছে কী ভীষণ খুশিতে আত্মহারা হিমানী । আশ্রমের শ্রাবনী আন্টি, সর্বমঙ্গলা আন্টি, শকুন্তলা আন্টি

খুশিতে হৈ হৈ করছে আমাদের নতুন অতিথি, আমাদের নাতি, আমাদের রাজপুত্তুর এসেছে। নাইডু আঙ্কেল ও স্বামী সুব্রামানিয়ামও এক মানসিক শান্তিতে হাঁফ ছাড়লেন, বিটিয়া আমাদের বড়ো চিন্তায় ফেলেছিল, যাক ঈশ্বর মঙ্গলময় বলে ঈশ্বরের উদ্দেশ্যে প্রণাম জানালেন।

বাপ্পাজি আজ হিমানীকে থেকে যেতে বললেন, হিমানীর পক্ষে রাতে ফেরা সম্ভবও ছিলনা ইচ্ছেও ছিলনা। বকুলকে বাচ্চা দেখানো হয়েছে কিন্তু বকুলের দিক থেকে তেমন ভাবে সাড়া পাওয়া যায় নি, খুব একটা স্বাভাবিক বলে মনে হচ্ছে না, চোখের ভাষা কেমন ঘোলাটে। ডাক্তারের মতে ট্রেস গেছে, প্রেসার টা হাই তার ওপর ব্লিডিং বন্ধ হচ্ছেনা। চিন্তার কারণ তো আছেই।

বকুলের সঙ্গে কথা বলতে চেষ্টা করলো হিমানী আরও বলল,

কৌস্তবের সঙ্গে দেখা হয়েছে ওকে কি খবর দেবো?

ও আসলে সব ঠিক হয়ে যাবে।

বকুল ও ওর ছেলেকে দেখবে তোদের মধ্যে সব বোঝাপড়া ঠিক হয়ে যাবে।

বকুল সবকিছু ভুলে যা, আবার সব ঠিকঠাক হয়ে যাবে মিটমাট হবে।

কৌস্তব কে একবার খবর দিয়ে আসতে বলি বুঝলি।

বকুলের আওয়াজ খুবই ক্ষীন খুব আস্তে আস্তে বলল কিছুই ঠিক হবার নয়, কৌস্তব এলেও আমার সন্তান তোর ই থাকবে থাকবে। কুসুমের নাম করে কিছু বলল কিন্তু তা হিমানীর কানে পৌঁছালো না।

হঠাৎই বকুলের হাত-পা ঠাণ্ডা হতে থাকলো ডাক্তার নার্স সবাই খুব তৎপর হয়ে পড়ল। প্রেসার প্রচন্ড বেড়ে যাওয়ায় দ্রুত স্বাস প্রশ্বাস পড়ছে, অস্বাভাবিক ভাবে ঘামছে বকুল, অস্থির ভাবে মাথা নাড়ছে কিছু বলতে চাইছে কিছু বোঝা যাচ্ছে না। সবার চোখের সামনে সবার চেষ্টা বিফল করে দুবার ঝাঁকুনি দিয়ে শরীরটা ওঠানোর চেষ্টা করল তারপরেই নিস্তেজ হয়ে পড়ল বকুল, এক নিমিষে সবাই স্তব্ধ হয়ে গেল।

সর্বমঙ্গলা আন্টি শকুন্তলা আন্টি সকলেই থেকে থেকে আসা যাওয়া করছিল খবর পেয়ে সকলে বাপ্পাজিও ততক্ষনে এসে হাজির হয়েছে কারো মুখে কোন কথা সরছে না কেউই প্রস্তুত ছিলনা এই অবস্থার জন্য ততক্ষণে বকুলের বাচ্চাটার কান্না শোনা যাচ্ছে। ও কি বুঝতে পারল ওর মা ওকে ছেড়ে চিরদিনের মতো চলে গেল, সেই কান্নার সঙ্গে হিমানী আর নিজেকে ধরে রাখতে পারলো না, চিৎকার করে উঠল বকুল - বকুল এভাবে আমাকে একা করে দিলি কেন! এভাবে সবকিছু শেষ করে দিয়ে চলে গেলি!

নিথর পাথরের মতো স্তব্ধ হিমানী চেয়ে থাকে বকুলের পড়ে থাকা নিস্তেজ শরীররটার দিকে। এতদিন বকুলের কোন কথায় কান দেয় নি। ভেবেছিল কিচ্ছু হবেনা যা বকুল ভাবছে, সব ঠিক হয়ে যাবে কিন্তু এখন নতুন করে ভাবতে হচ্ছে। সব মাথার মধ্যে ভীড় করে আসছে, কি করবে হিমানী! কি হবে আগামী পদক্ষেপ সব একাকার হয়ে যাচ্ছে। শুধুই মনে হচ্ছে ------------------------------বকুল তুই আমাকে

তোর সন্তানকে দিয়ে গেলি কিন্তু আমার কি সংসার আছে যে তোর সন্তানকে নির্দ্বিধায় নিয়ে চলতে পারবো সেখানে কোন প্রতিকূলতা আসবে না ।
এর জন্যই তোকে আমি বলেছিলাম কৌস্তবকে সব জানাই তাহলে সব সমস্যার সমাধান হয়ে যেত । এখন আমি তোর সন্তান কে নিজের করে নেবো , অবশ্যই নেবো তাতে আমার কোন দ্বিধা নেই কিন্তু সন্তান নিয়ে এপথে নিশ্চিন্তে চলতে হলে বাবারও প্রয়োজন । কৌস্তবকে আমার অবশ্যই সমস্ত কিছু জানাতে হবে এবং তোর সন্তান কে মানুষ করতে আমার প্রয়োজনে কৌস্তবকেও আপন করতে হবে । কৌস্তব রাজি হলে ওকে প্রয়োজনে বিয়ে করতে হবে নাহলে একা তোর সন্তানকে নিয়ে চলবো কি করে ! হাজারো প্রশ্ন উঠবে , লক্ষ সমস্যা দানা বাঁধবে । তবুও আমাকে পারতে হবে ।

আমি চাইছি তোর সন্তান ওর বাবাকে ফিরে পাক কিন্তু সেক্ষেত্রেও তুই আমাকে তোর সন্তানের মা হতে বলেছিস আর এটাই তোর শেষ ও একমাত্র ইচ্ছে, তাহলে তোর ইচ্ছে আর আমার ইচ্ছে মেলাতে গেলে ভেবে দেখেছিস সম্পর্কটা কোথায় গিয়ে দাঁড়াবে ! সেই তো তোর একমাত্র ভালোবাসা কে , তোর সন্তানের বাবার সঙ্গে আমাকে সম্পর্ক গড়তে হচ্ছে , তোর বরকেই আমাকে মেনে নিতে হবে , তোর সন্তানের মা হতে গিয়ে তোর বরকে বিয়ে করবো ! না না বকুল এতো আমি চাইনি কখনো । একদিন তোর সঙ্গে আমার এরকম কিছু কথা হয়েছিল কিন্তু সে তো কথার কথা নিছকই ছেলেমানুষী । তাই বলে এতবড়ো শাস্তি , ঈশ্বরেরও কি সেই রকমই ইচ্ছে ? জীবনে কোনদিন বিয়ে করবো না ভেবেছিলাম । ঈশ্বরের যখন ইচ্ছে, তবে তাই হোক ।

গল্প পড়া শেষ হতেই রনজয় বলে উঠলো সুন্দর মোড় নিয়েছে গল্পটা ।
সুলেখা বলল হ্যাঁ ভালই তো হচ্ছে বকুল টা মারা গেল, এবার ওর সন্তানকে নিয়ে হিমানী কে চলতে হবে ওর সামনে পথ টা খুবই কঠিন ।
পাঞ্চালি বলে উঠলো ও বৌদি এখন তো আর কিছু করার নেই ওই কৌস্তব না কি যেন নাম বললে যার সঙ্গে বকুলের সম্পর্ক, ওকে তো পেয়েই গেছে , হিমানী ওকে বিয়ে করে নিলেই তো হয়ে যায় ।
দেবলীনা মুচকি হাসলো ,
তাই ----ঠিক বলেছিস তো -----আমি আর কষ্ট করব না তাহলে বিয়েটা দিয়েই দেবো বল ?

32
দ্বীত্রিংশ পর্ব

মাসীমণি দেবোপমদা চলে গেল একদম ফাঁকা হয়ে গেল বাড়িটা । কি সুন্দর কটাদিন আনন্দে কাটছিল । মাসিমণির আর থাকা সম্ভব না, মেসোমশাই সেরকমভাবে সংসারের কাজের প্রতি সরগর নয় । রান্নার মেয়েটাকে বলে এসেছে একটু সময় মত খাবার বেড়ে দিতে না হলে "তুই রান্না করে যাবি আর সব পড়ে থাকবে" এরকম ই বলেছে বাসন্তী কে। বাসন্তী কে ভালোই লাগে বুঝেশুনে কাজ করে একেবারে বাচ্চা মেয়ে তো নয়, তাই রান্নাবান্না বাড়ির কাজ সবটাই গুছিয়ে করে, সারাদিন মাসীমণির সঙ্গে থাকে এরকমই মাসিমণি গল্প করছিল । বাসন্তী আছে তাই মাসীমণির চলে যাচ্ছে না হলে তো একা মাসিমণির পক্ষে ঘরে সময় কাটানো খুবই কষ্টের। দেবোপমদা ঘুরে ঘুরে বেড়ায় নিজের কাজে আর মেসোমশাই পড়ে থাকে আড্ডা কিংবা দোকানে। এভাবেই কাটছে ওদের ।

দেবলীনা বেশ কয়েকদিন ধরে ভাবছিল রনিতের সঙ্গে পাঞ্চালী কে নিয়ে কথা বলবে কিন্তু মাসীমণি থাকার জন্য সে ব্যাপারে আর কোনো আলোচনাই হয়ে ওঠেনি। জল খাবার খেতে খেতে রনিতের পাশে এসে বসলো,

এই রনিত তোমাদের এই ক্লাবের সমরদা আছে না আরে ওই যে কোম্পানিতে কাজ করে ইঞ্জিনিয়ার।

হ্যাঁ, হ্যাঁ , তা কি হয়েছে ?

তুমি ওনার কাছে একটু খোঁজ নেবে , অঙ্কুশ বলে একটা ছেলে আছে ওখানে ওর ক্যান্টিন আছে , একটু খোঁজখবর নিও তো ছেলেটার সম্বন্ধে। কি করে না করে এই আর কি ।

কেন হঠাৎ ওকে নিয়ে খোঁজখবরের কি হল তোমার ?

আরে না, ক্লাবের ফাংশনে গিয়ে ছিলাম না, ছেলেটা আমার পাশে বসে কিছুক্ষণ কথা বলেছিল আমার ভালই লেগেছে মাও ছিল পাশে দুজনকে প্রণাম করল। ভদ্র বাড়ির

ছেলে চাকরিবাকরি করে না ,পড়াশোনাও করেছে গ্রাজুয়েট কিন্তু ওই আর কি। বললো গ্রাজুয়েট হলে কী হয়েছে বিএ পাস সেরকম আর কিছু হবে না জানো বৌদি তাই ব্যবসায় নেমেছি। ওর মামার কাছে থাকে এখানে মামার বাড়ি। মামার ও ব্যবসা আছে, বাবা ওনাকে চেনেন মাঝে মাঝে বাবার মুখে শুনেছি ওনার নাম শুনেছি যাই হোক তুমি একটু ছেলেটা সম্বন্ধে খোঁজ নিও।

ও আসলে পাঞ্চোলির প্রতি খুব আগ্রহ দেখাচ্ছিলো। পাঞ্চালি ওর সঙ্গে কথা বলতে চায় না , কেন তা জানিনা আমি। তবে আমি বুঝাবো ওকে, ছেলেটা যদি ভাল হয় পাঞ্চোলির ক্ষতি কি ওর সঙ্গে সম্পর্ক তৈরি করতে। ক্লাবের ছেলে ঠিক আছে তাই বলে সবাই তো এক রকম নয়। ও যেমন ভাবে তেমন না ও হতে পারে , আমার কাছে অঙ্কুশ পাঞ্চালির লেখাপড়া ছেড়ে দেওয়া নিয়ে অনেক কথা বললো।

পাঞ্চালির কথা বলতে বলতেই পাঞ্চালি এসে ঢুকলো।

কাকিমা ঘরটা ঝাঁট দিয়ে দেবো আগে রনিতদা বেরোবে তো।

হ্যাঁ তুই আগে ঘরটা ঝাঁট দিয়ে দে, তাড়াতাড়ি কর এত দেরি করিস কেন ?

আজকে একটু রান্না করছিলাম মায়ের সময় নেই তাই। সময় নেই সকাল সকাল বেরিয়ে গেল কার বাড়িতে অনেক লোকজন এসেছে সেখানে তাড়াতাড়ি যেতে হবে

তোর মা কটা বাড়িতে রান্না করে ?

ঐতো একটা আগে একটা করত এখন দুটো করে ।নতুন বাড়িটাতে অনেক লোকজন এসেছে, সকাল সকাল জলখাবার বানাতে হবে চলে গেছে।

দেবলীনা গল্পটা লিখছে , আর গল্পের মোড় এমন জায়গায় ঘুরেছে জায়গাটা এমন হয়ে এসেছে, এখন তাই যে সেটা নিয়ে মাঝেমধ্যে ভাবতে হচ্ছে তার জন্য আর কথাও কম বলছে মনটাও ভারী হয়ে আছে। অবশ্য এটাও লক্ষ্য করেছে মায়েরও একই রকম ভাবসাব। দেবলীনার গল্পটা নিয়ে সবাই হয়তো ভেতরে ভেতরে ভাবছে,

মা তো বলেই ফেলল বাচ্চাটার যে কি দুর্দশা হবে কে জানে। বকুল না হয় অনেক আশা নিয়ে হিমানী কে বাচ্চাটা দিয়ে গেল কিন্তু ওতো একটা আইবুড়ো মেয়ে, সত্যিই তো ওর পক্ষে কি করে সম্ভব চাকরি করে সবটা সামলানো। হিমানী কি সব কিছু ব্যবস্থা করে উঠতে পারবে যেমনটা ও চাইছে !

গল্প শোনার জন্যই যেন দুপুরের পরে বাড়িতে সবার একটু তাড়া লেগে যায় , লিখতে না ইচ্ছা হলেও তাই দেবলীনাকে রোজই লিখতে হচ্ছে। সবার একটা দাবি তো থাকেই। বাবা আজকে দুপুরে ঘুমালেন না একটুও। দুবার সময়টা জিজ্ঞেস করাও হয়ে গেছে মাকে কটা "বাজে গো।"চারটে বাজলেই হাঁক পারবে কিগো বৌমা কি করছো অর্থাৎ এসো গল্প পড়ো কি লিখেছ শুনি , তাই দেখে শুনে দেবলীনা আজ একটু আগেই এসে বসলো কারণ গত রাতেই অনেকটা লিখে ফেলেছিল মা-বাবার সঙ্গেই গল্প করছিল মাসীমণি চলে গেছে মনটা ভাল নেই তাই আর শুতে যায়নি , দেবীর সাড়া পেয়েই নড়েচড়ে বসল।

বাবা শুরু করছি।

হিমানী কিছু ভেবে কুলকিনারা করতে পারছে না, এতোদিন বকুলের বলে যাওয়া কথা গুলোই ওকে ভাবিয়ে তুলেছে, নিজেকে নিজেই বলে চলেছে,

সেদিন কি আমি মন থেকে তোকে বলেছিলাম যে তোর বরকে আমায় ধার দিস সেটাই তো এখন সত্যি হতে যাচ্ছে মনে হচ্ছে। আমি তো সত্যিই চাইনি রে এভাবে তোর বরকে আমাকে জীবনসঙ্গী বানাতে হবে সেদিন তো আমরা নিছকই হাসি মজা করছিলাম ঠাট্টা ইয়ার্কি করতে করতে এসব কথা তোর সঙ্গে হয়েছিল আজ সেটাকে কেন চরম সত্য করে দিয়ে চলে গেলি!

মনে পড়ে হিমানীর,

হোস্টেলের ঘরে দুজনে খুনসুটি করতে করতে বকুল বলেছিল,

তুই যা সুন্দরী তোর বর হবে দেখিস বেটে কালো মোটা।

হিমানী তাই শুনে বলল ওমা সেকি কেন আমি তো বিয়েই করব না। তুই একটা সুন্দর বর দেখে বিয়ে করবি আর মাঝেমাঝে আমাকে ধার দিস, তুই যখন বরের সঙ্গে ঝগড়া করবি তখন আমি ধার নেবো।

না, কখনো না, আমি তোকে বর দেবো কেন?

আমি বিয়ে করবো না তাই দিবি।

না দেব না, আমার বর যদি খারাপ হয় তাহলে দেব না।

ও তাই, তাহলে ভালো হলে দিবি তো?

হ্যাঁ তোকে কষ্ট দেবো কেন? যদি ভালো বর হয় তবেই না দেবো।

ঠিক আছে ভালো হলেই দিস।

আজ এত কষ্টের মধ্যেও কান্না চেপে কথাগুলো হিমানীর মনে এসে গেল। কেন বলেছিলো? কেন হয়েছিল এসব কথা? এই কেনর উত্তর কে দেবে? সব কেনোর উত্তর কি পাওয়া যায়? কেন বলেছিলো বকুল এভাবে চলে যাওয়ার কথা! আগে আগে এভাবে বলতে হয়! কেনই বা সত্য হবে সেসব কথা! হিমানী ঘনঘন মাথা নাড়তে নাড়তে চিৎকার করে ওঠে--------------বকুল সেদিন বলেছিলাম এসব কথা বলিস না, বলে 'বাপ্পাজি' বলে দুহাতে মুখ ঢেকে হাউ হাউ করে কেঁদে ফেলে।

এই মেয়েটা কে সেই ছোট থেকে দেখছে স্বামী সুব্রামানিয়াম। কোথায় যেন মনের মধ্যে একটা আলাদা জায়গায় করে নিয়েছিল গুড়িয়া বেটি। আজকে এভাবে ওকে কাঁদতে দেখে কাছে এসে বুকে টেনে নিল স্বামীজি। কান্দিস না বেটি, সবার জন্য সব কিছু নয় রে, সবই ঈশ্বর ঠিক করে রাখেন। এখানে ওর সন্তানের কোন অসুবিধা হবে না। খুব ভালো থাকবে।

কুসুম সবকিছু দেখে ছুটে চলে গিয়েছিল কাঁদতে কাঁদতে চিঠিটা আনতে যেটা কিছুদিন আগে বকুল দিদি তাকে দিয়েছিল বলেছিল "এই চিঠিটা হিমানী দিদির হাতে দিয়ে দিস।" চিঠিটা নিয়ে এসে হিমানীকে দিলে হিমানী স্বামীজীকে সামনে রেখে পড়তে

আরম্ভ করলো।

হিমানী তোকে আমি অনেক কথা বলেছি এই চিঠিতে হয়তো কিছুটা সেরকমই লেখা আছে তবু লিখলাম এটা দরকার ছিল, আর তোরও দরকার হতে পারে। আমি জানি 'ওর' আমার সন্তানের মা ডাক আমি কখনোই শুনতে পাবো না কিন্তু ও জ্ঞান হওয়ার পর থেকে তুই শুনবি ওর মা ডাক তুই ওর মা এবং একমাত্র অধিকারী আমার সন্তানের। তুই হয়তো ওর বাবার কাছে কৌস্তব এর কাছে ওকে পৌঁছে দিবি সেটা তুই দিতেই পারিস। তুই ওকে ওর বাবার কাছে পৌঁছে দিলে কৌস্তবও সন্তান হিসেবে মেনে নেবে সে বিষয়ে সন্দেহ নেই কিন্তু যেরকম মায়ের একমাত্র প্রয়োজন সেরকম মা কি ও পাবে আর সেই জন্যেই আমি তোকে বলছি সমস্ত দায়িত্ব তোর সমস্ত অধিকার তোর এবার তুই কি করবি সেটা তুই একমাত্র ঠিক করবি এবং বুঝে নিবি কি করা উচিত এ কথা তো বারবার বলছি।

তুই কখনো আমার কথার উপরে অস্বীকার করিস নি তাই আমার বিশ্বাস যা করলাম যা ভালো বুঝেছি সেটাই করলাম এবং সেটা আমি বিশ্বাস করি ভরসা করি তোকে সম্পূর্ণভাবে। তাই আমি নিশ্চিন্তে আমার সন্তানকে দিতে পারলাম তোর কাছে, জানিনা তোকে হয়তো অনেক বিপদে ফেলে দিলাম কিনা কিন্তু আমার ভালোবাসা আমার বন্ধুত্বের সাক্ষী একমাত্র তুই এটুকু থেকে আমাকে ফেরাবি না নিশ্চয়ই, তোর বকুল।

চিঠিটা পড়ে আবারো বকুল বলে চিৎকার করে বাপ্পাজিকে জড়িয়ে ধরল। মাথায় হাত দিয়ে আশীর্বাদ করে বললেন "দেখো গুড়িয়া বেটি তুমি তোমার কর্তব্যে এগিয়ে যাও আমি আছি তোমার পাশে। বকুলের সন্তান এখন এখানে থাকুক বড়ো হোক তবে ও মানুষ চিনতে পারার আগেই এই দায়িত্ব নেওয়ার জন্য প্রস্তুত হও। ততদিন বকুলের সন্তান এই আশ্রম এই বড় হোক।"

আরো একটা দিন কেটে গেল আশ্রম এ বকুলের জন্য সব কিছু দায়িত্ব আশ্রম নিল সমস্ত ক্রিয়া কর্ম সমাপ্ত হলে হিমানী ফিরে এলো নিজের কাজের জায়গায়। নিজের ঘরটাতে ঢুকে বকুল যেখানে এসে বসেছিল খাটে, একদিনের জন্য ছিল হিমানীর সঙ্গে। বকুল অনেকদিনই থেকে চলে গেছে তবুও হেমানী যেন ঘরে নতুন করে প্রবেশ করলো, অদ্ভুত এক পরিবেশ যেন মনে হচ্ছে আশেপাশে বকুল রয়েছে ঘরটা বড্ড খালি লাগছে কেন? এখানেতো তো সবসময়ের জন্য বকুল ছিল না, ওতো একদিনের জন্যই এসেছিলো কিন্তু হিমানীর যেন লাগছে বকুল বরাবরই এখানেই থাকে আজিই গেছে। আজকেই যেন নেই। ভীষণ একা লাগছে আর মাঝে মাঝে বকুলের বাচ্চার কান্না যেন শুনতে পাচ্ছে আর বারবার বকুলের কথা মনে হচ্ছে।

মনে আসছে খুব তাড়াতাড়ি তাকে সমস্ত দায়িত্ব নেওয়ার জন্য প্রস্তুত হতে হবে। একদিকে মন বকুলের জন্য কিছু করার জন্য তৎপর হয়ে উঠছে অন্য দিকে কি করে কৌস্তবের মনের কাছে কৌস্তবের কাছাকাছি পৌঁছবে তার জন্যও একটা নতুন পথ

হিমানীর কাছে। কি করে তাড়াতাড়ি ব্যবস্থা হবে হিমানীকে ভাবিয়ে তুলছে, সময় চলে গেলে দেরি হয়ে যাবে, স্বামীজি সেরকমই বললেন সময়টা খুবই কম অথচ ভেবে কোনো কূলকিনারা পাচ্ছে না। নিজেকে স্বার্থপর ও লাগছে যা ভাবছে তা কী করে সম্ভব, বকুল তাকে সন্তান দিয়েছে কিন্তু আর সে একটা অবিবাহিতা মেয়ে এভাবে সন্তান নিয়ে কি করে চলবে! কতো প্রশ্ন কতো হাজার চোখ, সে চোখের দৃষ্টি তাকে ব্যতিব্যস্ত করে তুলবে। সবকিছু তাকে সামলে উঠতে হবে, হিমানী এখনো জানেনা কি করে তা সম্ভব! কি করে বকুলের কথা রাখবে, হা ঈশ্বর আমায় শক্তি দাও।

পাঙ্গালি আজ সন্ধ্যেবেলায় ঝাল মুড়ি মেখেছে। একদম লোকাল ট্রেনের ঝালমুড়ি, পেঁয়াজ কুচি ধনেপাতা কুচি, গাজর কুচি, শসা কুচি, মটরশুঁটি, কাঁচালঙ্কা, চানাচুর দিয়ে বেশ করে মেখে সবার জন্য তুলছে বাটিতে বাটিতে।

রনি এসে ঢুকল

দেবলীনা- তুমি কি তেলেভাজা এনেছো নাকি গো?

হুম, ভাজছিল দেখলাম আলুর চপ, খেতে ইচ্ছে করলো তাই নিয়ে আনলাম।

উম ভাজাভাজা গন্ধ পাচ্ছি, বাব্বা তুমি চপ নিয়ে এসেছো। মা সূর্য্যটা আজ ঠিক উঠেছিল কি? না চাঁদটা আজ উঠেছে কোন দিকে দেখতো? বাবু তো কোনদিন হাতে নিয়ে কিছু ঢোকে না, বাবার ঘাড়ে বন্দুক রেখে সংসার চলছে ওর তো গায়ে লাগছেই না কিছু।

এইজন্য না কিছু করতে ইচ্ছা করে না, দেখেছো মা শখ করে তেলেভাজা এনেছি তাতেও আমাকে দশটা কথা শুনতে হচ্ছে, এর থেকে না করাই ভালো।

করো না বলেই তো শুনতে হচ্ছে করলে কি আর শুনতে হতো। তা বেশ করেছো মনটা একটু আলুর চপ, পেঁয়াজি, বেগুনি এসবই করছিল অবশ্য তুমি আমার মনের কথাই পড়ে নিয়েছো।

টেলিপ্যাথি বুঝলে টেলিপ্যাথি, আমার যে ফেলুদার মত কিছু জোর আছে সেতো তুমি জানো।

সে আর বলতে!

পাঙ্গালি ফুট কাটলো, আমি ঝাল মুড়ি মাখছি তাইতো রনিদা আলুর চপ নিয়ে এসেছে।

সুলেখা বললো ও শুঁড়ির সাক্ষী মাতাল, দ্যাখ তাড়াতাড়ি খেয়ে বাড়ি যা অনেক রাত হয়েছে, সারাদিন তো ঘরে যাস না, রাতেও কি মা বাড়িটায় একা একা থাকবে?

সারাদিন মা কোথায় থাকে যে মায়ের সঙ্গে থাকবো, আর তুমি তো বলেছ সারাদিন এখানেই থাকতে। ঠিক আছে কাল থেকে থাকবো না চলে যাবো।

ও বাবা আবার রাগ দেখানো হচ্ছে, মেয়ের খাবার গুলোকে কি আমি গিলবো বসে।

33

ত্রয়ত্রিংশ পর্ব

রনি অফিসে বেরোবে তাই খুব ব্যস্ততা লেগে যায় সকাল সকাল। আলু চচ্চড়ি আর লুচি খেতে বসেছে রনিত, লুচি পছন্দের হলেও আলু চচ্চড়ি রনিতের মোটেও পছন্দের নয়, তবুও সুলেখা মাঝেমাঝেই আলু চচ্চড়ি করে কারণ দেবলীনা খুব ভালোবাসে তাই । লুচির টুকরো দিয়ে আলু চচ্চড়ি মুখে পুরে দিল রনিত খেয়াল করলো না কাঁচা লঙ্কা টুকরো মুখে চলে গেছে, এইবার ঝাল লেগে যেতেই সাথে সাথে কোঁত কোঁত করে হেঁচকি তুলতে শুরু করল ।দেবলীনা জলটা এগিয়ে দিল, না বাবুর রাগ হয়েছে খাবে না জল অর্থাৎ মাকে বোঝাতে চাইছে আলু চচ্চড়ি কেন করা হয়েছে , যেহেতু বাবুর পছন্দ নয় । সুলেখা বেশ বুঝতে পারছে ছেলের আমার অভিমান হয়েছে তাই রাতে বানানো হালুয়া নিয়ে এসে ছেলের সামনে রাখল । সুলেখা জানেএটা আবার রনির খুব পছন্দের , আড়চোখে মায়ের দিকে একবার তাকিয়ে এক চামচ হালুয়া মুখে পুরে দিল, রনি আবার হালুয়া দিয়ে লুচি খেতে খুব ভালোবাসে। চোখের জল আর মুখের ঝালে অভিমানটা মিলেমিশে একাকার হয়ে গেল ।

খুশিতে নিজের ঘরে গিয়ে মোবাইলটা নিল । দেবী রুমালটা হাতে নিয়ে দাঁড়িয়ে রয়েছে হাত থেকে রুমালটা নিয়ে কিছু বলার সুযোগ না দিয়েই দেবলীনাকে কাছে টেনে নিয়ে খুশিতে একটা চুমু খেল, দেবলীনা কিছু বলতে যাবে রনি আবার সুযোগ না দিয়ে আর একটা চুমু খেলো এবারও কিছু বলার সুযোগ না দিয়ে " মা আসছি "বলে বেরিয়ে গেল দেবলীনার মুখ থেকে বেরিয়ে এলো "উফঃ কি দুষ্টু রে বাবা অসভ্য কোথাকার"

কাল থেকে বৃষ্টি নেমেছে , শীতের আগাম বার্তা মনে হয় বঙ্গোপসাগরে নিম্নচাপের দরুন এমন আবহাওয়া । সে যাই হোক আজ আর রণজয়ের বাজার যাওয়া নেই । দুপুরের আয়োজনে খিচুড়ি ছাড়া কিচ্ছু চলবে না সুলেখাকে বলা হয়ে গেছে । দেবলীনা আবার তরকারি ছাড়া ভাজাভুজি দিয়ে খিচুড়ি খেতে পারেনা । আসলে দেবী যে খিচুড়ি খেতে ভালোবাসে না সেটা সুলেখা জানে । তবুও খিচুড়ির পাশে তরকারি থাকলে খেয়ে

নেয়। দুপুরের খাওয়ার পর রণজয় আজ ঘুমের আয়োজন করে ফেলেছে, হালকা কম্বল গায়ে দিয়ে কিছুক্ষণের মধ্যেই নাক ডাকার শব্দ শোনা গেল।

সন্ধ্যা হয়ে আসতেই ধরমরিয়ে উঠে বসলো,

সুলেখা গল্পটা শোনা হলো না, তোমরা কি শুনে ফেললে?

না না তা কি কখনো হয়, তোমার আদরের বৌমা কি তোমাকে ছাড়া আমাদের গল্প শোনাবে।

দেবলীনা চা করে এনে সবাই কে দিলো। গল্প পড়তে খাতা খুলে বললো, বাবার ঘুমটা আজ খিচুড়ির মতোই সুন্দর হয়েছে, তাই না বাবা।

আসলে কি জানো তো বৌমা ভারী পেটে বসে থাকাটা খুবই কষ্টের।

বাবা শুরু করছি, মা এসো।

- দুটো দিন পরে হিমানী অফিসে এল ও নিজেই বুঝতে পারছিল ওর উপর দিয়ে ঝড় বয়ে গেছে সবাই ওকে দেখে নিজেদের মধ্যেই মুখ চাওয়াচাওই করছিল, হেমানী লক্ষ্য করেও কিছু বলেনি। কুন্তলা বলল

- কি হয়েছে তোমার শরীর খারাপ?

না তেমন কিছু নয়

- শুভঙ্কর দা বলল না বোনটিকে আমার এ রকম দেখতে ভালো লাগছেনা এরকম মুখ কালো করে থাকলে কি ভালো লাগে সেদিনকে এত সুন্দর একটা পার্টি হবে বলে ভাবছিলাম সবাই কত খুশি ছিলাম আর আজকে এরকম মুখ শুকনো করে আষাঢ়ের মেঘ নিয়ে বসে আছ কি করে আমাদের ভালো লাগবে বলো?

- কৌস্তব হ্যাঁ কিছুতো হয়েছে ঠিক আছে না বলতে চাইলে বলো না রেস্ট নাও আজকে তুমি না এলে পারতে, ঘরে বসে রেস্ট নিতে একটা মেসেজ করে দিলেই হত

- হিমানী ভাবল হ্যাঁ মনে হচ্ছে কিছু আমার বলা দরকার কিছু না বললেও ওদের কথা শেষ হবে না বলতেই থাকবে কিছু না কিছু তাই সব ভুলে গিয়ে শুধু বলল "বাড়ি গিয়েছিলাম মায়ের শরীরটা একটু খারাপ হয়েছিল তাই দুটো দিন মায়ের কাছে ছিলাম তেমন কিছু নয়"

ভেতরে ভেতরে ভীষণভাবে এই কথাগুলোর পেছনে পেছনে আলোড়ন চলছিল বকুল কে নিয়ে তবুও সবটা চাপা দিয়ে নিছক একটা বানিয়ে গল্প বলেছিল। এখন হিমানী কে অনেক কিছুই নিজের ইচ্ছের বিরুদ্ধে করতে হচ্ছে বা ভবিষ্যতেও হবে। সবটাই নিজেকে সামলাতে হবে।

বারবার সবশেষে একটাই দীর্ঘশ্বাস বেরিয়ে আসে হে "ঈশ্বর পাশে থেকো, আমায় শক্তি দিও"

অফিস করতে করতে বেশ কয়েকবার লক্ষ্য করেছে কৌস্তব কারনে অকারনে হিমানীর দিকে দৃষ্টি আকর্ষণ করা চেষ্টা করছে হঠাৎ করে যখনই তাকিয়েছে চোখাচোখি হয়ে

গেছে ছুটির সময় ইচ্ছে করেই হিমানী কিছুটা নিজের গরজেই কৌস্তব কে বলল মনটা ভালো লাগছেনা বাড়িটা বড্ড ফাঁকা ,একা থাকি তো ঠিক অভ্যস্ত হয়নি এখনো তাই একটু কোথাও সময় কাটিয়ে যাবো ভাবছি। তুমি থাকবে আমার সঙ্গে । কৌস্তব যেন এই অপেক্ষাতেই ছিল বলল হ্যাঁ কোন অসুবিধা নেই চলো কোথায় যাবে?
কোথাও না, তেমন কিছু ইচ্ছেও নেই, একটু বসে কোথাও কফি খেয়ে চলে যাবো। আজ হিমানীর মনটা সেরকম হালকা না থাকলেও কৌস্তব অনেকটাই সপ্রতিভ ছিল । হিমানী লক্ষ্যও করছিল কৌস্তবও ওকে লক্ষ্য করছে এবং সেই চোখের ভাষা যা সব মেয়েরাই বোঝে ।

সকলের কথা রাখতে হিমানীর জন্য রাখা পার্টিতেও ওকে যেতে হলো । হিমানীকে সবাই সামনেই ওর রূপের প্রশংসা করে, হিমানী নিজেও জানে সেটা, মনটা মাঝে মাঝেই বকুল ও ওর ছেলে সার্থক কেড়ে নিলেও হিমানী কাউকে বুঝতে দিতে চায়না যে ওর ভেতরে সব সময় একটা অন্তঃস্রোত চলেছে। আজ হিমানী নিজের ইচ্ছের বিরুদ্ধে গিয়েও পরিপাটি করে সেজেছে। অফিসে শাড়ি পরে না তাই শাড়ি পরার ইচ্ছে হলো । স্লিভলেস ব্লাউজ আর আকাশ নীল রঙের একটা শিফন পরেছে, ঘাড় পর্যন্ত কাটা চুল গুলো ছেড়ে দিলো। গলায় একটা সাদা পাথরের চোকার পড়লো। ভীষণ উজ্জ্বল লাগছে ওকে দেখতে , হিমানীর নিজেরও ভালো লাগছে । অনেক দিন পর আয়নায় নিজেকে নতুন করে দেখলো। মনটা ওর অনেকদিন ধরেই ভারী হয়ে আছে তাই আজ জোর করেই নিজেকে মন খারাপ জায়গা থেকে সরিয়ে নিতে চেষ্টা করলো।
আজ পার্টিতে সবাই খুশি হিমানীর সাজ পোশাকে, সবাই একই কথা বলছে,
"আজ আমরা হিমানীর দিকে তাকিয়ে থাকতে থাকতে খেতেই ভুলে যাবো"
হিমানী আর কি করে লজ্জা পেয়ে বলে, গ্যাস বেলুনে হাওয়া ভরছ ভরো, হাওয়া বেরিয়ে গেলে কি হবে জানো, তখন মাটিটাও পাবো না।
কৌস্তব ওদের সঙ্গে গলা মেলায় নি সযত্নে এড়িয়ে গেছে এবার একটু জিজ্ঞাসু দৃষ্টিতে তাকিয়ে বললো,
এতোটাও অবিশ্বাস করা ঠিক হবেনা । সারাদিন কাটিয়ে ফেরার সময় যে যার মতো চলে গেল। কৌস্তব পৌঁছে দেওয়ার কথা বললে হিমানী আপত্তি করলো না।
নতুন অফিসে বেশ সরগর হয়ে গেছে হিমানী দেখতে দেখতে তিনটে মাস কেটে গেল। কৌস্তবের সঙ্গে সম্পর্ক অনেকটাই বন্ধুত্বকে ছাড়িয়ে গেছে। প্রায় সময়ই অফিস ছাড়াও ছুটির দিনগুলোতে ওরা অনেকটা সময়ই কোথাও না কোথাও কাটিয়ে আসে। এরকমই একদিন চলে গিয়েছিল মন্দারমনি । হিমানীর ভালো লাগছিল বাড়ি থেকে বেরিয়ে এসে ।
কৌস্তব হিমানী একে অপরকে সময় দেয়, বন্ধুত্বের খাতিরে এখানে ওখানে ঘুরেও আসে। অনেকটা কাছাকাছি এগোলেও কেউ কাউকে এখনও সেভাবে ভালোবাসার কথা বলে নি ।

ঘর ছেড়ে দুজনেই একাকী নির্জনতায় মন্দারমনিতে ।মাথার উপরে আকাশের নীলে অপার শূন্যতা , সামনে অনন্ত জলরাশি দুজনের মাঝে ব্যবধানহীন একাকিত্ব। এভাবে পাশাপাশি বসে দুজনের মাঝে কতটা ব্যাপ্তি রয়েছে কারোরই আন্দাজে নেই । কৌস্তবের আজ বকুলের কথা বড় মনে পড়ছে কতোইনা ঘনিষ্ঠ ছিল কতোই না প্রাণোচ্ছল হাসিখুশি ছিল বকুল । সবসময়ই যেন শিশির মাখা ভোরের বাতাসের মতো টাটকা তরতাজা ছিল বকুল কোথায় হারিয়ে গেল ভাবতে ভাবতে গম্ভীর কৌস্তব ।
এভাবে কৌস্তবকে চুপ থাকতে হিমানী ভাবলো হয়তো বকুলের কথা কিছু বলবে তাই মনে করে হিমানীও চুপ করেছিল। কিছু সাড়া পেল না এভাবে দুজনে কতক্ষণ নীরব ছিল খেয়াল নেই । কৌস্তব বলল হিমানী আমি যে তোমাকে ছাড়া আর কিছুই ভাবতে পারছি না তুমি কিছু বললে ভালো লাগতো। আসলে যেদিন তোমায় প্রথম দেখি সেই দিনই আমি নিজের মধ্যেই কেমন অস্থির হয়ে থাকছি। আমি নিজেই বুঝিনা আমার কি করা উচিত । ভালোবাসা উচিত নাকি পিছিয়ে আসা উচিত সবটাই আমার কাছে ধোঁয়াশা অথচ সেই ধোঁয়াশাতেই সবসময়ই তোমার উপস্থিতি আমি পাচ্ছি, এড়িয়ে যেতে পারছিনা। মনস্থির করতে পারছিনা শুধুই এই অসহায় লাগছে। এতদিন ধরে তোমাকে বলতে পারিনি, তোমার কাছ থেকে কিছু জানতে পারলে ভালো লাগতো । আমি কোন সিদ্ধান্তে আসতে পারছিনা যদি তুমি আমায় সাহায্য করো ।আসলে এই অসহায়তা এই আকুলতা মানে হয়তো ভালোবাসা ।

হিমানী বুঝতে পারল কৌস্তবের অবস্থা এখন আর ওকে ফেরাবার কথাটা ভাবতেই পারেনা কারণ হিমানীকে কৌস্তবের হাত ধরতেই হবে । এতদিন তো সেই অপেক্ষাতেই ছিল। আজ যখন কৌস্তব হাত বাড়িয়েছে তখন সে হাত ছেড়ে দিলে চলবে না। ভীষণ আগ্রহের গভীর ভালোবাসার চোখে তাকালো হিমানী বললো অসুবিধে নেই" ভালোবাসি তোমায়" তাইতো নির্দ্বিধায় আজ এখানে এভাবে শুধু আজ নয় এতদিন ধরে তোমার সাথে সময় কাটিয়েছি। সেই সময়ই আমাকে বলে দিয়েছে তুমি আছো আমার ভালবাসায়, সেখান থেকে আমাদের কারও মুক্তি নেই। তুমি নিশ্চিন্তে আমায় বিশ্বাস করতে পারো, আমিও তোমার কাছে ভরসা চাই। তোমাকে নিয়ে স্বপ্ন দেখতে চাই, তোমাকে নিয়ে বাঁচতে চাই, তোমাকে নিয়ে এগিয়ে যেতে চাই দূরে দূরে আরও অনেক দূরে। পারবে আমার সঙ্গী হতে আমার সাথে পথ চলতে, কোন দিন পিছিয়ে যাবে না, কোন দ্বিধা থাকবে না, কোন প্রশ্ন থাকবে না এরকমই কিছু ভাবতে ভাবতে এগিয়ে যাবো আমরা একসাথে হাতে হাত রেখে মনে মনকে খুঁজে ।

পড়া শেষ করতেই সুলেখা বললো তাড়াতাড়ি গল্পটা শেষ কর , অনেকদিন হলো ওদিকে আবার দেবোপমও তাড়া দিয়ে গেছে , এসে গেলেও তখন হুড়োহুড়ি হয়ে যাবে ।

34

চতুঃস্ত্রিংশ পর্ব

পাঙ্খালির কথা সেদিন রনিতকে বলেছিল দেবলীনা । অঙ্কুশের খবর নেওয়ার কথা জানিয়েছিল তারপর আর খোঁজ নেওয়া হয়নি আজ রনিকে অফিস থেকে আসার পর বেশ খুশি খুশি দেখাচ্ছে। দেবলীনা জিজ্ঞেস করল কিগো এত খুশি যে, কিছু খবর আছে নাকি।

হ্যাঁ ম্যাডাম খবর তো আছে ! অফিসের জামা কাপড় ছেড়ে হাত মুখ ধুয়ে ফ্রেশ হয়ে টিফিন খেতে বসেছে । দেবলীনা চা নিয়ে এসে পাশে বসল,

বলো কি খুশির খবর ।

একটা খুশির খবর হল পাঙ্খালির একটা পরীক্ষার ডেট জানিয়েছে মেসেজ বক্সে লেটারটা ছিল আমি নিয়ে চলে গিয়েছিলাম তাই তোমরা জানো না। সামনের রবিবারে ওর একটা পরীক্ষা আছে। পারলে ওকে একটু গাইড করো, তেমন কিছুই দেবেনা ওই ক্লাস ফোর ফাইভ স্ট্যান্ডার্ডের কিছু অংক আর কিছু সাধারণ প্রশ্ন আসতে পারে ,সে আমি বলে দেবো ।

বাহ তাই ,এত সত্যিই একটা খুশির খবর !
দেখি মহারানীকে কতোটা সাপোর্ট করা যায়।

সেটা তো একটু দেখতেই হবে

আর একটা খুশির খবর কি শুনি ।

হ্যাঁ ওই যে বলেছিলে অঙ্কুশের খবর আনতে আমি সমর দা কে জিজ্ঞেস করলাম। বলল হ্যাঁ ঠিকই বলেছিস ছেলেটা ভালো সৎ , চেষ্টা করছে ব্যবসা করে গুছিয়ে নিতে । ভালো চলেও ক্যান্টিন অফিসের মধ্যে তো, পড়াশোনা করেছে ব্যবহার যা দেখি খুবই ভালো কোনদিন কিছু বেচাল তো দেখিনি। মামার কাছে থাকে মামাকে তো তোরা চিনিস তুই না চিনলেও কাকু তো চিনবেন। ওর চেষ্টা আছে খোঁজ খবর রাখছে শপিংমলে একটা ক্যান্টিন খুলতে। ওখানে করতে পারলেও ভালো বিজনেস হবে ।

সবাইকে খুব রেসপেক্ট করে ছেলেটা ।
এতটা বলে রনি বলল আমি অঙ্কুশ এর সঙ্গে কথা বলার জন্য বললাম আমাকে সমরদা বলল তুই অফিস ফেরত আমার অফিসের সামনে আয় আমি ওকে ডেকে দেবো । আমি গিয়েছিলাম কথা হল আমি জিজ্ঞেস করলাম ,
পাঙ্গোলিকে কতটা চেনো ?

বলল এতোটুকু থেকে দেখছি তো, আমিও তখন ছোট ছিলাম তখন থেকে দেখছি কিন্তু কোনদিন কথা বলা হয় নি । ওর বাবা মারা যেতে চেয়েছিলাম পাশে থাকতে কিন্তু আমাকে বোধহয় ভরসা করতে পারে না । কি বলবো দাদা ওরও দোষ নেই চারিদিকে যা ঘটছে যা শুনছে ভয় পাওয়াটা স্বাভাবিক ।
ভাবে খারাপ ছেলে , সুযোগ নেবো । আসলে আমি চেয়েছিলাম পড়াশোনাটা চালিয়ে যাক ,প্রয়োজন হলে পাশে থাকবো ।

আরো জিজ্ঞেস করলাম কি চাও তুমি।

বলল দাদা ও যখন থেকে লেখাপড়া করতো তখন থেকে আমার ভালো লাগতো কথা বলার ইচ্ছে হতো কিন্তু কোনদিন কথা বলেনি আর পাঁচটা ছেলের সম্বন্ধে যা ভাবে আমাকেও তাই ভাবে কিন্তু কোনদিন কিছু দেখেছে কি তাহলে না হয় ভাবতো তা সত্ত্বেও কথা বলতে চাইলে কথা বলে না, তাই বৌদিকে বলেছিলাম। আর আমি যে ব্যবসায় আছি এখানে অল্পস্বল্প লেখাপড়া না জানলে বুদ্ধিশুদ্ধি না থাকলে ম্যানেজ করতে পারবো না তাই আমি চাইছিলাম ওর যদি সাহায্য পাই একসঙ্গে মিলেমিশে ব্যবসাটাকে বড়ো করব।
রনিত এবার থামল তারপর বলল ওর ভাবনা চিন্তা গুলো তো ভালোই ছেলেটাও ভালো, কিছু তো খারাপ দেখলাম না । পাঞ্চালির সঙ্গে কথা বলো, ছেলেমানুষি বুদ্ধি ছেড়ে একটু ঠিকঠাক ভাবে যেন বোঝার চেষ্টা করে। সেই ভাবে কথা বলো ।

হ্যাঁ তুমি কিছু খবর আনোনি তাই আমি কিছু বলিনি এবারে আমি কথা বলবো ওর সঙ্গে । ঠিক আছে জানা রইল আমারও তো ভালো লেগেছে ওই জন্যেই তোমাকে বললাম ।
দুপুরে দেবলীনা ঘুমিয়ে পড়েছিল তাই এমন সময় উঠেছে আর ইচ্ছে হয়নি গল্প শোনানোর । রাতে রনিত ল্যাপটপে বসে কাজ করছে দেবলীনা তাই খাতা নিয়ে এসে বললো বাবা এখন পড়ছি , মা এসো । পান নিয়ে এসে রণজয়ের হাতে দিয়ে বললো হ্যাঁ শুরু কর ।

সঙ্গমে আশ্রমে সার্থক বেড়ে উঠছে তিন মাস বয়স হয়ে গেল । হিমানীর মনটা থেকে থেকে আনমনা হয়ে যায় , সব ছাড়িয়ে চলে যায় আশ্রমের আলোছায়ায় ঢাকা পরিবেশে বকুলের সঙ্গে কাটানো সেই ঘর টাতে যেখানে এখন শুধুই শূন্যতার মাঝে এক দেবদূত শিশুর উপস্থিতি যার কান্না হিমানী ভুলতে পারে না , ওকে অস্থির করে ভাবিয়ে তোলে

।একটু যেতে হবে কতগুলো দিন কেটে গেছে। অনেকদিন যাওয়া হয়নি এখন কৌস্তবের সঙ্গে যা সম্পর্ক তাতে করে অফিসে না গেলে কিংবা না দেখা হলে হাজার প্রশ্নের জবাব দিতে হবে তাই বলল দুদিন আসব না অফিসে একটু মাকে দেখে আসি শরীর খারাপের সময় গিয়েছিলাম এসে আর যাওয়া হয়নি।

সেদিন আশ্রমে গিয়ে খুব ভালো লাগলো শকুন্তলা আন্টি সার্থক কে কোলে নিয়ে বাগানে ঘুরে বেড়াচ্ছিল হিমানী আদরের পুতুলটাকে কোলে তুলে নিল, সকলের সঙ্গে দেখা করল বাপ্পাজির সঙ্গে কথা হলো বাপ্পাজি জিজ্ঞেস করলেন "কতটা এগোলে তুমি তোমার পথে।" বলল দেখা হয়েছে কিছুটা আলাপ পরিচয় হয়েছে আমি আমার লক্ষ্যে পৌঁছাতে চাইছি খুব শিগগিরই। ঈশ্বর যদি সঙ্গে থাকেন তবে সব ঠিকঠাকই হবে চিন্তা করবেন না, আমার হয়তো সব মাসে নিয়মিত আসা হবে না। আসতে দেরি হবে মাঝে মাঝে আর না আসলেও আমার মনটা এখানেই পড়ে থাকে স্বার্থককে দেখবার জন্য মনটা আকুল হয়ে পড়ে। ওদিকেও সামলাতে হয় অফিসের ঝামেলাও কিছু কম নয়, নতুন অফিস নতুন কাজ নিয়ে আমি ব্যতিব্যস্ত।স্বামীজী আশীর্বাদ করলেন।

দিনের শেষে প্রণাম করে বাপ্পাজিকে বেরিয়ে আসলো আশ্রম থেকে হিমানী।

কৌস্তব কে বলেছিল দুদিন আসবো না আসলে ইচ্ছে হচ্ছিল নিজের ঘরে নিজের মত করে কিছুটা সময় কাটানোর। নিজের সঙ্গে কথা বলতে ইচ্ছে হয়। সারাদিন ব্যস্ততার মধ্যে কাটে এভাবে চলতে চলতে হিমানী যেন হাঁপিয়ে উঠেছে ভিতরে ভিতরে।

দুদিন পর অফিস যেতেই কৌস্তব বলল ওদের বাড়ি যেতে, মা বাবার সঙ্গে দেখা করতে, হিমানী আপত্তি করল না বলল হ্যাঁ আমাদের কোন সিদ্ধান্তে পৌঁছতে হলে মা-বাবার কাছে তো যেতেই হবে। কৌস্তবের বাড়ি থেকে এসে হিমানীর বেশ ভালো লেগেছিল ভারী মিষ্টি ব্যবহার কৌস্তবের মায়ের মধ্যে অনেক সাবলীলতা আছে নিজের মাকে খুঁজে পাওয়া যায় আর বাবা তো ভীষণ অমায়িক মানুষ। কৌস্তব বাড়িতে কিছু কথা বলেছিল হিমানীর ব্যাপারে তাই কৌস্তবের মা বললেন

"তোমরা আর দেরি কোরো না। যা করার তাড়াতাড়ি করো, সময় চলে গেলে অনেক কিছু ওলট-পালট হয়ে যায়, আমি আর চাই না দেরি করো তোমরা। নিজেরা ঠিক থাকলে আমি সব ব্যবস্থা করব"

এরকম এসব কথা বললেন কৌস্তবের মা। ভালো লাগলো ওনার বিচার দেখে। এতটা পরিচয় হয়ে গেল কৌস্তবের সঙ্গে বিয়েটাও প্রায় ঠিক অথচ কৌস্তব একবারও ওর অতীতের কথা বা বকুলের কথা কিছুই বলল না, সবটাই ধোঁয়াশা করে নিজের মনেই রেখে দিল

কৌস্তবের মা তার কথাবার্তার মধ্যে বেশ কিছু ইঙ্গিত করলেন যা কৌস্তবকে একটু অন্যরকম মনে হল। হিমানী সবই আন্দাজ করতে পারছে কৌস্তবের মায়ের কথাবার্তার ধরণ দেখে মনে হলো সবাই সবকিছুই জানেন অথচ কেউ স্বীকার করছেন না সামনে। অফিসের সকলে বিয়ের ব্যাপারটা জানার পর তাদেরও মধ্যে একটা প্রশ্ন বোধক চিহ্ন

মুখের উপর ভেসে উঠছে দেখেছে হিমানী অর্থাৎ বকুলের ব্যাপারটা কারোরই অজানা নয় যে কৌস্তবের সঙ্গে একটা সম্পর্ক ছিল বকুলের এবং এরা বকুলকে সকলেই চেনে এবং জানে। হিমানীর কাছে কেউ কোনদিন বলেনি বা বকুলের কথা কোনদিন আলোচনা করে নি।

হিমানীর এটাই মনে হচ্ছে প্রথম থেকেই কৌস্তবের সঙ্গে সম্পর্ক গড়ে ওঠার কারণেই হয়তো কেউ বকুলের ব্যাপারে আগ্রহ দেখায় নি। যাই হোক সব দিক রক্ষা হয় এমনটাই হিমানী আশা করছে।

মাস দুয়েকের মধ্যে বিশেষ কিছু আয়োজন না করেই কৌস্তবের সঙ্গে হিমানীর বিয়ে হয়ে গেল মুষ্টিমেয় কিছু লোকজনের সহায়তা ও উপস্থিতিতে। এইরকমই চেয়েছিল হিমানী কারণ ওর মনের অবস্থা এমন কিছু ভালো নেই যাতে করে নিজের বিয়েটা মনের মতো করে উপভোগ করতে পারে।

বিয়ে হয়ে গেল হিমানীর সব দিক রক্ষে হতে এখনো কিছু পথ বাকি। আশ্রমে সার্থক বেড়ে উঠছে ছয় মাস বয়স হয়ে গেল বড় দেখতে ইচ্ছা হয় কিন্তু এখন হিমানী বিবাহিতা, দৌড়ে দৌড়ে গিয়ে আশ্রমে উপস্থিত হওয়া সম্ভব হচ্ছে না। আশ্রম থেকে বাবাজি এবং নাইডু আঙ্কেল ফোন করেছিলেন দুজনেই প্রায় একই কথা বলেছিলেন,

"মাঝে মাঝে না আসলে তুমি গুড়িয়া বেটি সার্থক এর কাছে অপরিচিতা হয়ে থাকবে, তোমাকে চিনতে ওর কষ্ট হবে এমন বয়স অবশ্য হয়নি এখনো। মানুষ চিনতে পারবে না এখনই তবুও বাচ্চা চিনুক আর না চিনুক নিজেদের আপন জনের কোল টা ভালো করে বুঝে নেয় ওরা, আর তার জন্যই বেশি বেশি করে সঙ্গে থাকতে হয়।"

সব কথার মানে বুঝেছে বুঝতে পারছে, মায়ের কাছে যাওয়ার কথা বলা যাবেনা সেক্ষেত্রে কৌস্তবের যাওয়ার কথা উঠবে। কিন্তু কিভাবে আশ্রমে পৌঁছাবে সেটা ভাবতে ভাবতেই মাথায় এলো পুরনো চাকরিতে স্কুলের মাস্টার দিদিরা আছেন। সেখানে সকলের সঙ্গে দেখা হওয়ার একটা সুযোগ নেওয়া যেতে পারে। তাই কৌস্তব কে জানালো বাড়িতে শশুর শাশুড়ি কেও বলল সামনের ছুটির দিনটাতে স্কুলের সকলে ডেকেছে, সকলের সঙ্গে দেখা করার জন্য হিমানীকে একটা দিন সেখানে যেতে হবে।

পরের ছুটির দিনটাতে বেরিয়ে পড়লো।

আশ্রমে গেটে ই নাইডু আঙ্কেলর সঙ্গে দেখা। হিমানী কে দেখেই বুঝতে পারলেন হিমানী বিয়ে করেছে প্রণাম করতেই আশীর্বাদ করলেন

কেমন আছো বেটি

খুব ভালো

আমি জানি তুমি ভালো নেই বেটি, এখন তুমি ভালো থাকতে পারো না। রাজপুত্রকে যতক্ষণ নিয়ে না যাচ্ছ ততক্ষণ কি তুমি ভালো থাকতে পারো।

হ্যাঁ আঙ্কেল সবই তো জানেন। দেখি ঠাকুরের কি ইচ্ছা।

ঠাকুরের ইচ্ছা ভালই হবে। যাও ভেতরে যাও বাপ্পাজির সঙ্গে দেখা করো।

হ্যাঁ আঙ্কেল,

হিমানী বেরিয়ে এলো, শকুন্তলা আন্টির সঙ্গে দেখা, খুব ভালো থাকে শকুন্তলা আন্টির সঙ্গে সার্থক ।অনেকক্ষণ সময় কাটলো অনেকটা বড় হয়ে গেছে টুলটুল করে তাকাচ্ছে, কি সুন্দর দেখতে হয়েছে একদম যেন বকুলের মুখ বসানো রংটা বাবার মতো উজ্জ্বল সত্যিই যেন রাজপুত্তুর,অস্পষ্ট একটা দুটো শব্দ বার করছে মুখ থেকে । বাপ্পাজিকে কাছে গিয়ে প্রণাম করে দাঁড়ালো। বাপ্পাজি খুব খুশি হলেন, দেখলেন মাথায় সিঁদুর জ্বলজ্বল করছে, মাথায় হাত রেখে আশীর্বাদ করলেন" ঈশ্বর মঙ্গলময়" তোমার পথে "তুমি এগিয়ে যাও" সারাদিন কাটিয়ে আশীর্বাদ নিয়ে ফিরে এলো হিমানী ।

মনটা অনেকটা হালকা লাগছে ভীষণ ভালো লাগছে সার্থক এর সঙ্গে অনেকটা সময় কাটিয়ে। আদর টা যেন সারা শরীরে মেখে নিয়েছে। সারা শরীরে সার্থক এর ছোঁয়া সার্থকের গায়ের গন্ধ বারবার মনে পড়ছে ছোট্ট ছোট্ট তুলতুলে হাত দুটো দিয়ে কখনো চুল ধরে টানছে কখনো কপালের কখনো চোখে মুখে আলতো হাতে থাবা দিচ্ছে । গালে গাল ঠেকিয়ে আদর করলে খিলখিল করে হেসে উঠছে । মুহূর্তগুলো মনে করিয়ে দিচ্ছে বকুলের উপস্থিতি । মনটা কেঁদে উঠলো তবুও মুখ থেকে বেরিয়ে এলো ভালো থাকিস বকুল , দ্যাখ তোর সন্তান ভালো আছে , ভালো আছে আমার কাছে আর থাকবেও তুই কিচ্ছু ভাবিস না ।

বাব্বা বকুল কপাল করে হিমানীর মতো বন্ধু পেয়েছে ।

খুব ভালো হচ্ছে , রণজয়ের কোন সাড়া নেই , সুলেখা দেখালো দেবী কে , রণজয় চেয়ারে বসে বসেই ঢুলছে ।

বাবা বিছানায় গিয়ে শুয়ে পড়ুন ।

ধরমরিয়ে উঠলো হ্যাঁ হ্যাঁ ও শেষ হয়ে গেছে । ঘুম ধরে গেছে ।

ঠিক আছে কাল আবার শুনিয়ে দেব , এখন শুয়ে পড়ুন ।

35

পঞ্চস্ত্রিংশ পর্ব

আজ সকাল থেকেই দেবলীনার মনটা ভীষণভাবে উতলা হয়ে আছে। অনেকদিন ধরে গল্প লেখার খাতাটা যেন মনটাকে ভারী করে রেখেছে। বকুলের কথা লিখতে লিখতে নিজেও যেন গল্পের সঙ্গে হারিয়ে গেছে। একাত্ম হয়ে গেছে মন প্রাণ , মেঘলা মন নিয়ে যেন শরীরটা দেবীর ক্লান্তিতে ভরে আছে। ভীষণভাবে রনিকে কাছে পেতে ইচ্ছে করছে, অথচ সেরকমভাবে তো কোনদিনই রনিকে কাছে পাওয়ার সম্পূর্ণতা আসেনা। যেমনভাবেই আসুক তাতে তাকে খুশি তেমন ভাবেই থাকতে হয় । কিভাবে যে একটা বছর কাটতে চলেছে মনেও পড়ে না । কিভাবে দিনগুলো কেটে গেল আজ আর পিছনে তাকাতে চায় না দেবী । এইভাবে বিষাদগ্রস্ত ভাবনায় দুলতে দুলতে না পাওয়ার কষ্টটাও যেন গা সওয়া হয়ে গেছে ।

তবুও আজ রনিকে ভীষণভাবে কাছে পেতে ইচ্ছা করছে তাই প্রতি রাতের মতো আজও দেবলীনা অন্তরঙ্গ হওয়ায় চেষ্টা করল। ভীষণভাবে রনিতের বুকের মধ্যে নিজেকে লুকিয়ে ফেলতে চাইলো ফিসফিস করে বলে উঠলো এখনো কি আমায় ভালোবাসো রনিত সেইরকম যেদিন প্রথম দেখেছিলে তেমনই । সুখী হতে পেরেছো তুমি আমাকে নিয়ে , সত্যিই কি সুখী তুমি ? কথাগুলো বলে নিজেকে বড্ড ছোট মনে হল । নিজের কানেই কথা গুলো বাজলো ,এভাবে কি কারো চাওয়া-পাওয়াকে কেড়ে নেওয়া যায় !

কিন্তু রনিতের মধ্যে কোনো ক্লান্তি নেই কোন দ্বিধা নেই । সে সবসময়ই ঘুমভাঙা নতুন সকালের মতো দেবীকে দেখে। সবসময়ই দেবীকে একটা আলাদা মনে হয়, মনে হয় সব সময় তরতাজা সদ্য ফোটা ফুলের মত, কখনোই মলিনতা ওকে শোভা পায় না । দেবীকে যতই দেখে রনিত আশ্চর্য ভাবে চেয়ে থাকে ভাবে কোথা থেকে এত প্রাণ পায় কোন স্বপ্নলোকের বিচরণ করে । দেবী কি করে মনুষ্যত্বের সহজাত প্রবৃত্তি গুলোকে সরিয়ে নির্লিপ্ত উদাসীনভাবে নিঃস্বার্থভাবে ভালবাসতে পারে , সে কথা ভেবেই যেন

আরও অপলক চোখে তাকিয়ে থাকে, কখনোই দেবীকে কে উপেক্ষা করতে বা ঠকাতে পারবেনা এমনই যেন মন বলে চলে। একটা নিষ্পাপ ফুলকে কেইবা নিঃশেষ হয়ে যেতে দিতে পারে, দু পায়ের নিচে পিষে দিতে পারে তেমন নিষ্ঠুর কি হতে পারে কেউ !

দেবীর রূপের স্নিগ্ধতার গভীরে ডুবে যায় রণিত মিশিয়ে দেয় নিজেকে ভাসিয়ে দেয় নিজেকে দেবীর ভালোবাসায়। নরম আলোয় দেবীকে আরও মায়াবী মোহময়ী লাগে ।মোমের মত পবিত্র শরীরটাকে ভীষণ আপন করে নেয়, ভালোবাসায় উষ্ণতায় প্রেমের অহনে ভরিয়ে তোলে।

দেবলীনা জানে রনিতের দিকে কোন ঘাটতি নেই। রনিত জানে সেই একই নাটক অনুষ্ঠিত হতে চলেছে , সে নিরুপায় তার কোথাও কোন পরিবর্তন নেই। তবুও কামনার উষ্ণতায় দগ্ধ হতে থাকে , আঘাতে আঘাতে জর্জরিত হতে থাকে সুঠাম কঠিন পৌরুষ।

ক্লান্তিকর অবসাদে বুকচেরা অভিমান ক্রন্দন করে ওঠে -----------শিউলি ---------- শিউলি------- মুক্তি দাও---- আমায়। --------- ক্ষমা করো আমায়----------একবার এসে দেখো ভালোবাসি আমি তোমায়।

প্রতিদিন যখন রনিত দেবলীনার আলিঙ্গন থেকে নিজেকে মুক্ত করে দূরে সরে যায় ওর অসহায়তা দিকে মুখ তুলে তাকাতে পারে না তাই পাশ ফিরে শুয়ে নিজেকে সংযত রাখে কিন্তু আজ রনিত কে এভাবে চিৎকার করে উঠতে দেখে ধড়মড়িয়ে উঠে বসে। দেবলীনা দুইহাতে মুখ ঢেকে কাঁদতে দেখে ব্যস্ত হয়ে পড়ে দেবী। কি হয়েছে রনি কাঁদছো কেনো, কার কাছে মুক্তি চাইছ ? শিউলি কে ?

মুখ থেকে হাত সরিয়ে দিয়ে চোখের জল মুছে দিয়ে পরম আবেগে দেবলীনা কাছে টেনে নেয় রনিতকে। নিজেকে সামলে নিয়ে কথা বলল,

দেবী তোমাকে আমার বলা উচিত ছিল আগেই, আমি শিউলিকে ভালবাসতাম শিউলি আমার জীবন থেকে হারিয়ে গেছে কিন্তু বিশ্বাস করো দেবী আমি শিউলিকে হারাতে চাইনি। আমি স্বপ্নেও ভাবতে পারিনা আমি শিউলিকে ঠকাবো। শিউলিকে ভোলা যায় না আমি ভুলতে পারছিনা। আর তাই তোমাকেও এভাবে আমার ঠকাতে হচ্ছে দিনের পর দিন। তুমি কষ্ট পাচ্ছ আমিও যে ভালো আছি তা নয় সে তুমি বুঝতে পারো।সুখী হতে পারছিনা তোমাকেও পারছিনা ভালো রাখতে ছায়ার মতো শিউলি আমার সামনে এসে দাঁড়ায়।

ওহ ভগবান, দুইহাতে মুখ ঢেকে রনি ,

দেবী আমায় বলে দাও আমি কি করবো।

দেবলীনা চুপ করে শুনছিল রনিতের বলে যাওয়া কথাগুলো দেবী মনে মনে স্বীকার করল সত্যিই শিউলিকে ভোলা যায়না , শিউলির মুখটা মনে পড়ে শিউলি চিরতরে চলে যাওয়ার মুহূর্তটা মনটা ভারাক্রান্ত করে তোলে।অবসন্ন মনটা বলে ওঠে শিউলিরা এভাবেই হারিয়ে যায় রনি, শিউলি ফুলের মতোই অকালে ঝরে যায় বাসি হওয়ার আগেই

টাটকা তরতাজা শিউলি মাটিতে আশ্রয় নেয় । গাছে ফুটতে পেরেছে এই কৃতজ্ঞতায় চেয়ে থাকে প্রকৃতির দিকে।

কি সব আবোল তাবোল বকছো দেবী আমিতো মাথামুণ্ডু কিছুই বুঝছি না ।

কষ্ট পেয়ো না রনিত আর তুমি কোনদিনই ফিরে পাবে না শিউলিকে । শিউলি আর আমাদের মধ্যে নেই শিউলি মারা গেছে।

কি বলছো তুমি ! তুমি কি করে জানলে ?

দেবলীনা আজ যেন সবকিছু বলার জন্য নিজেকে প্রস্তুত করে নিয়েছে । আজ রনিতকে যে অবস্থায় দেখছে এই দিনটার জন্য এক বছর ধরে দেবলীনা অপেক্ষায় আছে তাই বিয়ের প্রথম দিন থেকেই রনিতের অসহায়তাকে দেখেও ভেঙে পড়েনি । কখনো মনে হয়নি এমন নারীত্বের অপমান কি করে সহ্য করবে ? নিজের কামনার আগুনে জ্বলে পুড়ে দগ্ধ হওয়া শরীরটাকে টানতে টানতে একবছর দেবলীনা অপেক্ষায় দিন গুনছে আর রনিতকে সাহায্য করছে করে এসেছে। কিভাবে সুস্থ থাকবে সুস্থ হবে নিজের মনকে ঠিক করে রাখবে সেই জন্য রনিতের জন্য কোন দিনই অস্থির হয়নি।

কোনদিনই বিপক্ষে কোনো কথাই বলে নি কখনো ওরা নীতির বিরোধিতা করেনি । রনিতকে শুধু দেখে গেছে আর বুঝে চলেছে যে এই মানুষটার উপর দিয়ে কত ঝড় বয়ে যাচ্ছে । আজ শিউলিকে না পাওয়ার এক বছর ধরে যে কষ্ট রনিত পাচ্ছে তার জন্য যে মানসিক যন্ত্রণা রনিত সহ্য করছে তার একমাত্র সাক্ষী দেবলীনা । শিউলির সব কথা জেনেও রনিতকে বলতে পারেনি দেবলীনা , রনিতের কষ্ট দেখেছে নিজেও কষ্ট পেয়েছে। সার্থককে দেখার জন্য মনটা অস্থির হয়ে আছে, সার্থকের কান্না দেবলীনাকে উতলা করছে , এতোটাই মন জুড়ে আছে তাকে ভুলে থাকা যায় না , ভালোবেসে ভুলে থাকার কষ্ট দূরে থাকার যে কি কষ্ট দেবলীনা পাচ্ছে আর রনিতের জন্য যে কত কষ্টকর তা উপলব্ধি করছে । তবুও রনিতকে বলতে সাহস করেনি কারণ আজকের অবস্থায় রনিতের উপনীত হওয়া খুবই দরকার ছিল ভীষণভাবে প্রয়োজন ছিল যা শিউলিকে সামনে আনার জন্য একমাত্র মুহূর্ত একমাত্র সন্ধিক্ষণ যেখানে দেবলীনা সমস্ত উজাড় করে দিতে পারে আজ সেইজন্যই রনিকে প্রস্তুত থাকতে হবে শিউলির সমস্ত কথা শোনার জন্য ।

রনিতের সঙ্গে সম্পর্ক গড়ার পর থেকে বিয়ের পর থেকে দেবলীনা এই মুহূর্তটা জন্যই এই দিনটার জন্যই অপেক্ষা করে এসেছে যেদিন রনির নিজেই শিউলির কথা বলবে যে স্মৃতি ও এতোদিন বয়ে বেড়াচ্ছে কষ্ট পাচ্ছে আর সবটাই উজাড় করে দিয়ে হালকা হবে এই মুহূর্তটা জন্যই অধীর আগ্রহে অপেক্ষা করছিল দেবলীনা ।
রনিত আমি আজ সবকিছুই বলবো সমস্ত ঘটনা সমস্ত গল্প শিউলিকে ঘিরে যা তোমাকে ধৈর্য ধরে শুনতে হবে তার আগে তুমি একটু জল খেয়ে নাও। ধীর স্থির হয়ে বসো , আমি তোমাকে কষ্ট দিতে চাইনা, যে কষ্ট তুমি পেয়েছো এটা তোমার কোন দোষের প্রায়শ্চিত্ত নয় কারণ তুমি কোন দোষ করোনি । এটা তোমার শুধুই কপালের ফের

দুর্ভাগ্য তোমার যে তুমি ছিলে না শিউলির। শিউলিরা দুর্ভাগ্য যে তোমাকে নিয়ে বাঁচতে পারল না। শিউলির জন্যই আজ আমার জীবন একটা সাংঘাতিক বাঁক নিয়েছে, আমি এমন একটা জীবনের মোড়ে দাঁড়িয়ে আছি যেখানে সবটাই শিউলিকে ঘিরে সবই বলছি আমাকে একটু দম নিতে দাও আমিও ভীষণ ক্লান্ত রনি ভীষণ ভীষণ ক্লান্ত।

36

ষটিস্ত্রংশ পর্ব

রনিত চোখের জলে ভাসতে ভাসতে বললো শিউলিকে তো আমি কোনোদিন কষ্ট দিইনি । আমাদের বিয়ে ঠিক হয়ে গেছিল, চেয়েছিলাম দুজন দুজনকে পছন্দ করি যখন বিয়েটা সেরেই ফেলবো । মা বাবাকে নিয়ে বেড়াতে গিয়েছিলাম তারপরে এসে শিউলির আর দেখা পায়নি । তুমি যখন জানো শিউলিকে তাহলে নিশ্চয়ই জানো ও কেন চলে গেল।

তুমি শিউলিকে ভালোবাসলেও ও তোমাকে ত্যাগ করে গেছে রনিত । ও ও তোমাকে ভালোবাসত, ভীষণ ভালোবাসতো আর সেই ভালোবাসার দিব্যিতেই তোমাকে ছাড়তে বাধ্য হয়েছে, যাতে তুমি আর ভবিষ্যতে কোনরকম বিপদে না পড়ো, বিপর্যয়ের মধ্যে যাতে পড়তে নাহয় তাই চলে যেতে বাধ্য হয়েছে ।তোমার আর শিউলির ভালোবাসার মুহূর্তটাই ও ধরে রেখেছিল ওর শরীরে যা ওর মৃত্যুকে ডেকে এনেছে । তোমার ভালবাসার চিহ্ন ওর শরীরে ফুটে উঠেছিল তোমার অনুপস্থিতিতে তাই ও স্থির করেছিল চলে যাবে তোমার শহর থেকে। চলে গেল কাউকে না জানিয়ে । আর যখন ও নিজেকে সরিয়ে নিয়েছিল সবার থেকে তখনই আমার সঙ্গে ওর দেখা হয় ওর সেই পিসির ভাসুরের ছেলে সুধাংশুদার বাড়িতে আশ্রয় নিয়েছিল সেখানে সুধাংশুদা ছিল না । বাড়িওয়ালী ওকে চিনতো তাই আশ্রয় দিয়েছিল। কিন্তু প্রচন্ড অসুস্থ ছিল অসুস্থ শরীরে ওর একা থাকা কখনোই সম্ভব নয় হঠাৎই আমার সঙ্গে দেখা হয়ে যায় তারপর থেকে আমার সঙ্গেই থাকে আমি ওর সম্পূর্ণ দায়িত্ব নিয়ে ওকে আমার পরিচিত আশ্রমে রেখে আসি।

আবারো ভেঙে পড়ল রনিত।

কেঁদোনা রনিত জানি তোমার কষ্ট হচ্ছে আমিও একই অবস্থায় কাটাচ্ছি শিউলির সঙ্গে দেখা হওয়ার পর থেকে । তোমার কষ্ট হচ্ছে সে আমি জানি তবুও বলছি এখন যা বলব তোমাকে সবটাই শুনতে হবে কারণ এক বছর ধরে তুমি অনেক কিছু জানো না অনেক অন্ধকারে তুমি রয়েছো একটু ধৈর্য ধরে নিজেকে শান্ত করে আমার কথাগুলো

শোনো। সামলে নেয় রনিত।
দেবলীনা বলতে শুরু করে,

শিউলি আমার বন্ধু কলেজে আমরা একসঙ্গে পড়েছি।জানো তো তোমার আর শিউলির অন্তরঙ্গতায় তোমাদের ভালোবাসার চরম মুহূর্ত টাই ছিল শিউলির জীবনের একমাত্র মৃত্যুর কারণ এবং সেই কারণ ছিল শিউলি অন্তঃসত্ত্বা। যেদিন জানতে পারে ও সেই দিনই নিজেকে সরিয়ে নেয় তোমার কাছ থেকে। সরিয়ে নেয় অফিসে থেকে আড়াল করে সম্পূর্ণ নিজেকে। শিউলি সন্তানসম্ভবা যেদিন থেকে জেনেছে সেদিন থেকেই ও মানসিকভাবে ও শারীরিকভাবে ভীষণ অসুস্থ ছিল। আমার সঙ্গে দেখা হওয়ার পর থেকেই আমি বুঝেছি ওর যত্ন ভীষণভাবে দরকার।ও আমার কাছে নিজেকে সঁপে দিয়ে ছিল। আমি ওর দায়িত্ব নিয়ে ওকে আমি রেখে আসি আশ্রমে, ওখানে ভীষণ যত্নে ও থাকতে থাকে। ওর সমস্ত অসুস্থতা কেটে যায় সুন্দরভাবে ওর ছেলের জন্ম দেয়।
রনিত তোমার আর শিউলির সন্তান সুরক্ষিত আছে 'সঙ্গম' আশ্রমে। সেখানেই বেড়ে উঠছে তোমার সার্থক এখনো বছর দেড়েক বয়স। আমি এই সঙ্গমই ওর থাকার ব্যবস্থা করি ওখানে ওর সন্তান সার্থক এর জন্ম হয় কিন্তু ওর তো কোন অপরাধ নেই যে ও একটা সুস্থ জীবন পাবে না। শিউলি জানতো ও সন্তানকে জন্মদিতে গিয়ে ওর অবশ্যম্ভাবীরূপে মৃত্যু ঘটবে, তাই যেদিন থেকে ওর সঙ্গে দেখা হয়েছে সেদিন থেকেই ওর মধ্যে বেড়ে ওঠা সন্তানকে ও আমায় সঁপে দেয়। ওকে তোমার কাছে আসতে বলেছিলাম সব ঠিক হয়ে যাবে নিজের জীবনটা নিয়ে এভাবে ছেলেখেলা করতে না বলেছিলাম। ওর উত্তর ছিল ওর যা হয় হোক ও তোমার জীবনকে নিয়ে ছেলেখেলা করবে না তাই ও তোমার কাছ থেকে সরে গেছে কিন্তু তোমার ভালবাসার চিহ্ন কে ও নষ্ট করেনি। ও জানত ওর জীবনে বিপর্যয় ঘটবে, ওর ছেলে বাঁচলেও বাঁচতে পারে কিন্তু ও বাঁচবে না এরকমই ওর ধারণা ছিল। এবং অদ্ভুতভাবে সেই ধারণা সত্য হয়ে গেলো যা আশ্রমের কেউই এবং আমিও বিশ্বাস করতে পারিনি বলা কথাগুলো এভাবে সত্যি হয়ে যাবে।

আমি ওর জন্য যা করেছি বাধ্য হয়ে করেছি তবে শিউলির সন্তানের আমি মা হতে চাই। শিউলিকে যে আমি কথা দিয়েছি ওর সন্তানই আমার একমাত্র সন্তান থাকবে। কোনদিন আমার দ্বিতীয় সন্তান হবে না। আমার সম্পূর্ণ মাতৃত্বকে ঘিরে থাকবে সার্থক। আমি যতদিন বেঁচে থাকবো ততদিন ও জানবে না আমি ওর জন্মদাত্রী মা নই। শিউলির ও সেরকমই ইচ্ছে।

শিউলির সন্তানের জন্য আমি শিউলির পিসির ভাসুরের ছেলে সুধাংশু দার কাছে পুরুলিয়ায় যেত যেখান থেকে আমি শিউলিকে উদ্ধার করি সুধাংশু দার সঙ্গে যোগাযোগ করি তোমার কাছাকাছি পৌঁছানোর জন্য ওর সাহায্যে ট্রানস্ফার হয় তোমার সঙ্গে আলাপ হয়। তোমার পাশে শিউলির জায়গায় পোস্টিং হয় আমার। তবে এখানে তুমি ভেবোনা শিউলি বা স্বার্থকের স্বার্থে আমার এসব পরিকল্পনা। উদ্দেশ্য যাই থাকুক না কেন আমি তোমাকে ভালোবেসেই বিয়ে করেছি সেখানে কোনো ফাঁকি নেই।

রনিত অবশ্যই আমাদের ভালোবাসা প্রেম যাই বলো না কেনো আরো অনেক দিন এগিয়ে নিয়ে যেতে পারতাম আর সেটার প্রয়োজন ছিল। আমাদের ভালোবাসার আরও গভীরতার প্রয়োজন ছিল। এত তাড়াহুড়ো হয়তো করতাম না আরো গভীরভাবে চুটিয়ে কয়েক বছর প্রেম করতাম কিন্তু যেদিন শিউলিকে জানলাম আর শিউলির জন্য তোমাকে চিনলাম দুইয়ে দুইয়ে চার হয়ে গেল। তোমাদের বাড়িতেও আমার যাওয়ার প্রয়োজন পড়লো, যাওয়ার কারন তোমাকে বিয়ে করতে হলে সেটারও প্রয়োজন। তোমার বাবা-মায়ের সঙ্গে পরিচয় করাও প্রয়োজন।
আর আশ্রম থেকে স্বামীজি বলেছিলেন,
"বাচ্চার কথা বলার সঙ্গে সঙ্গে মানুষ চেনার সঙ্গে সঙ্গে ওকে নির্দিষ্ট জায়গায় পৌঁছাতে হবে। যদি তুমি ওকে ওর দায়িত্ব নাও তাহলে সেই সময়ের মধ্যেই তোমাকে ব্যবস্থা করতে হবে। ওর জ্ঞান হওয়ার পর থেকেও যেন জানে তোমরাই ওর মা-বাবা তবেই ওকে নিয়ে যেও তা নাহলেও আশ্রম এই বড় হোক যত তাড়াতাড়ি সম্ভব সেটা ভেবে দেখো। "
এরকম নির্দেশ দেওয়াতে আমারও ভীষণ তৎপরতা লেগে গেল তোমার সঙ্গে আর প্রেম করা হলো না বিয়ে করতে বাধ্য হলাম।

এখন যা বললাম সব টা নিশ্চয়ই বুঝেছ।
দেবলীনার কথা শুনতে শুনতে কোথায় হারিয়ে গেছিল রনিত, মনে পড়ছিল শিউলির সঙ্গে কাটানো সেদিনের সেই মুহূর্তের কথা যে মুহূর্ত লেখা হয়ে গেছিল আজকের এই দিনের কথা।
বাবা-মায়ের সঙ্গে কথা বলতে হবে অনেক কিছুই অন্ধকারে রয়ে গেছে এতসব বোঝা বইতে বইতে আমি ক্লান্ত ক্লান্ত তোমাকে দিনের পর দিন সেই কষ্টের ভাগীদার করে তোমার সঙ্গে প্রতারণা করেছি।

না রনি প্রতারণা তুমি করোনি তুমি বরং কিছু মুহূর্তের শিকার হয়েছ যা তোমার একেবারে অনিচ্ছাকৃত। আমি তো তোমাদের সমস্ত ঘটনার কথা জেনেছি অথচ সবকিছু জেনেও আজকের এই মুহুর্তের অপেক্ষায় দিন গুনেছি কারণ তোমার মনের এই শুদ্ধতার খুব প্রয়োজন ছিল, আজ তুমি কষ্টিপাথরে যাচাই করা এক স্বচ্ছ হীরে। ছেলের কাছে পৌঁছানোর জন্য শিউলির প্রতি ভালবাসার গভীরতা এবং তোমার নিজেকে নিজের জানার খুব প্রয়োজন ছিল।

আর মা-বাবাকে সবকিছু জানানো বোঝানোর ব্যাপারে আমি অনেকদিন ধরেই পরিকল্পনা বা প্রস্তুতি নিয়েছি। তুমি কিচ্ছু ভেবো না আর দুটো দিন আমায় সময় দাও।

একরকম অপরাধীর স্বরে রনিত দেবীর হাত দুটো নিয়ে নিজের মুখে চেপে ধরলো, তুমি আমায় ক্ষমা করো দেবী, শিউলির ব্যাপারে তোমাকে কিছু না জানিয়ে তোমার সঙ্গে সম্পর্ক গড়েছি, এ আমার চরম অন্যায় আর সেই অপরাধের খেসারত আমি বিয়ের পর থেকেই দিয়ে আসছি।

এভাবে বোলো না রনি , আমরা প্রত্যেকেই পরিস্থিতির শিকার আর তার জন্য আমরা কিছু না কিছু অন্যায় করতে বাধ্য হই। বিধ্বস্ত ভেঙে পড়া রনিত কে বুকের মাঝে টেনে নিল , আস্থা ভরসা দিয়ে আদরে ভরিয়ে দিলো।

37

সপ্তস্ত্রিংশ পর্ব

আজ দেবলীনা নিজেকে আয়নার সামনে দাঁড় করিয়েছে। নিজের বিবেক কে সে আজ দাঁড় করাবে কাঠ গড়ায় । কতগুলো প্রশ্ন ঘুরে ঘুরে আসছে মনের মধ্যে , মাথার মধ্যে অস্থিরতা কুরে কুরে খাচ্ছে। কিছু দ্বিধাজনিত বিবেকের অভিব্যক্তি বারবার প্রশ্ন করছে নিজেকে

কিছু কি ভুল হলো ?

অন্যায় কি কিছু করে ফেললাম ?

নিজের কৃতকর্মের জন্য নিজের কাছেই কি কোনরকম দোষের ভাগিদার হয়ে রইলো ?

সে প্রশ্ন বারবার ফিরে ফিরে আসছে ।

কোথাও কি সুযোগ নেয়া হয়ে গেল ?

কিছু কি স্বার্থপরতা রয়ে গেছে ওর মধ্যে ?

কি করবে দেবলীনা , আজ যখন সব কিছু ঠিক হতে চলেছে, ঈশ্বর যখন তাকে পথ দেখিয়েছে তখন সে পথে হাঁটতে গেলে নিজেরও তো মানসিক শান্তির প্রয়োজন যে শান্তি তার এতগুলো বছরে কোনদিনই সঙ্গে ছিলনা, যে শান্তির খোঁজে বারবার ছুটে গেছে বাবার সঙ্গে সঙ্গম আশ্রমে, এখন শিউলির ছেলে সার্থক কে মানুষ করতে গেলে সবার আগে প্রয়োজন সেই শান্তির এবং দেবলীনার সুস্থ থাকা । দেবলীনা বুঝে পায়না কি করণীয় , উভয় সংকটের মুখে , হাজারো প্রশ্নের মুখে দেবলীনা দিশাহারা ।ঠিক কোনটা বা বেঠিকই বা কোনটা ।

আজ তার শরীরে রয়েছে এক দুর্বলতা, দেবলীনা কোনদিনই সন্তানের মা হতে পারবে না সন্তান ধারণের ক্ষমতা সে কিশোরী বয়সে হারিয়েছে, যে অক্ষমতার শিখন্ডী খাড়া করে সে কোনোদিনই চাইনি সংসার জীবনে পা রাখতে , সেখানে ভাগ্যের চক্রে রনিতের সঙ্গে সম্পর্ক তৈরি করেছে , হ্যাঁ অবশ্যই সে পথে গিয়ে রনিতকে ভালোবেসেছে যে ভালোবাসা আসার আগে সে শিউলির সন্তানের মা হয়েছে যারএকমাত্র উদ্দেশ্য ছিল শিউলির সন্তান

সার্থকের সুরক্ষা। ভাগ্যের ফেরে তাকে আজকে মা হতে হয়েছে, অন্যের সন্তানের সেখানে রয়েছে দায়িত্ব কর্তব্য প্রতিজ্ঞা কথা রাখার কিছু বাধ্যবাধকতা । সেখানে দেবলীনা কি করত ছেলেকে ফিরিয়ে দিত ? সন্তানের কথা ভাবার মতো তার কোন ইচ্ছে বা দায়িত্ব ছিল না কি ? সেকি মুখ ফিরিয়ে নিতে পারত শিউলির বন্ধুত্ব ভালোবাসা কে অস্বীকার করে !

শিউলির কাছে দেবলীনা সত্যিই কৃতজ্ঞ , দেবলীনাকে স্বাভাবিক করার জন্য অনেক রকম ভাবে শিউলি চেষ্টা করেছে । সকলের সঙ্গে মেশার জন্য দেবলীনা কখনোই উপযুক্ত ছিলনা । অক্ষমতার কথা বা শরীরের ঘাটতির কথা শিউলি জানতো না কিন্তু দেবলীনার মধ্যে যে স্বাভাবিকতা ছিল না সেটা সে লক্ষ্য করেছিল তাই যথাসম্ভব চেষ্টা করেছিল দেবলীনা কে ভালো রাখার । শিউলির ত্যাগস্বীকার শিউলির মহত্ব ভোলার নয় ।শিউলি ওর ভালোবাসার চিহ্নকে রাখত জীবনের মায়া করল না , এতোটুকু ভাবলো না নিজের কথা । এমনও তো হতে পারত সন্তানটাকে পৃথিবী থেকে সরিয়ে দিয়ে নিজে বেঁচে থাকতো, না সেটা সে করেনি তাহলে দেবলীনা কি এটুকু পারেনা ওর সন্তানকে নিজের করে নিয়ে তাকে একটা সুস্থ জীবন দিতে আর সেটা করতে গিয়ে যদি সে সংসারী হয় তাতে দোষ কোথায় !

তার নিজের অক্ষমতা রয়েছে বলে তার ভালোবাসার অধিকার নেই ?
ভালোবাসা পাওয়ার অধিকার নেই ?
তার বেঁচে থাকার অধিকার নেই ?
তার সংসার পাওয়ার অধিকার নেই ?
কাউকে ভালো রাখার অধিকার নেই ?
আজকে দেবলীনা শিউলির সন্তানকে ভালো রাখতে চাইছে, শ্বশুর-শাশুড়িকে ভালো রাখতে চাইছে,রনিতেকে ভালো রাখতে চাইছে ।
তাহলে সে কি অন্যায় করছে, বিবেকের কাছ থেকে তার মুক্তি নেই ! নিজের সপক্ষে কি কিছুই বলার নেই ! দেবলীনা অন্তত এটুকু বোঝে সবকিছুকে স্বার্থ দিয়ে বিচার করা যায় না । সবকিছুর পেছনে অভিযোগ খাড়া করা যায় না ।নৈতিকতারও মূল্য আছে আর যদি বলা যায় দেবলীনা স্বার্থপর সে সুযোগের সৎ ব্যবহার করেছে তাহলেও তার প্রয়োজন আছে তা না করলে তো শিউলির সন্তানের মা হওয়া যেত না। আজকের সন্তানকে সুস্থ রাখতে হলে তার ভবিষ্যতকে নিশ্চিত করতে হলে দেবলীনাকে সংসারী হতে হবে এর পেছনে যদি দেবলীনার কোন স্বার্থ থেকে থাকে তাহলে সেটা তার অক্ষমতাকে লুকিয়ে রাখার সার্থকতা যেটা একটা নারীর কাছে একটা গর্বের বিষয় দেবলীনার সন্তান ধারণের ক্ষমতা নেই সেটা তার একমাত্র দুর্বলতা তার গোপন কষ্ট তার গোপন অক্ষমতা সে তা জানিয়ে সকলের কাছে নিজেকে ছোট করতে চায় না নারীর অক্ষমতা নারীর কাছে কতটা কষ্টের কতটা দুঃখের কতটা যন্ত্রণার কতটা আশা তাছে সেই নারী বোঝে যে নারী তার শিকার হয় তাই তাই দেবলীনা চায়

সেই অক্ষমতাকে নিজের গর্ব করে তুলতে নিজের অহংকার করে তুলতে সে চায় না তার অক্ষমতাকে জানিয়ে নিজেকে ছোট করতে সকলে জানুক তার একটাই স্বার্থ এই অক্ষমতাকে অহংকার পরিণত করা এটাই তার স্বার্থ এর বিনিময়ে সে চায় শিউলির সন্তানের মা হতে। সকলে জানুক দেবলীনাই শিউলির সন্তানের একমাত্র মা আর কোনো সন্তানকে দেবলীনা পৃথিবীতে আনতে চায় না । থাকুক না তার পেছনে তার অক্ষমতা লুকিয়ে তাতে ক্ষতি কি । তার অক্ষমতা যদি কারোর ক্ষতির কারণ না হয় তবে তা কাউকে না জানিয়ে যদি অন্যায় করা হয় বা ছলনার আশ্রয় নেওয়া হয় তাতেই বা ক্ষতি কি । রণজয় সুলেখা তো রনিতের সন্তান পেয়ে যাবে , রনিতের সন্তান সার্থক এ বাড়ির বংশধর শিউলির সন্তান আর তারই জন্য দেবলীনার স্বীকারোক্তি যে " সার্থক তার একমাত্র সন্তান ভবিষ্যতে সে আর কোন সন্তান ধারণ করবে না । " সকলের বিচারে দেবলীনার এই স্বীকারোক্তি কিছু কম ত্যাগ স্বীকার নয় , রইলো না হয় তার পিছনে কিছু গোপনতা তাতেই বা কার কি এসে গেল ।

আয়নার সামনে কতক্ষন দাঁড়িয়ে আছে দেবলীনা খেয়াল নেই হঠাত ই সব ফাঁকা মনে হয় । কেউ তো কিছু বলে নি ওকে তবুও দেবলীনার খুব কষ্ট হচ্ছে, অচেনা লাগছে নিজেকে । কেন এত কান্না পাচ্ছে জানে না , সেই কিশোরী বেলার সেই দিনগুলো কথা মনে পড়ছে মায়ের মুখে শুনেছিলো নারীর রূপ ধরিত্রীর সমান । ধরিত্রী মানে ধারণের ক্ষমতা নারীর সেই অসামান্যতা নিয়েই নারীর জীবনের সার্থকতা।

৩৮
অষ্টস্ত্রিংশ পর্ব

দেবলীনা রনিতের জীবনটাকে পাল্টে দিতে চলেছে। শিউলি রনিতের জীবন থেকে হারিয়ে যাওয়া পর থেকে রনিত এতটাই ভেঙে পরে যে নিজের সঙ্গে যুদ্ধ করতে করতে রনিত ক্লান্ত, এমনি একটা সময় দেবলীনা সঙ্গে দেখা হয়। দেবলীনা সঙ্গে সম্পর্ক এগোতে এগোতে রনি অনেকটাই স্বাভাবিক হয় কিন্তু শিউলি কে সে কখনোই ভুলতে পারেনা আর তার জন্য সে সম্পূর্ণভাবে দেবলীনার সঙ্গে সম্পর্ক স্থাপন করতে পারেনা , নিজেকে দিন দিন অসুস্থ করে তোলে দেবলীনা সব বুঝেও না বোঝার মত করে রয়ে যায়। নিজেকেও সংযত রাখে। এই ভাবেই ধীরে ধীরে স্বাভাবিক সম্পর্ক গুলো নাগালের বাইরে চলে যেতে থাকে, দুজনেই ভীষণভাবে ইচ্ছের বিরুদ্ধে মেনে নিতে থাকে এমনই কিছু পরিস্থিতি তবুও কেউ কাউকে বলেনা তার কারণ কি , কি ই বা তার সমাধান ,কিংবা একে অপরের প্রতি অধৈর্য্য , না তাও হয়না। কেউ কাউকে কাঠগড়ায়ও দাঁড় করায় না।

পাহাড় সমান বোঝা নিয়ে রনিত নিজের সঙ্গে যুদ্ধ করে চলেছিল, দু'বছরেরও বেশি সময় এমনই মানসিক যন্ত্রনা নিয়ে কাটানো কিছু কম ব্যাপার নয়।
দেবলীনার কাছ থেকে সমস্ত ঘটনা জানতে পেরে হতবাক হয়ে গেল রনিত। ভাবতেও পারেনি এরকম কিছু ওর জন্য অপেক্ষা করছে। কি ভীষণ অবস্থার মধ্যে দিয়ে কাটিয়েছে এই দুটো বছর কেবল পাগল হতে বাকি রয়ে গেছে। আজ দেবলীনার কাছ থেকে সমস্ত শুনে কষ্টে বুকটা ফেটে যাচ্ছে, একটু শিউলির সঙ্গে দেখা হলে বোধহয় কষ্টটা কিছু কমতো। বারে বারে মোচড় দিয়ে উঠছে ভেতরটা। শিউলির সঙ্গে কাটানো দিন গুলোর প্রত্যেকটা মুহূর্ত আবার নতুন করে সামনে আসছে। মনটা শুধু সেই হতভাগ্য শিউলিকেই বারবার মনে করিয়ে দিচ্ছে। আমার সন্তান সার্থককে কতক্ষণে দেখতে পাবো আকুল হয়ে আছে মনটা। ভেঙে পড়ছে ভেতর থেকে রনিত ,মুহূর্তে মুহূর্তে ভাঙছে নিজেকে।

কোথায় কিভাবে ছিলে শিউলি জানতেও পারলাম না ! কেনই বা চলে গেলে ! কী ভীষণ কষ্ট পেয়েছ ভাবতেও পারছি না । থেকে থেকে চোখ ভরে জল উঠে আসছে, ভেসে যাচ্ছে চোখ । দেবী সব কিছুর সামনে ছিল কিন্তু ও কি করবে , ওর তো কিছু করার ছিল না । শিউলি তো ওর হাত পা বেঁধে দিয়েছিল , ওতো আমাকে ডাকতে চেয়েছিল, সামনে দাঁড় করাতে চেয়েছিলো । সবকিছু থেকে শিউলি আমাকে সরিয়ে দিয়েছে, শুধু শুধুই আমি ভালো থাকবো এই ভেবে , এভাবে কি ভালো থাকা যায় ? না আমি ভালোছিলাম ?

কিন্তু তখন যদি আমি ওর সামনে দাঁড়াতে পারতাম তাহলে কিছুটা হলেও তো নিজেকে মাপ করতে পারতাম । এখন যে কষ্ট পাচ্ছি হাহাকারে বুকটা ফেটে যাচ্ছে এটা কি শিউলি তুমি বুঝতে পারছো ?

দেবীকে শিউলি ওর সন্তান সার্থক কে দিয়ে গেছে । দেবীকে যত দেখছে ততই বিস্ময়ে অবাক হচ্ছে রনিত , কি অদ্ভুত এক চরিত্রের এই দেবী, ঈশ্বরের প্রতি কৃতজ্ঞ যে আমি দেবীর মতো মেয়েকে পাশে পেয়েছি । দেবীও কত কষ্ট পেয়েছে শিউলি চলে যাওয়ায় , ওর খুব কাছের ছিল শিউলি , সমস্ত দায়িত্ব নিয়ে ওকে রক্ষা করেছে, ওর সন্তানকে পৃথিবীতে আনতে সাহায্য করেছে, এর জন্য আমি কৃতজ্ঞ থাকলেও খুব কম বলা হবে । যতই দেখছি দেখে অবাক হচ্ছি কি ভীষণ অবাক করা এক চরিত্র । যেখানে সব মেয়েরা বিয়ের পরে স্বামীর কাছ থেকে কত কিছু আশা করে সেখানে ও কত বড় বড় বোঝা কত বড়ো প্রতিজ্ঞা নিয়ে আমার কাছে এসেছে । আমিতো ওকে কিছুই দিতে পারিনি । দেবলীনার চাওয়া পাওয়া গুলোকে আমি গলা টিপে মেরেছি ।

কামনার উত্তেজনা হারিয়ে যাওয়া মূহুর্ত গুলোতেও সংযত হতে সমে ফিরতে বাধ্য করেছি । সবকিছু কে কিভাবে দমন করে দেবী নিজের সিদ্ধান্তে অবিচল থেকেছে তা আশ্চর্যের বিষয় । আজ দীর্ঘ এতটা সময় ধরে এতোটুকু ওকে ধৈর্যহীন হতে দেখিনি ,এতোটুকু কষ্ট পেতে দেখিনি , সব কষ্ট নিজের মধ্যে লুকিয়ে রেখেছে । আমার সঙ্গে সম্পর্ক তৈরি করার আগেই দেবী জানে শিউলির সঙ্গে আমার সম্পর্ক ছিল অথচ সব জেনেও ও আমাকে কি ভীষণ ভালোবেসেছে এতে এতটুকু কার্পণ্যতা লক্ষ্য করিনি । শিউলির আমার ভালোবাসার সন্তান সার্থক জেনেও সার্থককে কোলে তুলে নিয়েছে দেবলীনা এখানে স্বার্থপরতার বা সুযোগ নেওয়ার কোন প্রশ্নই ওঠে না । সব সুযোগের ঊর্ধে তো ভালোবাসা দেবীর ভালোবাসায় কোনো ঘাটতি আমি দেখিনি ।

এখানে শুধু কি শিউলির ইচ্ছে শুধুই কি সার্থকের ভবিষ্যৎ ?এইটুকু ইচ্ছে কি একটা মেয়ের জীবনের সবটা হতে পারে ? সবকিছু বাদ দিয়েও তো সব জেনেও আমাকে ও ভালোবেসেছে। ভালোবেসে আমার কাছে এসেছে । উদ্দেশ্য নিয়ে আসলেও ভালোবাসাতেই ও সবকিছু জয় করেছে। সত্যিই যতই ভাবছি ,ভাবতে ভাবতে এগিয়ে চলেছি, ভাবনার যেন শেষ হচ্ছে না । দেবী সম্বন্ধে যতই ভাবছি ততই যেন নতুন নতুন করে জিজ্ঞাসা গুলো অবাক করে দিয়ে আশ্চর্য রকমভাবে ধরা দিচ্ছে । সত্যিই আমি কি সৌভাগ্যবান দেবীর মত একজনকে পেয়েছি আমার পাশে সঙ্গী হিসেবে । আমার

আগামী চলার পথের সাথী দেবলীনা, আমি কৃতজ্ঞ আমি ধন্য তুমি সত্যিই দেবী আমার কাছে দেবলীনা।

দেবী কখন চা নিয়ে এসে দাঁড়িয়েছে খেয়াল করেনি রনিত। নিজের মধ্যে ভেসে গিয়েছিল ভাবতে ভাবতে যেন এক যুগ পিছিয়ে পড়েছিল। দেবলীনাকে সামনে দেখে অবাক চোখে তাকিয়ে রইলো।

হেসে ফেললো , কি দেখছ আমি ভূত নই , শিউলি চলে গেছে আমি এখনো আছি , তোমার সার্থক আছে , এবার তুমি নিজেকে সামলাও , সার্থককে মানুষ করতে হবে , নিজেকে প্রস্তুত করো। আমরা দুজনে সার্থককে বড়ো করে তুলবো। আমি শুধুই সার্থকের মা , আর কারো মা আমি কোন দিন হবো না , আমি শিউলিকে কথা দিয়েছি। শিউলির সঙ্গে পরিচয়ের পর থেকে ও আমাকে জীবনকে চিনতে শিখিয়েছে , বাঁচতে শিখিয়েছে , তখন কি ও জানত ওকে চলে যেতে হবে।আমি বাঁচবো , আমাকে বাঁচতেই হবে , শিউলির জন্যই বাঁচতে হবে , সার্থকের জন্য আমি বাঁচবো।

অবাক হয়ে শুনতে শুনতে দেবলীনার মুখ চেপে ধরলো রনিত , জড়িয়ে ধরে বুকে চেপে ধরলো,

" শিউলি আমাকে ছেড়ে চলে গেছে , তুমি আর ওসব কথা বোলো না , আমাকে ছেড়ে কোত্থাও যেও না , আমরা বাঁচবো , সার্থককে নিয়ে বাঁচবো।"

39

ঊনচত্বারিংশ পর্ব

আজ দুপুরে বিউলির ডাল আলু পোস্ত পাবদা মাছের ঝাল আর কুলের চাটনি দিয়ে ভাত খেয়ে রনজয় আজ আয়েশ করে জম্পেশ ঘুম দিল সুলেখা ডাকাডাকি করেও তুলতে পারল না পাশ ফিরে শুয়ে পড়ল এবার চেঁচিয়ে বলল আরে বাবা সন্ধ্যা হতে যায় সন্ধ্যাবাতি দেবো, উঠে বসো।

আড়মোড়া ভেঙে গলা খাকারি দিয়ে উঠে বসলো রনজয় বাপরে অনেকদিন এরকম ঘুমায়নি জানো।

হ্যাঁ কি করে আর ঘুমাবে ঘরে তোমার দজ্জাল গিন্নি সারাদিন অতিষ্ঠ করে মারছে তার উপর বৌমার ফাইফরমাশ খাটতে খাটতে তোমার জীবন যায়, কি করে আর ঘুমাবে।

দেখো সুলেখা একটু সুযোগ পেলেই তোমার তার সদ্ব্যবহার করতে হবে সেটা কিন্তু একদম ঠিক নয় একটু ঘুমিয়েছি সেটাও বলতে পারব না রোজ রোজ কি সত্যি আমি ঘুমাই।

না ঘুমাও না, কিন্তু বারণও তো কেউ করে না। ঘুমাও না তোমার ইচ্ছে তাতে কার কি এসে গেল আর ডেকেছি কেন ? শীতের বেলা সন্ধ্যা পর্যন্ত তুমি ঘুমোচ্ছ, এবার রাত্রে কি পাহারা দিতে বেরোবে , তাই ডেকে দিয়েছি।

ডেকেছো ভালো করেছো না হলে ওঠার ইচ্ছে হচ্ছিল না , ওই তো শীতের বেলা বলেই তো উঠতে ইচ্ছা করছিল না। গরমে ঘেমে নেয়ে ঘুম হয় না। শীতের বেলায় বেশ আমেজ করে কাঁথা কম্বল গায়ে দিয়ে ঘুমানো যায়।

ঘুম থেকে উঠে বসে রণজয় উসখুস করছে , চোখ যাচ্ছে দেবলীনা কোথায় আর বৌমা বলে ডাকলো সাড়া পেল না।

সুলেখা বলল হ্যাঁরে গল্পটা কি লিখছিস না ? কালকেও তো রনির সঙ্গে বেরোলি বলে পড়া হয়নি। সময়টাতো আমাদের গল্প শোনার ই হয়ে গেছে তাই না। আর না পড়লে কেমন

খালি খালি লাগে। মাসীমণি চলে গেছে তারপর থেকে আর লিখতে ইচ্ছা করছে না। দেবলীনা খাতা এনে বললো, কাল রাতে একটু লিখেছিলাম ,শোনো পড়ছি।

কৌস্তবের সঙ্গে হিমানী বিয়ের বয়স হয়ে গেল এক বছর, এরমধ্যে হিমানী একবারই যেতে পেরেছে আশ্রমে। গতকাল সঙ্গম আশ্রম থেকে স্বামীজীর ফোন এসেছিল হিমানী তখন অফিসে ছিল।

বাপ্পাজি ফোন করে বললেন সার্থক এখন একটা দুটো কথা বলছে শকুন্তলাকে সর্বমঙ্গলা কে খুব ভালো চিনেছে আমাকেও দেখলে কোলে আসার জন্য হামলে পরে। এবার বুঝতে পারছো তো ওকে নিয়ে যাওয়াটা কতটা জরুরি।

হ্যাঁ বাপ্পাজি আমার মনে আছে এখানে সবটাই প্রস্তুতিপর্ব প্রায় গুছিয়ে নিয়েছি দেখি আর কয়েকটা দিন সব ব্যবস্থা হয়ে যাবে।

হ্যাঁ সেভাবেই চেষ্টা করো আর দেরি কোরোনা। ঈশ্বর নিশ্চয়ই তোমার সহায় হবেন। ফোন রেখে দিলেন।

বাপ্পাজি।

হিমানী গভীর চিন্তায়, গম্ভীর হিমানী কে দেখে সরল আর শুভঙ্কর দা বললেন,

আমার বোনটির আকাশে মেঘ করেছে কেন?

হিমানী অনেকদিন ধরেই ভেবেছে এদেরকে কিছু বলা উচিত। এই অফিসে বকুল কাজ করে গেছে অথচ কতদিন হয়েছে এরা বকুলকে ভুলে গেছে। নাকি ইচ্ছে করে ভুলতে বাধ্য হয়েছে। নাম পর্যন্ত করে না কোন সময়। কিন্তু এর পেছনে কারণ কি! কৌস্তব তো প্রচন্ড ভালোবাসতো বকুলকে তাহলে একবারও কি মুখে নামটা আনতে নেই! কৌস্তবের আড়ালে হিমানী তাই শুভঙ্কর দা কে বলল,

আমি আজ চাকরি ছেড়ে দিলে কালকে তোমরা ভুলে যাবে তাই না, মনেও রাখবে না। এখন তো খুব বোনটি বোনটি করছো।

কেন এরকম কেন বলছো?

বলতে বাধ্য হচ্ছি ,কটা দিন হয়েছে বলো তোমরা ভুলে গেছো বকুলকে। একবারও কি তোমাদের কারো মুখে কোন সময় আমি শুনতে পেয়েছি যে এখানে বকুল বলে একটা মেয়ে কাজ করত যেখানে ওর জায়গায় আমি এসেছি। নাকি ও তোমাদের শত্রু ছিল, শত্রুর নাম মুখে আনতে নেই।

সবাই মুখ চাওয়া চাওই করছে কেউ কোন কথা বলছিল না। শুভঙ্করদা ই প্রথম কথা বলল,

আসলে কি জানো কৌস্তবের সঙ্গে ওর সম্পর্কটা এতটাই এগিয়ে ছিল আর ও চলে যেতে কৌস্তব এতটা ভেঙে পড়েছিল, ওর মানসিক অবস্থা ভাল ছিল না আমরা সকলে প্রতিজ্ঞা করি এই অফিসে বকুলের কথা হবে না আর কৌস্তবকে চেষ্টা করি নানান রকম ভাবে বোঝানোর কারণ কৌস্তব অনেক চেষ্টা করেও বকুলের খোঁজ পায়নি আমরাও

পারিনি আনতে।

তাহলে শুভঙ্কর দা এইযে এখন যা কথা হল আর হবেনা। কৌস্তবের সঙ্গে কোনরকম আলোচনা হবে না। আমি তোমাদের অল্প কথায় কিছু বলছি, যেটা শুনবে সেটা শুধু তোমাদের নিজেদের মধ্যেই রাখবে যতক্ষণ না আমি বলব ততক্ষণ কোনো আলোচনা কিংবা কৌস্তবের সঙ্গে কোন কথা তোমরা বলবে না, যেমন আগে ছিল তেমনই থাকবে।

।এবার বলি,

বকুল আমার খুব ঘনিষ্ঠ বন্ধু আর এটাও জানো বকুল আর বেঁচে নেই, সকলে একসঙ্গে হায় ভগবান বলে কপাল চাপড়ে বসে পড়লো। বকুলের ছেলে আছে এবং সে সন্তান কৌস্তবের। সে সন্তান এখন আমি নিয়ে নিয়েছি, আমাকে দিয়ে গেছে বকুল।এবার নিশ্চয় তোমরা বুঝতে পারছ কেনই বা আমার এখানে চাকরি নিয়ে আসা আর কৌস্তবকে বিয়ে করা।

আজকে যেখানে বকুলের ছেলে আছে সেখান থেকে খবর এসেছিল ওকে নিয়ে আসার সময় হয়েছে কিন্তু এখনো কৌস্তব এবং তার মা-বাবা কেউই বকুলের কথা আমাকে বলেনি। আমিও কোথা থেকে শুরু করব ভেবে পাচ্ছি না।দেখি কতটা কী করা যায়। আমি একাই চেষ্টা করছি সবটা সামলে নেওয়ার।তোমরা কিছু ভেবোনা শুধু যা বললাম সেগুলো একটু মাথায় রেখো। হিমানীর পাশে শুভঙ্কর দা এসে হিমানীর মাথায় হাত দিয়ে বলল যেমন তোর রূপ তোর মনটাও ততটাই সুন্দর রে, আজ তোকে নতুন করে চিনলাম। পাশে আছি চিন্তা করিস না।

দুপুরে অফিসে ফোনটা আসার পর থেকে মাথাটা ভার হয়ে আছে মানে হিমানীর অফিস থেকে বাড়ি এসে শুয়ে পড়েছিল কতক্ষণ শুয়েছে খেয়াল নেই, ঘুমের মধ্যে মনে হচ্ছিল ফোনটা বাজছে হুশ নেই হিমানীর ফোনটা বন্ধ হয়ে গেছিল আসলে কৌস্তব ফোনটা নিয়ে চলে গেছিল বাইরে যাতে হিমানীর ঘুমটা না ভেঙে যায়। কিন্তু ফোনটা ধরে কৌস্তব আকাশ থেকে পড়ল, পায়ের তলায় মাটি যেন সরে যাচ্ছে, এ ফোনটা কোথা থেকে আসলো,কার ফোন কে বলছে?

হ্যালো আমি হ্যালো গুড়িয়া বেটি,হ্যালো শুনতে পাচ্ছ গুড়িয়া বেটি আমি বাপ্পাজি বলছি।

কৌস্তব কোন উত্তর দেয়নি ফোনটা ধরে আছে চুপ করে।

অন্য দিক থেকে বলছিল গুড়িয়া বেটি শুনতে পাচ্ছ না, আমি তোমার বাপ্পাজি বলছি সার্থক তোমার ছেলে বকুলের ছেলের শরীরটা খুব খারাপ ভীষণ জ্বর পারলে সকালে একবার চলে এসো আর যদি পারো কৌস্তবকেও নিয়ে এসো।

ফোনটা রাখার আগেই অন্যদিকে কথা বন্ধ হয়ে গেছিল। কৌস্তব ধপ করে বসে পড়ল হিমানী ঘুমোচ্ছে খাটটা এতোটাই নড়ে উঠলো হিমানী ধড়ফড় করে উঠে বসলো দেখল কৌস্তব মাথায় হাত দিয়ে বসে আছে।

কি হয়েছে কৌস্তব কি হলো? ঘরের দরজাটা বন্ধ করে দিয়ে হিমানীর সামনে বসল।

হিমানী বকুল কোথায়? সার্থক কে?

কৌস্তবের প্রশ্ন শুনেই হিমানী অনেকক্ষণ চুপ করে বসে থাকল তারপর বলল সার্থক তোমার ছেলে।

তুমি বলোনি কিছু তাই আমারও বলার সুযোগ হয়নি।

বকুল নেই তুমি জানতে সব,

হ্যাঁ আমি জানতাম কিন্তু আমার হাত-পা বাঁধা ছিল। তারপর বকুলের চিঠিটা বার করে কৌস্তবের হাতে দিয়ে দিল। আর শিউলির বেঁচে না থাকার কারণ কৌস্তবের জীবনে না আসার কারণ সমস্তটাই কৌস্তবকে জানালো। এমনকি হিমানীর সঙ্গে বকুলের সম্পর্কের কোথায় শুরু কতটা কাছের কি বৃত্যান্ত কিছুই বলতে বাকি রাখলো না।

গল্প পড়া শেষ হবার সঙ্গে সঙ্গে সুলেখা বলে উঠলো বাহ বেশ ভালো জায়গায় নিয়ে এসেছিস তো, খুব সুন্দর করে শেষ হবে।

দেবলীনা ভীষণভাবে মন মরা চুপচাপ হয়ে গেছে কিছুই বললা না, শুধু বলল গল্পটা আর আমি লিখব না।

সুলেখা - কেন লিখবি না কেন? তুই ঠিক পারবি লিখে ফেল।

পাঙ্গালি- হ্যাঁ বৌদি একেবারে হ্যাপি এন্ডিং হবে, যদি না পারো লিখতে আমাকে বলবে গল্পটা বলে দেবো তোমাকে কিভাবে লিখতে হবে।

দেবলীনা - বাবা দেখছেন স্পোকেন ইংলিশ ক্লাস করে পাঙ্গালির উন্নতি!

রণজয় - সেইতো এবারে ও শিখিয়ে বেড়াবে সবাইকে।

সুলেখা - কোথা থেকে আমার ব্যাসদেব এলেন রে!

পাঙ্গালিও কম যায় না

না, আমি কালিদাস না হলে বাল্মিকী

দেবলীনা অনেক কষ্টে মুখে হাসি এনে বলল বাব্বা কাউকেই বাদ রাখছিস না দেখছি।

40
অন্তিম পর্ব

সুলেখা আজ সকাল থেকে ছেলের দিকে তাকালেই ও চোখ সরিয়ে নিচ্ছে। রনিকে দেখে খুব চিন্তিত লাগছে কখনো অন্যমনষ্ক দেখছে। সুলেখা স্পষ্টই বুঝতে পারছিল রনি নিশ্চয়ই কোন এক অস্বস্তি অথবা দুশ্চিন্তার মধ্যে ডুবে আছে, মা হয়ে ছেলেকে বুঝবে না এমন কি হয়।
অস্বস্তি বা দুশ্চিন্তা বেশ কিছুদিন ধরেই রনিকে গ্রাস করে আছে কিন্তু তবুও সেটা এতটা নয় যে ও মায়ের চোখে চোখ রাখতে পারবেনা। কিন্তু আজ যেন সেটা অনেকটাই বেশি। সুলেখার বুকের বাম ধারটা কেমন চিনচিন করে উঠলো। নিশ্চুপ রনির সঙ্গে কথা বলতেও সঙ্কোচ বোধ হচ্ছে। তবুও সুলেখা জোর করেই জিজ্ঞেস করলো,
-কি রে তোর শরীর খারাপ নাকি?

-না তেমন কিছুনা ইয়ার এন্ডিং এর জন্য অফিসে প্রচন্ড কাজের চাপ। একটু তাড়াতাড়ি বেরোবো।

কথা গুলো বললেও সুলেখা খেয়াল করলো রনির চোখ দুটো ঘনঘন পাতা পড়ছে। ছেলে আড়াল করলেও মায়ের চোখে ধরা পড়লো চিকচিক করা সজল চোখের দৃষ্টি।

রনিত যে কি করবে ভেবে উঠতে পারছে না মনটা বিধ্বস্ত হয়ে আছে। শিউলির ভাবনা ওকে অস্থির করে তুলছে ও নিজেও বুঝতে পারছে ওর চোখেমুখে স্বাভাবিকতা হারিয়ে গেছে, আর সেটা মায়ের জিজ্ঞেসার ধরনেও স্পষ্ট। রনিত সব কিছুই বুঝতে পারছে কিন্তু ওর তো এখন কিছুই করার নেই, যতক্ষণ না দেবলীনা সবটা গুছিয়ে সামনে আনবে। যতক্ষণ না বাবা মাকে স্পষ্ট করে সবকিছু বোঝাতে পারবে, ততক্ষণ পর্যন্ত রনিতের কিছু করার নেই।

রনি ত মৃদু মাথা ঝাকিয়ে মুখ নিচু করে মোজা করতে ব্যস্ত হয়ে যায়।

আজ শুধু একটাই কথা মনে আসছে কতক্ষণে ও সার্থক কে দেখবে, ওর সন্তান আশ্রমে বড় হচ্ছে কি কষ্টের, কি লজ্জার কথা। মনে হচ্ছে এক ছুটে চলে যায় সঙ্গম আশ্রমে

যেখানে সবার আদরে রয়েছে ওর আর শিউলির ভালোবাসার একমাত্র নিদর্শন ‘ সার্থক ’।

গতকাল থেকে লক্ষ্য করেছে সুলেখা, দেবলীনা বরাবরের থেকে একটু বেশিই চুপচাপ , হয়তো রনিতের মানসিক সমস্যার অভিঘাতে দেবলীনা ও খানিক বিধ্বস্ত। তবু ও খানিকটা কথা অন্যদিকে ঘোরানোর জন্যই সুলেখা বললো,
- কিরে গল্পটা নিয়ে কি এতটাই ভাবনায় পড়েছিস? আর কিছু লিখছিস , নাকি লিখবি না? দুদিন ধরে তো গল্পটা শোনাই হলো না । এখন তোর গল্প শুনতে শুনতে একটা অভ্যাস হয়ে গেছে প্রতিদিন না শুনতে পেলেই কেমন খালি খালি লাগে!

- আসলে ভেবেই পাচ্ছিনা কি লিখবো গল্পটা এমন একটা জায়গায় এসে দাঁড়িয়েছে ঠিক বুঝে উঠতে পারছিনা লেখাটা কেমন হলে ঠিক হবে ।

- গল্পটা কি আর হবে, বকুল বাচ্চাটাকে জন্ম দিয়ে মারা গেল হিমানীই এখন বাচ্চাটার মা । কিন্তু ওর পক্ষে মানে আইবুড়ো মেয়ে তো, বিয়েথা হয়নি ওর পক্ষে মানুষ করা খুব কঠিন তাই ও কৌস্তবকে যেভাবেই হোক বিয়ে করেছে। হ্যাঁ তবে শুধু মাত্র এই উদ্দেশ্য নিয়েই বিয়ে তো করেনি। অন্য আরও একটা কারণ কৌস্তবকেও তো হিমানী ভালোবেসেছে। ভালোবাসা না থাকলে তো সংসার হয়না , কি বলিস। আর শুধু মাত্র বন্ধুত্ব আর ছেলেটার ভবিষ্যৎ এগুলোই দেখলে কারো জীবন টিকিয়ে রাখা মুশকিল। তাকেও তো বাঁচতে হবে কিন্তু এখানে সে প্রশ্ন নেই কারণ হিমানী ভালোবেসেই কৌস্তব কে বিয়ে করেছে। তার মধ্যে হয়তো একটা উদ্দেশ্য আছে! কিন্তু যা রয়েছে তাতে কোন অসুবিধা নেই, এখানে হিমানীর মহত্ব কিছু কম হবে না । এমনকি হিমানী যে কোন রকম সুযোগ নিয়েছে সেটাও কিন্তু বলা যাবে না । এখানে সবটাই ঠিকঠাক আমার তো মনে হয় আর এখন যখন কৌস্তব সব টা জেনেছে অস্বীকার করার কিছু নেই, কারণ কৌস্তব বকুলকে ভালোবাসতো এখনো বাসে আর হিমানীর সঙ্গে সম্পর্কটাও খুবই সুন্দর আর হিমানীর মারাত্মক সুন্দর রুপের কাছে ওর একটা সুন্দর বড় মনও আছে যা সকলকেই অবাক করে দেয়ার মত কৌস্তব সেখানে বন্দী । কৌস্তব এখন ওর ছেলে সার্থককে কাছে পাওয়ার জন্য ব্যাকুল হয়ে উঠেছে , ব্যাস আর কি দুয়ে দুয়ে চার করে লিখে ফ্যাল , লিখে ফ্যালো। আর সময় নষ্ট করে লাভ নেই।

- সবই তো বুঝলাম কিন্তু মা এত সহজও তো নয় । দুয়ে দুয়ে সব সময় কি চার হয় ? জীবনটা কি অংকের হিসাব দিয়ে চলে? কৌস্তব তো সব কিছু জেনেছে কিন্তু আসল তো শ্বশুর-শাশুড়ি অর্থাৎ কৌস্তবের মা-বাবা, তারা তো কিছুই জানেন না, হঠাৎ করে এত সব গল্প তারা বিশ্বাস করবেনই বা কেন তারা তো শুনেই আকাশ থেকে পড়বেন । তারপর তারা মেনে নেবেন কিনা সেটাও একটা বড় গুরুত্বপূর্ণ প্রশ্ন । তুমি একা ভালো বললে তো হবেনা , অনেক রকমের পাঠক থাকেন , সব পাঠকের মতামতও এক নয় । কেউ বলবে হিমানী কেন শুনলো বকুলের কথা। না শুনে কৌস্তব কে খবর দেওয়া উচিত ছিল। তাহলে বকুলের সঙ্গে দেখা হতো শেষ দেখা ও হতে পারত কেউ বলবে

হিমানী কৌস্তব কে ভালোবেসে ফেলেছিল তাই সুযোগ নিয়েছে । কেউ বা বলবে হিমানীর মহান হওয়ার ইচ্ছে ছিল তাই বকুলের সন্তানকে নিয়েছে। কত রকম প্রশ্ন থেকে যায়।

সুলেখা এতক্ষণ দেবলীনার বলা কথাগুলো শুনছিল এবার বলল দ্যাখ আমি অত শত বুঝি না, কোন পাঠক কি বলবে সেটা আমার বুঝে কাজ নেই । প্রত্যেক পাঠক তার নিজের মতো করেই বুঝবে আর মতামত দেবে সে আমি ভালো করেই জানি। সেরকম আমিও একজন পাঠক আমার মতে আমি উচিতটাই দেখবো আর নৈতিক বিচারে যেটা ঠিক আমি সেটাই বলবো । আর ওই কথায় আছে না সব ভালো যার শেষ ভালো। আমার মতে সব পাঠকেরই সেটা বোঝা উচিৎ । আশ্রমের কথা, বকুলের কথা, বকুলের সন্তান সার্থকের কথা সবই তো কৌস্তব জেনেছে এখন কৌস্তব কিংবা হিমানীর উচিত সমস্ত ঘটনা শশুর শাশুড়ি কে স্পষ্ট করে জানানো। শশুর শাশুড়িরও উচিৎ ছেলে বউকে বিশ্বাস করা। হিমানী কে তো কখনোই অবিশ্বাস করা যায় না। এখানে বকুল হিমানীর পূর্ব পরিচিত এবং কৌস্তবের সঙ্গে বকুলের সম্পর্ক ছিল সুতরাং কেউ কাউকে অবিশ্বাস করা প্রশ্নই আসে না। আর হিমানী এত সুন্দর মনের একটা মেয়ে অনেক কপাল করলে এরকম মেয়েকে বউ হিসেবে পাওয়া যায়। বকুলকে ভালো রাখার জন্য হিমানী কত রকম ভাবে না চেষ্টা করেছে । আজকে যদি ওই আশ্রমের সঙ্গে জড়িয়ে না থাকতো, তাহলে কি করে বকুলকে রক্ষা করত! কিন্তু আমার মনে হয় হিমানীর মত মেয়েরা সব কিছু করতে প্রস্তুত। প্রয়োজনে ওকে নিজের কাছে রেখেই যথাসম্ভব সাহায্য করত সত্যি হিমানীর মতো মেয়ে দেখা যায় না । তুই গল্পের পরিণতি আর অন্য কোন রকম কিছু ভাবিস না।

ঘরের ভেতরে বৌমা আর সুলেখার আলোচনা সব ই কানে যাচ্ছিল রণজয়ের, সুলেখার বিচারবুদ্ধির বিশ্লেষণ যুক্তি সঙ্গত কথাবার্তার সঙ্গে ভালোই পরিচিত । সামনা সামনি হলে ওরা যতই খুনসুটি আর একে অন্যের দোষ ত্রুটি গুলো নিয়ে কথা বলুক, তবু রনজয় খুব ভালোই জানে সুলেখাকে। এতগুলো বছর সংসার করছে রণজয় , ঘরে বাইরে হাজারো সমস্যা প্রতিকূল পরিস্থিতি সামনে এসেছে , রণজয়ের ব্যস্ততার জীবনে কতোটুকু সামাল দিতে পেরেছে , সমস্ত কিছুর সঙ্গে সুলেখা একাই যথেষ্ট । ঠান্ডা মাথায় যুক্তিবুদ্ধি বিচার দিয়ে ঠিক সমস্যা থেকে বেরিয়ে এসেছে । কখনো ,না তো রণজয়ের প্রয়োজন হয়েছে, না রনজয়ের সেসময় ছিল । তাই সুলেখার ওপর নিশ্চিন্তে নির্ভর করাই যায় , ভরসা করতেও কোন দ্বিধা নেই । তাই ওদের আলোচনা শুধু শুনেই যাচ্ছিল । শুধু একটা কথা বললো ,

বৌমা পাঠককে পাঠকের জায়গায় থাকতে দাও ,তার মতামতের স্বাধীনতা সবসময় আছে , তোমার যা ঠিক মনে হয় তুমি লিখে যাও , অতো ভাবতে হবে না , তুমি ঠিকটাই লিখবে জানি , তোমার ওপর আমাদের ভরসা আছে সেখানে কোনো ফাঁকি নেই । তুমি নিশ্চিন্তে লেখো ।

সুলেখা আরও বললো ,হিমানী বকুলের পিসিকে ছাড়া পিসির ভাসুরের ছেলে অলোকদার কথা জানে। পিসির কোন খোঁজ নেই কিন্তু হিমানীতো অলোকদাকে সব জানিয়ে এই ব্যাপারটা থেকে সরে পড়তে পারতো। হিমানী বন্ধুত্ব ও দায়িত্ব থেকে সরে থাকার জন্য হাজার একটা কারণ দেখাতে পারতো কিন্তু হিমানী তা করেনি। তাই পাঠক বল কি, শশুর শাশুড়ি সকলেরই বোঝা উচিত যে হিমানীর মধ্যে কোন শঠতা নেই , যাইহোক আমার যা বলার আমি বললাম।যেখানে কৌস্তব বকুলকে ভালোবাসে আর তাদের সন্তান সার্থক আশ্রমে এতদিন ধরে পড়ে আছে ওদের আর কি উচিত দেরি করা? ওদের সকলের উচিত সবকিছু মেনে নিয়ে বাচ্চাটাকে ঘরে নিয়ে আসার। আমার যা মনে হল আমি বললাম এবার তুই কী লিখবি তুই বুঝে নে তোর গল্প তুই যেমন করে হোক শেষ কর।

তাহলে মা এরকমই হওয়া উচিত বলো?

কিরকম?

এই যে তুমি বললে কারো কোন দোষ নেই সবটাই ঠিকঠাক, আর সবটাই মেনে নেওয়া উচিত আর স্বার্থককে নিজের করে ঘরে ফিরিয়ে আনা উচিত , তাইতো?

হ্যাঁ এতে আর সন্দেহ কি আমি কি মিথ্যে বলেছি? এটা গল্পের জন্য বলছি না রে এটা যদি বাস্তবে হতো এই কথাই বলতাম। আমার যতটা উচিৎ মনে হয়েছে যতটা ন্যায় সঙ্গত, ঠিক মনে হয়েছে আমি সেটাই বলেছি, বলে সুলেখা দৃঢ়তার সঙ্গে কথাগুলো বলল।

আচ্ছা মা একটা কথা বলব?

একটা কেন হাজারটা বল , তোর কথা শুনতে আমার ভালো লাগে, তুই তো শুধু আমার বউ না, আমার মেয়ে আমার বন্ধু সব।

দেবলীনা গলা জড়িয়ে ধরলো সুলেখাকে , তাহলে মা একটা বলছি , এই যে যত গল্পটা বলেছি এতদিন ধরে সবটা যদি তোমার নিজের বাড়িতে হত ! সব ঘটনা যদি তোমার ঘরের ঘটনা হত !সবকিছুতে যদি আমরা সবাই জড়িয়ে থাকতাম, তাহলেও কি তোমার মনটা একই কথা বলতো? তোমার মুখ দিয়ে কি একই রায় বের হতো? এরকম ভাবে সবটা মেনে নিতে?

আমি যা বলেছি সেটা সর্বান্তকরণে বলেছি অন্তর থেকে বলেছি, সেটা তোর গল্পেই হোক আর কোন নিজের জীবনের ক্ষেত্রেই হোক।

তাহলে তোমার কানে কানে একটা কথা বলি এখানে কৌস্তব আর কেউ না মা তোমার ছেলে রনিত আর হিমানী আর কেউ না তোমার দেবলীনা আর বকুল সে আমার বন্ধু শিউলি।

হা ভগবান বলে দুহাতে মুখ ঢেকে বসে পড়লো সুলেখা,মাথা ঝাঁকাতে ঝাঁকাতে বললো এতোকিছুর কি দরকার ছিল দেবী।

সুলেখাকে জড়িয়ে ধরলো দেবলীনা ,

কিচ্ছু দরকার ছিল না যদি তোমার ছেলে শিউলির কথা আমার কাছে বলতো। তোমরা

সবাই জানো রনি অনেক বদলে গেছে , মাসিমণিও সেদিন বললো । কিন্তু তার কারণ তোমরা জানোনা ।
আর রনি দিনের পর দিন কষ্ট পেয়েছে নিজেকে সামলাতে পারছে না , ধীরে ধীরে অসুস্থ হয়ে যাচ্ছে তবুও কোনো দিন কিচ্ছু স্বীকার করেনি ।
আমি শিউলিকে না চিনতেও পারতাম কিন্তু ওর দিক দিয়ে তো ওর আমাকে সব অতীতটা বলা উচিত ছিল না কি ?
নিজেরা সম্পর্কে এগিয়ে যাবে সেটা তোমাদের বলার আগেই শিউলি হারিয়ে গেল , তাই আর তোমরাও জানোনা ।
এরপর আমি এসে হঠাৎ সব কিছু বললে রনি মেনে নেবে কিনা তা তো জানিনা , তাই ওর কাছ থেকে জানা আমার আর ওর স্বীকারোক্তির খুব প্রয়োজন ছিল । তোমরা আমায় ভুল বুঝোনা ।

রণজয় বলে উঠলো , তোমাকে ভুল বোঝার তো কোন প্রশ্নই ওঠে না , হতভাগাটা যে এতোটা নির্বোধ তা তো জানতাম না ।

সুলেখা কাঁদতে কাঁদতে বললো আমার দাদুভাইটা এতোদিন অনাথ হয়ে ওখানে পড়ে আছে , দুহাত তুলে প্রণাম করলো "হে ঈশ্বর ক্ষমা কোরো "

দেবলীনাকে কাছে টেনে নিয়ে ভীষণ আদর করতে করতে বললো তুই আমার সত্যিই ‘ দেবীমা ’ আজ আমার ঈশ্বর দর্শন হলো ।

‘মধুরেন সমাপয়েত’

www.ingramcontent.com/pod-product-compliance
Lightning Source LLC
LaVergne TN
LVHW010753051026
849532LV00007B/2353
* 9 7 9 8 8 8 6 6 7 0 3 6 3 *

এই লেখিকার অন্যান্য উপন্যাস

মন বলাকা

পঙ্কতপা

ভ্রান্তিমূল

এই লেখিকার কিছু সমাদ্রিত গল্প

অপরাহ্ণের আলো

সুখের খোঁজে

অভিনেত্রী

রংবেরংই

অতঃপর

অনুরণন

শীতল গ্রন্থি

স্পন্দদ্ধার

ব্যবধান

অন্যজীবন

ইত্যাদি.....

এছাড়াও রয়েছে বহু কবিতা..